RICARDO FONSECA

OS CRIMES DE NOVA ESPERANÇA

2023

Os crimes de Nova Esperança
Copyright © 2023 by Ricardo Fonseca
1ª edição: Maio 2023
Direitos reservados desta edição: CDG Edições e Publicações

O conteúdo desta obra é de total responsabilidade do autor e não reflete necessariamente a opinião da editora.

Autor:
Ricardo Fonseca

Preparação de texto:
3GB Comunicação

Revisão:
Daniela Georgeto
Rebeca Michelotti

Projeto gráfico e diagramação:
Vitor Donofrio (Paladra Editorial)

Capa:
Dimitry Uziel

DADOS INTERNACIONAIS DE CATALOGAÇÃO NA PUBLICAÇÃO (CIP)

Fonseca, Ricardo
 Os crimes de Nova Esperança / Ricardo Fonseca. — Porto Alegre : Citadel, 2023.
 304 p.

ISBN: 978-65-5047-209-2

1. Ficção brasileira 2. Ficção policial I. Título

23-0456   CDD - B869.3

Angélica Ilacqua - Bibliotecária - CRB-8/7057

Produção editorial e distribuição:

contato@citadel.com.br
www.citadel.com.br

*Para minha mãe, que amou para
muito além do que foi compreendida.*

1

Enquanto dirigia para o local da ocorrência, o inspetor Farias, da Polícia Civil, que gostava de ser chamado de detetive, ia se lembrando do dia em que recebeu a notícia de que sua transferência para Nova Esperança tinha sido autorizada. Dirigia devagar. Não ligou a sirene – para que fazer alarde? –, não havia nenhum trânsito em Nova Esperança àquela hora da manhã e, para dizer a verdade, quase em hora nenhuma. Ele não tinha pressa de chegar, porque recebera a notícia de que um corpo fora encontrado. Então, não havia muito a fazer, não é mesmo? Era só um corpo. Mais um em época de muitos. Mesmo em Nova Esperança. Mas ele também ia devagar porque alguma coisa lhe dizia para não ter pressa. Como se ele antecipasse que algo mais desagradável do que simplesmente um corpo lhe aguardava. Assim, dirigia devagar enquanto se lembrava de como acabara voltando a viver em Nova Esperança.

A notícia da transferência veio num dia de sol e de muito calor. Na delegacia de subúrbio na capital havia muito trabalho, nenhum ar-condicionado e um único ventilador de pé, que só espalhava o calor pela sala. Não refrescava nada e fazia os papéis voarem, com um barulho insuportável que não deixava ninguém se ouvir, mas, podem acreditar, seria pior sem ele.

Eram dez horas da manhã e Farias já lutava com o calor, tentando entender e separar os inquéritos dos crimes novos dos antigos, sabendo que de nada adiantava fazer isso, porque logo todos os arquivos acabariam juntos numa pilha ou gaveta ou prateleira de "não resolvidos" e, por isso mesmo, "encerrados". Enquanto fazia isso, um colega da delegacia passou por sua baia e deu duas batidas com os nós dos dedos na sua mesa, assim como quem bate numa porta.

— O delegado tá te chamando — disse, e continuou andando.

— Valeu! — ele respondeu, enquanto já se levantava e colocava um relatório de autópsia numa pasta errada, mas e daí? Eram todos casos que não seriam resolvidos mesmo.

— Senta aí — o delegado falou, apontando uma cadeira de forro surrado logo que Farias entrou na sala. Farias se sentou. — Tudo bem?

— Tudo — respondeu desconfiado, achando que talvez alguma coisa, como sempre, não estivesse bem.

— A sua transferência saiu — o delegado falou, como se não se importasse com a notícia, e lhe entregou uma folha de papel, enquanto ele próprio se jogava na sua cadeira de forro igualmente surrado.

— Para Nova Esperança? — Farias falou alto, como se questionasse a si mesmo, enquanto passava os olhos pelo documento.

— É o que diz aí? Não era isso que você queria?

— Sim — ele respondeu, enquanto continuava a olhar a folha de papel e se indagava se era mesmo isso que queria, voltar para aquela cidade. — É que já faz tanto tempo.

— Nunca é tarde para recomeçar — o delegado respondeu em tom de deboche e com alguma irritação.

Farias deu de ombros e colocou a folha de papel na mesa do chefe.

— Acho que investigar a morte de seu tio deve ter ajudado — acrescentou, enquanto empurrava a folha de volta para Farias, que a pegou, dobrou e colocou no bolso da camisa suada.

Farias encarou o delegado, deixando claro que aquele era um assunto particular, que ele não gostava que estranhos, muito menos os estranhos daquela delegacia, comentassem. Quando se deu por satisfeito de encarar o delegado, levantou-se da cadeira surrada fedida de suor.

– Era só isso? – perguntou ao delegado, como se ele fosse o chefe, e não o contrário.

– Era – o delegado respondeu, remexendo em outros papéis inúteis que estavam em cima da sua mesa.

– E quando eu posso ir embora?

– Quando for publicado no Diário Oficial... mas quer saber? – o delegado perguntou, fazendo uma pausa dramática que usou para encarar Farias, que sustentou o olhar do chefe. – Pode ir hoje, agora mesmo, se quiser.

Faltou dizer "porque você não faz falta" e "porque todos querem você longe daqui".

– Então eu vou agora mesmo – falou, como quem faz um comunicado oficial, e saiu da sala do delegado.

No caminho, passou no almoxarifado e pegou duas caixas vazias que eram usadas para arquivar documentos, na verdade, duas caixas de papel A4 que eram usadas como caixas de arquivo, afinal, o governo não tinha dinheiro para os serviços públicos. De volta à sua mesa, abriu as gavetas e jogou seu conteúdo numa caixa. Só uma caixa bastou. Era inacreditável que, depois de tanto tempo naquele lugar, ele não tivesse acumulado nada além de lembranças ruins.

Enquanto despejava suas porcarias na caixa, uma policial, que se chamava Carla, se aproximou.

– O delegado disse que você foi transferido.

– Fui – disse, depois de encará-la como quem pergunta "e o que você tem com isso?" e antes de voltar a passar as coisas de uma caixa para a outra e dali para o lixo.

– O delegado falou pra "mim" ficar com os seus casos.

– São essas pastas aí – respondeu, apontando com os lábios, sem deixar de notar o erro de português e sem deixar de pensar que a investigadora não sabia nem falar, que dirá investigar.

– Quais você já começou a investigar? – Carla perguntou enquanto levantava a capa de uma das pastas, como quem tem nojo do que está tocando. E realmente tinha nojo daquelas pastas encardidas de poeira e de sujeira, e de conteúdo mais sujo ainda.

– Que diferença faz? – ele falou, ao pegar a caixa com suas poucas porcarias acumuladas em anos de trabalho naquele buraco, sem nem mesmo esperar uma resposta. Mas, antes de sair, completou: – Não vão dar em merda nenhuma mesmo.

Já no estacionamento, enquanto caminhava em direção ao seu carro, olhou para trás e viu que Carla o acompanhava com o olhar, então resmungou quando lembrou que ele e Carla tinham sido amantes. Colocou a caixa no teto do carro, enquanto procurava as chaves no bolso. Seu carro não era moderno nem novo, um policial de verdade, como ele, não ganhava para ter um carro novo, e ele precisava das chaves para abrir as portas. Girou a chave na fechadura, abriu a porta do carro e jogou a caixa com suas quinquilharias no banco detrás. O carro estava imundo por fora e por dentro, mas, pelo menos desta vez, sem nenhum pneu esvaziado ou furado, o que significava que ninguém realmente se importava mais com ele e que estava mesmo na hora de ir embora dali. Não houve nenhuma despedida, e, se houvesse uma festa, seria dada por seus ex-colegas, quando ele já estivesse longe dali. Entrou no carro, bateu a porta com força para fechá-la, colocou a chave na ignição, deu partida no motor e saiu sem olhar para trás, nem mesmo pelo retrovisor.

Quando começou a trabalhar naquela delegacia como investigador, os colegas logo criaram antipatia por ele, porque ele trabalhava para resolver os casos. Se não conseguia resolver um deles, geralmente era por culpa do trabalho malfeito dos outros colegas policiais, e ele normalmente escrevia isso, com todas as letras, nos seus relatórios.

Já não era querido, e, quando seu tio fora assassinado, isso só piorou as coisas. Farias se convenceu de que a morte do tio era algo pessoal, algo contra ele. Acreditava que o tio tinha sido morto por sua causa. Não era verdade e não havia motivo para que acreditasse nessa hipótese, mas, ainda assim, estava convencido disso. Na verdade, mataram seu tio por outros motivos, e havia uma longa cadeia de acontecimentos que deixava claro que alguém, por alguma razão, tentara – e conseguira – encobrir os rastros dos matadores. Farias nunca soube se tinha sido um só assassino ou mais de um. Acabou descobrindo que alguns policiais estavam envolvidos e que tinham encoberto rastros e eliminado pistas e provas. Não descobriu quem matou seu tio, mas descobriu os motivos e a quem a morte do tio interessava. Conseguiu incriminar alguns policiais, fazer com que fossem processados, e até uns poucos presos, porém por pouco tempo. Incomodou muita gente por algum tempo, e sabia que jamais chegaria a uma conclusão definitiva, mas não podia deixar passar. Não conseguia, nem podia, parar. Era seu tio, que fora mais como um irmão mais velho seu e que também tinha seguido a carreira policial. Na verdade, foi por causa do tio que ele se tornara policial. Aquele tio que o acolheu e o convidou para vir morar com ele na capital. Aquele que tinha sido mais do que um pai para ele, quando ele já não tinha mais ninguém. O tio tinha sido assassinado, e ele não podia simplesmente ignorar ou fingir que não era importante. Era muito importante para ele, para a viúva e para os seus primos. Sentia que tinha uma obrigação com eles. Não descobriu quem matou seu tio e sempre pensava que, provavelmente, havia sido o "sistema", mas descobrira o motivo e, enquanto investigou, enfrentou e derrubou muita gente.

Ao final, não tinha mais como seguir investigando. Para onde se virasse, parecia sempre bater num muro. Parecia que alguém ia na frente e fechava aquele caminho, e quando ele se virava para outra direção, acontecia tudo de novo, e ele encontrava outro muro. Foi ameaçado de morte várias vezes. Os pneus do seu carro eram furados e esvaziados com frequência, até não significarem mais nada e deixarem de ser importantes, apesar de serem claras ameaças, e não meros aborrecimentos. Sempre estavam lá, sinalizando que coisas ruins poderiam acontecer. Mas, como não tinha ninguém, não sentia medo. A única família que tinha era, remotamente, uma família de sangue, a viúva do tio e os filhos dela, que eram seus primos.

Não tinha por que temer, nem por quem temer. Mesmo assim, se cansou. Cansou das ameaças de morte e das emboscadas que os próprios colegas lhe armavam nas operações de que deveria participar e das quais sobreviveu. Sobreviveu, acreditava, porque era devoto de São Jorge – Ogum –, e a medalha do santo, dada por sua "tia" e que sempre carregava no peito, o protegia. Era bobagem, porque a maioria dos policiais do Brasil deve ser devota de São Jorge – o Santo Guerreiro – e carregar sua medalha, sem importar se estão do lado bom ou do lado mau. Cansou-se da munição que não disparava quando ele precisava, dos pneus furados, das quase mortes, e cansou mais ainda quando descobriu que Carla, a mesma policial com quem dormia na época e que hoje herdara seus casos, havia, ela própria, armado uma emboscada para ele.

Foi então que se lembrou de Nova Esperança, e pela primeira vez o nome do lugar lhe pareceu fazer sentido. Resolveu pedir transferência para a cidade, menor do que a capital, mas centro de uma região importante do interior do estado. Nesse meio-tempo, parou de acompanhar os colegas nas operações policiais e, mesmo quando não conseguia se ausentar, apenas fingia que estava presente. Terminou o caso com Carla, tirou a família do tio do subúrbio e ele mesmo se mudou para um bairro longe da delegacia em que trabalhava, completamente fora da sua jurisdição. Naquela época, Nova Esperança realmente lhe pareceu uma boa opção, e chegou mesmo a ter alguma esperança de que tudo poderia melhorar e coisas boas poderiam começar a acontecer em sua vida.

Na delegacia central de Nova Esperança, não demorou a perceber que o delegado da capital provavelmente já ligara para o colega do interior e lhe passara sua opinião a respeito do inspetor recém-transferido, assim como algumas informações que, embora pudessem ser verdadeiras, provavelmente foram apresentadas de forma que lhe seria desfavorável. A despeito disso, Nova Esperança não foi totalmente má ideia. Pelo menos, não a princípio. Se o delegado da sua nova delegacia e alguns colegas não haviam gostado dele de imediato, por outro lado, alguns outros colegas simpatizaram com ele e gostavam da experiência que ele tinha adquirido na capital. Com esses novos colegas, fez algumas operações que, graças à sua experiência com a violência e o crime da cidade grande, tiveram sucesso. O fato de que nenhum dos novos colegas tentou emboscá-lo nessas operações também contribuiu para que tivessem êxito. Fizeram algumas prisões que, também por conta de sua experiência, ele sabia que não dariam em nada, seria apenas mais papel. Consequências da eterna briga entre o Bem e o Mal. Mesmo assim, isso fez com que os colegas o respeitassem, uma colega fosse para a cama com ele – mais de uma vez – e seu novo delegado, como se para desafiá-lo, lhe desse alguns casos difíceis para que fossem investigados.

Assim, Nova Esperança, aquela cidade de onde ele pensara ter saído definitivamente aos dezenove anos, não lhe pareceu uma má ideia. Mesmo sendo a cidade onde seus pais morreram, seu pai, depois de perder tudo, e sua mãe, já sem nada, sem ter sequer conseguido uma vaga para ser internada no hospital público da cidade. Mesmo sendo a cidade onde as pessoas, que se autointitulavam "pessoas de bem", achavam que ele era maconheiro e proibiam os filhos de serem seus amigos e as filhas de o namorarem. Ainda assim, Nova Esperança lhe parecia uma boa ideia e, por isso mesmo, lhe dava esperança, porque também havia gente boa por lá. Os professores que sempre o defenderam – nem todos, é bem verdade –, os padres do colégio que deixaram que ele continuasse estudando lá, mesmo quando já não podia pagar. E havia, é claro, o amor da sua vida, Suzana, que também fora tirada dele, mas ainda vivia por lá.

Por isso tudo, Nova Esperança lhe pareceu mais do que uma boa ideia, lhe pareceu o lugar certo para recomeçar. Para acertar a vida. Pelo menos, foi assim que pareceu, a princípio. O passado tinha ficado para trás, e ele poderia recomeçar livremente, escolhendo do passado apenas aquilo que queria ter em seu futuro.

Era assim que, naquela manhã nublada e fria, ainda pensava sobre Nova Esperança, enquanto dirigia para ir atender ao chamado de um policial militar que encontrara um corpo.

Farias não tinha pressa. Era como se algo em sua cabeça lhe dissesse que não era preciso apressar o fim. O fim chega por ele mesmo. Além disso, um corpo é uma pessoa morta, e não há nada que possa ser feito, com ou sem pressa, para mudar isso. No entanto, não era apenas por essa razão que ele ia devagar. Alguma coisa fazia com que ele fosse devagar. Como se algo lhe dissesse que sua vida estava para mudar, e Nova Esperança, ao final de tudo, não lhe pareceria mais uma boa ideia, e todas as esperanças que ele depositara na cidade, para recomeçar a vida, iriam desaparecer.

Pouco mais de um ano após ser transferido, pouco mais de um ano vivendo relativamente bem em Nova Esperança, de ter feito novos amigos – poucos, é verdade –, reencontrado amigos antigos e revisto seu amor do passado – que ele julgava ser a mulher da sua vida –, a cidade estava prestes a lhe tirar a paz e toda a esperança de que, um dia, poderia ser feliz. A cidade o faria se lembrar de que certas pessoas, inclusive ele, não nascem para ser felizes.

Ao chegar ao famoso e requintado clube de tênis da cidade, frequentado pelos cidadãos de bem e da alta sociedade local, teve a certeza, com um frio na espinha, de que nada daquilo terminaria bem, e esse era um sentimento que ele conhecia de perto.

Nova Esperança foi fundada por imigrantes europeus, e esperança deve ter sido, para eles, um sentimento sempre presente, que eles experimentaram diversas vezes durante a jornada do Velho para o Novo Mundo. Esperança quando embarcaram no navio que os traria para aquela que seria sua nova terra. Esperança cada vez que enfrentavam uma tempestade em alto-mar e quando o sol ou o céu noturno limpo e estrelado aparecia depois da tormenta. Esperança quando um dos doentes do barco melhorava e parecia que sobreviveria à longa viagem pelo mar. Esperança quando avistaram o novo continente e o porto e quando pisaram, depois de longos sofridos meses, em terra firme. Na nova terra firme. Esperança quando a jornada terminou e finalmente avistaram as montanhas pela primeira vez, se estabelecendo no vale onde começariam uma pequena vila, com quase nada e apenas com os homens, mulheres e crianças que sobreviveram àquela aventura.

Uma nova esperança surgia sempre que superavam um obstáculo e venciam um desafio. Sempre que nascia uma criança. Sempre uma nova esperança, nunca a última. Era desse sentimento de perseverança, palavra que rima e se confunde com esperança, que seus descendentes, muitos anos depois da fundação da vila original e de sua transformação em cidade, se orgulhariam. Aquela esperança sempre renovada, que sempre seria uma nova esperança.

E se há um ditado que diz que "a esperança é a última que morre", para aqueles imigrantes ela nunca morria, porque sempre surgia uma "nova esperança".

Talvez tenha sido por tudo isso que o nome de Nova Esperança tenha sido escolhido pelo líder dos imigrantes para o novo assentamento. Nada que recordasse o Velho Mundo, aquele mundo empobrecido e de fome. Era um mundo novo, e tudo ali merecia receber novos nomes. Além disso, nomes em língua estrangeira estavam proibidos de ser adotados para os novos assentamentos, pelo mesmo decreto imperial que lhes dera as terras. Na verdade, como descobriram logo que chegaram àquele mundo novo, muito pouco lhes seria realmente dado. Não demorou a aprenderem que, na nova terra, tudo era pago ou conquistado com muito sacrifício. Descobriram que, enquanto pudessem pagar, não seriam totalmente escravizados. Aprenderam que os poucos bens que conseguiram trazer da Europa eram cobiçados e conseguiam um bom valor por eles nos escambos que faziam.

Mal chegaram ao porto e tiveram que pagar o funcionário do governo imperial que lhes serviria de guia e que não deveria lhes cobrar nada, exatamente como havia sido prometido pelo próprio imperador. O homem disse que deveria ser pago ou não os levaria a lugar algum. Sem receber, os levaria até a metade do caminho, se tanto, que ficava no meio do nada. Deveria receber e viajaria acompanhado de dois ex-escravizados, seus batedores e sócios em seus diversos empreendimentos. Para o funcionário imperial e seus sócios, a viagem foi relativamente confortável e tranquila. Viajavam a cavalo enquanto os imigrantes viajavam a pé e tinham apenas alguns burros para levar sua carga, que eram as poucas coisas que salvaram da fúria das tempestades em alto-mar e da ambição dos homens em terra.

O funcionário do governo imperial, não satisfeito em viajar como e quando queria, e apesar de devidamente pago pelos imigrantes – que logo seriam referidos pelo Império como "colonos" –, sempre que podia os ameaçava, lembrando-lhes que era um representante do Império e do próprio imperador. Ele acreditava que a intimidação era uma ferramenta poderosa e a utilizava para subjugar e explorar ao máximo aqueles pobres coitados. Também acreditava que os imigrantes não sobreviveriam muito tempo no vale, não chegariam nem mesmo a ser chamados de colonos. Sendo assim, para que se preocupar com eles? Ou mesmo deixar alguma coisa de valor com eles?

Naquele momento, a seu favor, os imigrantes tinham apenas o idioma como defesa, para se comunicarem sem ser entendidos e para praguejar à vontade contra o representante do Império, embora o pastor não tolerasse que suas ovelhas xingassem ou praguejassem. Somente o líder do grupo falava um pouco de português. Mas ele não era o mais velho, e sim aquele que era um pouco fluente no idioma da nova terra e conseguia entender alguma coisa e se fazer entender. Por causa dos caprichos do funcionário do Império, da fraqueza dos doentes, dos velhos e das crianças, a viagem durou várias semanas. As chuvas de março haviam inundado os pequenos vales, enchendo rios e ribeirões e tornando a trilha um lamaçal sem qualquer sentido e direção. A trilha era a mesma que o próprio imperador atravessara, alguns anos antes, junto de seus filhos, vindo da região dos Sertões de Macacu. A trilha era um desvio do Caminho de Inhomirim, sem o calçamento de pedras que o caminho principal tinha.

Para o imperador, que não era aventureiro como seus filhos, os jovens príncipes, aquela trilha sem calçamento, irregular e, em alguns trechos, bastante íngreme era um grande incômodo. Não gostava de cavalgar e preferia usar a carruagem, sempre que possível, porque gostava de viajar com conforto. Nunca foi um grande líder militar, nem político. Não era brilhante e jamais pretendera ser imperador, mas acabou tendo que governar o Império e tomar a decisão de fugir para o Novo Mundo. Tudo naquela nova terra lhe lembrava fracasso, derrota e a fuga da Europa, e ele detestava aquele lugar com todo o seu coração.

Quando o imperador passou por ali e avistou aquele vale pela primeira vez, era um dia ensolarado, e ele se surpreendeu que naquela terra estrangeira e inóspita pudesse haver um lugar de tanta beleza. Mais do que isso, surpreendeu-se consigo mesmo por ter espontaneamente achado alguma beleza naquela terra. Naquela manhã, o imperador montava um cavalo, como raramente fazia, porque acreditava que nenhum animal seria capaz de suportar seu peso e tinha certeza de que ambos, ele e o animal, cairiam no chão fragorosa e vergonhosamente. Encantou-se com a vista do vale entre as montanhas altas. Uma delas era bem mais alta do que as outras e se destacava com seu pico agudo, que se projetava para o céu azul e parecia que iria furá-lo, como se o céu fosse um balão. A mata tinha variados tons de verde, era salpicada de pontos amarelos e roxos dos ipês e de folhas prateadas de uma árvore nativa muito comum na região. Para o imperador, a paisagem o fazia se lembrar de Queluz e da Serra de Sintra, que ele temia jamais voltar a ver em vida. Tinha certeza de que os príncipes já quase não se lembravam de Portugal e que, àquela altura, conheciam mais do Brasil do que da terra onde nasceram. O imperador acreditava que era preciso conhecer para amar e se perguntava como seus filhos amariam Portugal se não conheciam o lugar. Talvez fosse melhor assim, já que era muito provável que jamais voltassem para a Europa. Seriam prisioneiros, para sempre, naquela terra selvagem, nos confins de seu próprio Império.

O imperador desmontou do cavalo com a ajuda de criados e escravizados enquanto os príncipes simplesmente pularam das montarias e correram na direção do pai, apostando quem chegaria primeiro. Pedro, o mais velho, correu até onde o pai estava, mais rápido que seu irmão, Miguel. Mais uma das pequenas vitórias do príncipe mais velho sobre o mais novo. Mais uma das pequenas rusgas e mágoas que o príncipe mais novo alimentaria e carregaria contra o irmão mais velho por toda a vida. Sem se dar conta da pequena disputa principesca, o imperador admirava a paisagem em silêncio. Fechou os olhos e respirou fundo, e tão forte lhe foi a lembrança, que podia jurar que via, com espantosa nitidez, os campos de caça de Queluz. Abriu os olhos somente para que eles novamente se perdessem na admirável paisagem do vale que se estendia abaixo de seus pés e até onde a vista alcançava. Os príncipes olhavam ansiosamente para a paisagem, tentando encontrar o que tanto chamara a atenção do pai, e já começavam uma nova disputa entre si, afinal, quem descobriria primeiro? Contudo, o que o imperador via estava não na paisagem diante deles, mas dentro dele próprio, junto a suas lembranças da infância na propriedade de caça da família imperial.

– Vamos povoar todo esse vale – disse, finalmente.

– E podemos fazer isso? – Miguel perguntou.

– Claro que podemos! – Pedro disse enfaticamente, e acrescentou: – Somos imperadores!

– Por enquanto, nem mesmo eu sou imperador: sou apenas regente. Vossa avó, a imperatriz, ainda vive... – o pai o corrigiu, e Pedro imediatamente sentiu o rosto corar, imaginando quão vermelhas suas bochechas deveriam estar, ao ver que o irmão ria-se dele, regozijando-se daquela pequena vitória na eterna guerra entre dois irmãos príncipes.

O imperador abaixou-se um pouco, o suficiente para pegar uma folha de um dos arbustos da vegetação rasteira, então a dobrou, quebrando-a, e a levou ao nariz.

– Cheira a quê, Vossa Majestade? – Era sempre Miguel quem fazia todas as perguntas.

O imperador deu um longo suspiro e disse:

– A saudade.

Farias abaixou-se e arrancou uma pequena folha do arbusto de hortênsias, pensou ter visto uma mancha nela.

– Não é sangue – falou para si mesmo, depois de examinar a folha arrancada do arbusto.

– Não tem sangue por aqui – disse Gabriela, a legista, que estava de pé entre ele e o corpo de mulher deitado no chão à frente deles. – Não há sangue em nenhum lugar por aqui, nem em nenhum lugar visível do corpo.

– Como assim? – ele perguntou, olhando o corpo ainda com mais atenção, procurando alguma mancha ou marca de sangue que a legista não tivesse visto.

Era o corpo de uma mulher, totalmente despida, deitada de costas, com a barriga para cima e as mãos sobre o peito. O corpo não havia sido simplesmente largado ali ou "desovado", como diriam os policiais no seu jargão. Parecia ter sido arrumado como que para um velório, e isso deixava claro que tinha sido colocado ali com cuidado, como se o assassino ainda tivesse algum respeito pela morta.

– Não há sangue por aqui – ela repetiu, enquanto se agachava para examinar o corpo, sem tocá-lo. – Nem pelos.

Só então Farias se deu conta de que o corpo não tinha cabelos, nem pelos, em nenhuma parte do corpo. A cabeça tinha sido raspada, assim como as sobrancelhas e os pelos pubianos. Certamente não haveria pelos nas axilas. O corpo se parecia com um manequim de loja.

– E por que está tão roxo?

– Toque no corpo – disse ela, encarando-o.

– Estou sem luvas. – Tocar em cadáveres não era algo que ele gostasse de fazer, se pudesse evitar.

Gabriela lhe atirou um par de luvas de látex, que ele demorou muito para colocar, resistindo à ideia de tocar no corpo. Agachou-se e tocou-o bem perto do tornozelo esquerdo.

– Está gelado – disse, e tirou as mãos do corpo, levantando-se rapidamente.

– Sim, está muito frio – a legista confirmou, enquanto continuava agachada, examinando o corpo com o olhar, sem tocá-lo.

– Mas não fez tanto frio essa noite. Eu não entendo...

Gabriela se levantou e tirou as luvas, enquanto continuava a olhar o corpo. Fez sinal para os assistentes de que ela já acabara de examinar o corpo naquele local, e eles entenderam que podiam terminar as fotos e remover o cadáver para o necrotério. Ela caminhou pela trilha estreita para fora do bambuzal e do parque, evitando pisar nas hortênsias e em outras plantinhas rasteiras, seguida de perto por Farias e sua curiosidade leiga.

Quando já estavam de volta ao estacionamento, Gabriela finalmente falou:

– Ela não foi morta aqui, e o corpo provavelmente não passou toda a noite neste local.

– Então?

– Acredito que ela tenha sido morta em outro lugar, e já faz algum tempo. Parece que todo o sangue foi drenado do corpo e os cabelos e pelos foram raspados. O corpo deve ter ficado em algum lugar muito frio, como um frigorífico, e acabou congelado ou quase, durante algum tempo. Não sei por quanto tempo e não sei se vou conseguir saber.

Gabriela fez uma pausa para Farias absorver as informações, mas sem parar de caminhar em direção ao seu carro.

– Não sei como ela foi morta, mas tenho certeza de que o corpo foi trazido para cá hoje e colocado naquela posição, provavelmente depois de ter sido violentado em outro lugar. E isso tudo aconteceu há pouco tempo. Provavelmente durante a madrugada de hoje. – Ele agora caminhava ao lado dela, e Gabriela pôde ver sua cara de espanto. Para deixar mais claro, ela acrescentou: – Aparentemente, há sêmen espalhado pelo corpo. Quando chegar ao IML, vou verificar se ela foi violentada e se há sêmen na vagina e no ânus.

Ele balançou a cabeça inconformado, mas não incrédulo, pois sabia que Gabriela era uma excelente legista e que existiam, no mundo, pessoas capazes de fazer tudo aquilo que ela acabara de descrever e muito pior.

Gabriela abriu o carro, entrou, bateu a porta e baixou o vidro da janela.

– Eu aviso assim que terminar a autópsia.

– Ok.

Ele sabia que ela faria o melhor com os recursos que tinha. O IML não tinha um laboratório de última geração, mas, em compensação, a Gabriela era uma "nerd", um gênio da medicina legal ou simplesmente maluca, como todos os outros policiais pensavam. Afinal, quem estuda medicina para cuidar de cadáveres? A piada que rolava na delegacia é que ela podia dizer que nunca tinha perdido um paciente. Gabriela deu partida no carro e manobrou para sair do estacionamento principal. Farias teve que caminhar até o dos fundos, o estacionamento de serviço, onde deixara seu carro, porque a administração do clube não queria ter uma viatura da polícia parada no estacionamento principal. Ele atendeu o pedido, sem levar em consideração que talvez fosse uma exigência, e não propriamente um pedido da administração do local, apenas porque o parque onde o corpo fora encontrado, tecnicamente, não era do clube, embora só se pudesse chegar até lá através do clube.

No estacionamento, ele novamente se encontrou com Mendes, o cabo da PM que lhe avisara que o corpo tinha sido encontrado.

– Já tenho o nome, o celular e o endereço de todo mundo que eu acho que você vai querer interrogar – o cabo lhe disse enquanto se aproximava dele.

– Obrigado.

– Coisa estranha, não? – comentou enquanto entregava a lista de nomes das testemunhas ao inspetor.

– Como assim? – Farias perguntou, pegando a lista e guardando-a no bolso, porque ele próprio sempre achava estranho quando ocorria qualquer assassinato.

– O corpo da mulher não foi desovado de qualquer maneira. Parece que quem deixou o corpo ali teve um pouco de respeito... Quer dizer, isso é estranho vindo de um assassino, né? Normalmente largam o corpo de qualquer jeito.

– Você tem razão, isso é mesmo um detalhe estranho – respondeu com sinceridade, porque realmente parecia que quem abandonara o corpo no bambuzal tinha feito isso com, no mínimo, algum cuidado.

– Avisei as testemunhas que você pode querer falar com elas ainda hoje e que era pra elas ficarem preparadas – informou, e acrescentou em tom de protesto: – "Eles" não querem que a gente fale com as testemunhas aqui.

Farias logo entendeu que "eles" era a administração do clube, e deu de ombros.

– "Eles" não gostam da gente e não querem que a gente fique por aqui.

– Ninguém gosta da polícia, cabo. Ninguém – disse Farias, enquanto abria a viatura, e dessa vez quem deu de ombros foi o cabo.

– O contrário também é verdade, né? Não gostamos de nenhum deles.

O cabo Mendes deu um sorriso e acrescentou, já com Farias dentro do carro e se preparando para ir embora:

– Falei com todos eles, e ninguém viu nada. É isso que vão te dizer.

– Eu sei, cabo: ninguém nunca vê nada. Vamos pedir cópias dos vídeos de segurança...

– Nada feito. Já me avisaram que as câmeras não estavam funcionando ontem.

– Nunca estão, mas vamos pedir "oficialmente". – O cabo sorriu, manifestando sua satisfação com a ideia de obrigar que "eles" tivessem que fazer alguma coisa. – Tchau!

– Tchau – respondeu o cabo, enquanto a viatura do inspetor se afastava, cruzando o estacionamento de serviço. Ele próprio iria embora em seguida.

Na delegacia, alguns colegas mais curiosos vieram lhe perguntar detalhes, porque já sabiam que um corpo de mulher tinha sido encontrado. Ele contou pouca coisa. Aproveitou para pedir a uma investigadora assistente que fizesse um levantamento das denúncias de mulheres desaparecidas nos últimos meses. Não era um levantamento muito difícil de ser feito, mas podia demorar, porque os sistemas de computador das subdelegacias não estavam totalmente integrados ao sistema da delegacia central. Ele mesmo fez o levantamento das denúncias de mulheres desaparecidas na delegacia central, onde trabalhava, e não encontrou nada relevante. Apenas as denúncias de desaparecimento de duas mulheres, porém mais velhas do que o corpo que havia sido encontrado. Uma delas fora encontrada e devolvida para a família. Ela sofria de Alzheimer. A outra permanecia desaparecida. Farias sabia que muitos desses "desaparecimentos" eram simplesmente fugas, principalmente de mulheres cansadas de abusos e de violência doméstica. Por isso, ele próprio não investigava aqueles casos de desaparecimento que suspeitava que poderiam ser fugas. Gostava de imaginar que, assim, ajudava as fugitivas a terem uma vida melhor, embora, no fundo, soubesse que era muito forte a probabilidade de essas mulheres entrarem em novos relacionamentos abusivos com outros homens violentos. Farias sabia que algumas pessoas não nasciam para serem felizes, e isso era uma verdade universal.

Ficou remexendo nas pastas de casos antigos, mas não conseguiu controlar a curiosidade e ligou para o IML, para falar com a legista.

– E aí? – perguntou, quando Gabriela atendeu.

– Passa aqui que eu já tenho alguma coisa, mas não muito.
– Tô indo.

Ele desligou e foi correndo para o IML, que ficava a apenas alguns quarteirões da delegacia.

– Então? O que você já descobriu?

Gabriela respirou fundo, colocou os óculos e pegou seu bloco de anotações. Farias, sentado na cadeira em frente à mesa da legista, aguardava. Estavam no escritório da médica, uma vez que ele preferia conversar longe do corpo.

– Mulher jovem, entre vinte e 24 anos, olhos azuis, loura. Analisei o folículo capilar – disse, antecipando a pergunta que leu no rosto do colega –, não há feridas aparentes. Acredito que tenha morrido por falta de sangue. O sangue foi cuidadosamente drenado através de uma incisão na artéria femoral. Não vi a incisão quando estávamos no local onde encontramos o corpo porque o corte está do lado interno da virilha esquerda. – Novamente antecipou a resposta a uma pergunta que o detetive certamente lhe faria. – Nenhuma marca de violência, nem de violência sexual. Realmente havia sêmen espalhado pelo corpo dela. Colhi e guardei amostras de diversas partes do corpo dela em frascos diferentes, porque podem ser de mais de um doador.

– Provavelmente não faremos nenhum teste de DNA – Farias comentou. O teste era caro e muito pouco utilizado nas investigações, mas a providência da legista de colher as amostras separadamente e guardá-las adequadamente poderia ser útil no futuro.

Gabriela ignorou a observação e prosseguiu:

– Nenhuma impressão digital visível no corpo, nem sinais de luta ou resistência. Não há restos de pele debaixo das unhas da vítima. Por enquanto é só – disse, colocando seu bloco de anotações na mesa, tirando os óculos de leitura e guardando-os no bolso do jaleco. – Só vou saber mais com a autópsia.

– E por que o corpo estava gelado?

– Não faço ideia. Mas isso não é o que mais me preocupa. – Farias achou a resposta da legista estranha, porque aquele detalhe o intrigava muito e deveria deixá-la curiosa também. – A temperatura do corpo não me preocupa porque não tem relação com a causa da morte.

– E você está preocupada com o que exatamente?

Ela suspirou antes de responder.

– A incisão – disse, e fez uma pausa antes de esclarecer: – Não pode ter sido feita por qualquer pessoa.

– Você quer dizer que foi um médico?

– Ou um enfermeiro, mas tem que ter sido alguém com conhecimento de anatomia humana e capacidade técnica de fazer uma incisão tão precisa, usando um instrumento adequado.

– Um bisturi? Então, o assassino é um médico ou um enfermeiro.

– Ou uma médica ou enfermeira. Ou alguém que conhece a técnica de embalsamento de corpos – Gabriela acrescentou.

– Mas você encontrou sêmen, não foi?

– Sim, mas isso não quer dizer que o assassino é um homem. Ela pode ter sido morta por uma mulher e o corpo pode ter sido colocado lá por um homem, ou vice-versa. O esperma que encontrei estava espalhado pelo corpo, como se alguém tivesse se masturbado em cima do cadáver e tivesse tentado limpar a "sujeira", com pressa...

Ele concordou, mas aquela era uma teoria que ele, não a legista, teria que investigar. Era improvável, mas era possível.

– Vou almoçar. Quer vir comigo? – ele a convidou e se levantou para ir embora.

– Não, obrigada. Eu trouxe meu almoço. – Ele a olhou com incredulidade, tentando entender como ela conseguia comer naquele lugar. Só o cheiro de formol já o deixava enjoado, e se imaginar comendo ali, com corpos em várias gavetas, o deixava enojado. – Guardei no refrigerador.

– O quê?

– Meu almoço. Só estou explicando, porque você fez uma cara de nojo tão grande, como se eu tivesse guardado meu almoço numa gaveta do necrotério.

– Não sei como você consegue almoçar aqui, só isso...
– Eu trabalho aqui.
– Tchau – disse, e saiu.

Já na rua, Farias decidiu ir à pensão de sempre. A comida era boa, e ele tinha conta lá. Podia pagar no fim do mês. A maioria dos colegas da delegacia não almoçava lá porque achava caro. Essa era mais uma vantagem de almoçar lá: não ter que falar com ninguém durante a refeição.

A comida chegou junto do seu amigo da época do colégio, o Eduardo, que era advogado. Com a chegada do amigo, foi-se a esperança de ter um almoço em silêncio.

– Tá servido? – perguntou ao amigo que já se sentava à mesa.
– Não, obrigado – Eduardo respondeu, agradecendo o convite, mas só depois de examinar a refeição pedida pelo amigo. Não ia mesmo ser suficiente para os dois. – Só queria lhe encontrar, para falar com você.
– Sobre? – Farias perguntou, falando com a boca cheia.
– Posso? – Eduardo perguntou antes de se servir de refrigerante e o amigo concordou com um sinal de "vá em frente".

Eduardo colocou um pouco de refrigerante no copo, tomou um gole e perguntou:

– Acharam um corpo hoje, né?
– Como você sabe disso?
– Eu sei... – ele respondeu.

Farias deu um suspiro longo antes de perguntar:

– Como? – Mas já sabia a resposta.

Eduardo tomou mais um gole do refrigerante, dessa vez mais longo, e respondeu:

– As entidades...
– Cara, não! Não faz isso comigo, não, por favor! – disse, enchendo a boca de comida, como se agora tivesse pressa para acabar logo a refeição.

Eduardo era preto, alto e forte, mantinha a cabeça raspada e a barba começava a ficar grisalha. Era descendente de gerações de escravizados que foram trazidos para a região conhecida como Sertões de Macacu, mas só recentemente tinha passado a se dedicar aos rituais espirituais dos seus antepassados. Inicialmente, com muita relutância, mas agora já aceitava a sua nova espiritualidade com mais resignação. Tinha sido católico a vida inteira, ele e Farias haviam estudado no mesmo colégio de padres, onde Eduardo fora convidado para ser seminarista. Não sabia bem o que fazer com sua mediunidade, e as visões que tinha nem sempre eram suficientemente claras. No entanto, naquele dia ele tinha tido uma visão muito clara.

– Vocês encontraram o corpo de uma mulher, sem uma gota de sangue e sem um fio de cabelo – ele disse, e esperou a reação do amigo, que continuou a encher a boca com comida.

– Eu posso mandar prender você como suspeito – Farias disse finalmente, ainda com a boca cheia.

– Eu sou advogado, lembre-se disso. E se compararem o DNA do sêmen encontrado na mulher com o meu, vai ver que não sou o assassino.

– Puta merda! – Farias tinha perdido totalmente o apetite e empurrou o prato para o outro lado da mesa, para mostrar desconforto. Eduardo pareceu não se importar. – Cara, como você pode saber disso?

– As entidades, os orixás, eu já disse. – Farias balançava a cabeça negativamente mesmo antes de o amigo terminar a frase. – Você tem que acreditar em mim – Eduardo insistiu, como se houvesse outra possibilidade para Farias, que ou acreditava nele ou mandava prendê-lo. – Eu sei por que o corpo dela estava gelado.

– Caralho, Eduardo! Como você sabe dessa porra toda? – Farias falou um pouco alto demais, chamando a atenção do resto das pessoas no restaurante da pensão.

Dessa vez, Eduardo não respondeu, apenas deu de ombros.

– Ok. Ok – Farias disse, e respirou fundo antes de perguntar: – Por que o corpo estava gelado?

– Ela não foi morta ali, e o corpo não foi abandonado no lugar que vocês encontraram – disse, e relutou um pouco antes de prosseguir: – O corpo foi jogado num local dentro do terreno do clube. Algum funcionário do clube achou o corpo e guardou no freezer até saber o que a administração queria que fosse feito com o cadáver.

Os dois ficaram em silêncio durante algum tempo.

– Quer um café? – perguntou o inspetor. Eduardo fez que sim, e o detetive fez sinal para o garçom lhe trazer dois cafezinhos.

Começaram a tomar os cafés ainda em silêncio.

– E o que eu faço com essa informação? Eu não posso usar isso.

– Eu não sei – Eduardo respondeu. – A minha obrigação era contar isso pra você.

– Não me ajuda em nada – disse, mas, na verdade, a informação fazia sentido, e ele poderia usá-la quando fosse interrogar as testemunhas. – Eu devia mandar te prender como suspeito. Um cadáver com os pelos todos raspados e sem sangue no corpo... Isso parece muito com os rituais da sua gente.

– Agora você está sendo muito preconceituoso! – Eduardo disse, empurrando a xícara de café para longe e se levantando indignado. – Eu não sou o único afrodescendente por aqui, nem o único médium. – E, antes de sair, acrescentou: – E isso já aconteceu outras vezes.

Farias embolou o guardanapo e jogou com força em cima da mesa.

– Que merda! – disse bem alto, e dessa vez todo o restaurante olhou para ele.

4

Ainda montado no cavalo, o ex-escravizado alforriado batizado de Antônio de Jesus olhava aquelas famílias de pessoas de pele muito clara e olhos muito azuis tentando se estabelecer para passar a primeira noite no vale. Não eram mais do que umas duzentas pessoas entre jovens adultos, velhos e crianças. Eram os sobreviventes da longa viagem da Europa até ali. Agora lutariam para sobreviver na terra que tinham recebido do Império. Olhando aqueles imigrantes, Antônio sabia que eles não sobreviveriam sem ajuda. Precisariam de um auxílio constante e efetivo, e não da ajuda imperial, que sempre chegava tarde demais.

Antônio, como filho de escravizados e como escravizado que ele próprio fora, conhecia muitas histórias de sobrevivência do seu povo à captura em terras africanas, ao embarque forçado nos navios de escravizados, à longa travessia do Atlântico, à chegada ao Brasil, aos trabalhos forçados, aos castigos e punições e à escravidão cruel. A sobrevivência e a vontade de viver eram os únicos elos entre ele e aqueles imigrantes europeus. Apesar de enfraquecidos, doentes e explorados, os colonos eram livres e vieram para fugir da miséria e da fome que grassava em seu país. Os africanos eram livres e viviam numa terra de abundância. Foram trazidos para uma vida de sofrimento e miséria, com abundância de castigos físicos, torturas, crueldade e injustiça. Os africanos e seus descendentes eram escravizados e parecia que assim seria para sempre. A vinda do imperador para o Brasil não tinha terminado com a escravidão, e, para os escravizados, os tempos pareciam ainda piores por conta dos trabalhos mais pesados, da opressão violenta aos cativos e da implacável perseguição aos fugitivos e quilombolas. Aqueles imigrantes, por mais miseráveis que fossem, foram trazidos por conta de um gesto político de amizade do imperador, que queria consolidar uma aliança com os povos germânicos e, quem sabe, obter apoio contra o Império francês. Movido pelo mesmo objetivo, anos mais tarde o imperador arranjaria o casamento de seu filho primogênito com uma princesa austríaca. Dos africanos, no Império e na Colônia, ninguém queria outra coisa que não fosse o trabalho à custa de sua liberdade, dignidade e sangue. Esqueciam que muitos deles eram igualmente reis e príncipes das suas tribos e nações na África.

Kantigi significava "uma pessoa fiel", e era isso mesmo que ele queria ser, fiel a seus antepassados, para não deixar que suas histórias fossem esquecidas. Aceitou ser batizado como Antônio de Jesus porque isso fazia parte do processo de tornar-se livre e era, afinal, um preço pequeno a pagar. Seu amigo Okwui, também liberto, foi batizado como Emanoel, um nome cristão que ele próprio achava que lembrava o significado de seu nome africano, "palavra de Deus". Ambos aceitaram ser batizados para que pudessem ser livres, porque sabiam que esse era um destino muito raro e uma oportunidade que não podiam desperdiçar, não só por si mesmos, mas também por seu próprio povo. Os escravizados precisavam de irmãos livres que pudessem defendê-los e lutar por sua liberdade.

Kantigi e Okwui foram libertos pelo seu antigo senhor porque, alguns anos antes, salvaram sua mulher e seu filho de serem mortos em uma emboscada, num lugar perto de onde estavam agora. Alguns garimpeiros ilegais, considerados fora da lei pela autoridade imperial, atacaram a caravana que levava o moço para viver na capital. A maioria dos escravizados que acompanhava a caravana aproveitou a oportunidade para fugir. Os capatazes brancos que guardavam a caravana não sabiam lutar contra homens livres. Eram eficientes apenas para torturar escravizados amarrados nos pelourinhos e troncos.

Kantigi e Okwui aproveitaram a confusão para libertar os outros escravizados, já que eles eram os únicos que não estavam presos, e ajudá-los a fugir. Eles próprios já iam longe, fugindo, quando Kantigi parou e olhou para trás. Ele parou Okwui, segurando-o pelo braço, e ele também se voltou para olhar para trás, para a caravana, que continuava sendo atacada. Olharam um para o outro e nesse momento souberam que não fugiriam. Os capatazes e peões brancos logo seriam mortos pelos fora da lei. Okwui e Kantigi voltariam para lutar e defender crianças e mulheres. Mesmo elas sendo brancas, eles não podiam deixar que as crianças fossem mortas como animais e que as mulheres fossem violentadas e mortas pelos bandidos. Conheciam o sofrimento muito de perto para saber que o mundo não precisava de mais sofrimento e dor.

Okwui e Kantigi correram de volta para lutar e, mesmo sem armas, derrotaram os bandidos, armados de facas e facões. Os dois homens eram muito mais fortes que os garimpeiros miseráveis. Os proscritos viviam escondidos na mata e não tinham mais a ajuda dos nativos. Como os proscritos e os nativos se associavam com facilidade contra o inimigo comum, as autoridades portuguesas começaram, intencionalmente, uma epidemia de varíola que dizimou os índios da região. Enfraquecidos, sem poder garimpar, os proscritos viviam de escaramuças, furtando das fazendas, emboscando e roubando caravanas de portugueses e brasileiros. Atacavam até mesmo os quilombos, mas a um preço muito alto, porque os quilombolas eram guerreiros obstinados na defesa da liberdade que reconquistaram com o próprio sangue.

Os bandidos que sobreviveram ao ataque fugiram, derrotados e sem levar nada. Alguns foram mortos. Mataram dois capatazes brancos e feriram mais um. Mataram três escravizados, mas não tiveram tempo de causar outro mal às mulheres e crianças brancas, além do susto e do terror. Kantigi e Okwui recolheram o ferido e o colocaram numa carroça. Colocaram os corpos dos capatazes e escravizados mortos num carro de boi. Juntaram o que puderam e colocaram a caravana novamente em movimento, dessa vez de volta para a fazenda. Deixaram os corpos dos bandidos para trás e sabiam que seus companheiros não viriam buscá-los, os deixariam para serem comidos pelos animais da mata.

Anoitecia quando finalmente chegaram à fazenda, e um capataz, sem entender o que via, veio correndo recebê-los de arma e chicote na mão. Estava prestes a açoitar Okwui quando a senhora branca gritou o mais alto que pode, de dentro da carroça:

– Deixe-os em paz! – O capataz, assustando-se com o berro da senhora, baixou o açoite, mas continuava a empunhar a arma. – Esses homens nos salvaram – ela disse, enquanto descia da carroça, ajudada por Kantigi. – Cuide dos feridos e dos mortos.

De dentro da sede da fazenda, uma pequena multidão de homens e mulheres brancas, escravizados da casa e mucamas vinham apressadamente em sua direção. Okwui e Kantigi pegaram os corpos dos escravizados. Okwui, o mais forte, carregou dois deles, caminhando na direção da senzala. Kantigi colocou o outro corpo no ombro e apontou a carroça com o ferido para o capataz, que só então guardou a arma no coldre e foi socorrê-lo, gritando para que os outros homens viessem ajudar. Kantigi carregou o corpo de um preto mais velho para a senzala. Os corpos foram deitados sobre esteiras de palha, no chão da senzala, ao lado da fogueira que iluminava e aquecia o barracão. De joelhos, ao lado do corpo que ele próprio carregara, Kantigi chorou. Algumas mulheres também choravam, enquanto outras se preparavam para cuidar dos corpos.

Um dos capatazes entrou na senzala com o açoite na mão, indo diretamente na direção de Kantigi, e Okwui andou na sua direção para impedi-lo, mas o capataz fez um sinal para que parasse. Okwui obedeceu, e o capataz gritou para Kantigi:

– A senhora mandou que saias.

Kantigi se levantou, secou o rosto com as costas das mãos e saiu da senzala, seguido por Okwui. Os outros escravizados, sem saber se podiam ou não, os seguiram e não foram impedidos. A senhora, ainda vestindo as roupas da viagem, estava sentada no gramado em frente à casa, numa cadeira que havia sido colocada ali para ela. De pé, ao seu lado, estavam seu marido e seu filho, o mesmo que viajava com ela e que também fora salvo por Kantigi e Okwui. Kantigi parou à frente da senhora e começou a se abaixar para se ajoelhar diante dela, tal como todos os escravizados daquela fazenda eram obrigados a fazer, mas o capataz mandou que ele ficasse de pé, com Okwui ao seu lado. A senhora fez um gesto para o marido, concordando silenciosamente com alguma pergunta que o marido lhe fizera.

— A senhora me disse que tu salvaste a caravana — o senhor falou, e Kantigi não disse nada. — Por que não fugiste com os outros escravos?

— Eu ajudei eles a fugir — Kantigi confessou, mas parecia mais um desafio do que uma confissão.

— Mas por que não fugiste?

— Eu ia fugir com eles — Kantigi insistiu desafiadoramente, e o capataz já se preparava para golpeá-lo, mas o senhor fez um sinal para que parasse.

— Mas não fugiste.

— Eu sabia que eles fariam maldades com as mulheres e as crianças — ele disse, mas como se tivesse vergonha de assumir que tivera pena daquela gente que era tão cruel com o seu próprio povo. — Por isso eu e Okwui voltamos.

— Esse negro do teu lado é Okwui?

— Sim.

— Por que ele não fala?

— Ele ficou mudo depois de ser castigado quando era pequeno.
— O senhor acenou para sinalizar que tinha entendido, enquanto continuava a olhar para Okwui.

— Quem te ensinou a falar nossa língua tão bem?

— Meu pai.

— Onde ele está?

— Morto. Os bandidos mataram ele. Foi o corpo que eu carreguei.

O senhor fez uma pausa, antes de falar novamente:

— A senhora quer que eu te liberte. Acreditas que mereces ser livre?

— Sim, todo homem deve ser livre.

— Eu acredito que vosmecê é menos que um animal... — disse o senhor. — Mas, como salvou minha mulher e meu filho, talvez mereças mesmo ser livre. — O homem fez uma pausa e continuou encarando Kantigi, antes de acrescentar: — Mas há algumas condições...

— Terás que ser batizado — a senhora disse. — Com um nome cristão.

Kantigi assentiu.

— Serás livre, mas terás que servir a minha família, protegendo meu filho durante toda a sua vida.

Novamente, Kantigi assentiu.

— Serei eternamente grato à sinhá e ao sinhô — ele disse, e se colocou de joelhos diante dos senhores, puxando Okwui para que se ajoelhasse também. — Serei leal ao sinhozinho por toda a minha vida, mas se a sinhá me permitir um pedido...

O capataz ia mandar que ele se calasse, mas a senhora fez um sinal para que falasse.

— Okwui me ajudou a salvar a caravana, e eu queria pedir a liberdade para ele também. Ele concorda em ser batizado, ter um nome cristão, e ser leal e fiel ao sinhozinho, como eu, durante toda a vida. — Enquanto Kantigi falava, Okwui balançava a cabeça concordando com tudo o que o amigo dizia.

— Sim, ele também será libertado, sob as mesmas condições — a senhora respondeu, antes que o marido pudesse dizer algo.

— Obrigado, sinhá — Kantigi agradeceu. — Mas eu tenho mais dois pedidos, se a sinhá e o sinhô...

— Isso já é demais, negro abusado! — o capataz gritou, avançando para chicotear Kantigi.

— Cala-te! — A senhora levantou-se e gritou tão alto que o capataz recuou, assustado.

— Perdão, sinhá... — o capataz disse, envergonhado, temeroso da reação do senhor.

— Cala-te... — a senhora repetiu, mais calma e voltando a se sentar, falando para o capataz, mas também para seu próprio marido: — Quem vosmecê pensa que é para decidir quanto vale a minha vida e a de meu filho? Peça! — ordenou a Kantigi.

— Eu peço que os irmãos que fugiram não sejam perseguidos...

— Sinhô, não podemos permitir isso! — o capataz se apressou em dizer. — Eles vão ficar fortes e nos atacar para libertar os outros escravos!

— Já mandei calar-te! — a senhora gritou novamente para o capataz, que deu um passo para trás, com a cabeça baixa.

— Eu prometo que eles jamais vão atacar o sinhô, a sinhá e a vossa família.

— Se eles não nos atacarem, nós não iremos atrás deles, nem vamos atacá-los — o senhor afirmou. — Qual teu último pedido?

— Queria poder enterrar meu pai segundo as tradições do nosso povo.

O senhor e a senhora se entreolharam, mas foi a mulher que respondeu:

— Sim, mas será a última vez que tomarás parte num ritual pagão, pois tu serás batizado e te tornarás cristão.

— Podem ir agora — o senhor disse, e o capataz apressou-se em vir tocá-los de volta para a senzala.

Quando a senhora já havia se levantado da cadeira e dado o braço ao marido para entrarem na casa, Kantigi virou-se e disse:

— Sinhá?

— Mas o que é agora? — o senhor disse com impaciência.

— Fales — ela disse.

— A sinhá pode escolher nossos novos nomes?

— Sim, claro! — ela respondeu com um sorriso. — Teu nome será Antônio de Jesus, e o de teu amigo será Emanoel.

— Obrigado, sinhá.

Cada grupo tomou seu caminho para a casa ou para a senzala.

Na senzala, falando na língua de seus pais, Kantigi explicou ao ancião da tribo que poderiam fazer o funeral de seu pai de acordo com a tradição deles. O velho concordou, chamou duas mulheres e lhes deu instruções. Elas raspariam todos os pelos e cabelo do corpo, e ele faria uma incisão na artéria femoral, para drenar o sangue, que seria recolhido em jarros de barro. As mulheres lavariam e perfumariam o corpo e o vestiriam com uma túnica colorida. Já não tinham muitos tecidos, nem como fazê-los, mas buscariam flores e folhas na mata e pintariam o corpo com tintas coloridas, para que ele ficasse totalmente coberto. O corpo seria enterrado na mata, e a cova seria coberta com muitas pedras pintadas de branco. Seu sangue seria derramado num rio, porque o sangue era a sua alma, que, assim, fluiria livre na natureza, até que renascesse. Assim ditava a tradição de seu povo.

5

Farias achou que teria tempo de ouvir as testemunhas naquele mesmo dia. Ainda era cedo, todos trabalhavam no clube e não teriam problemas para chegar na delegacia. De carro, levaria uns quinze, vinte minutos, no máximo, do clube até a delegacia. Além disso, o inspetor queria falar com eles enquanto os acontecimentos ainda estavam recentes e frescos na memória de todos. Ele sabia que, com o tempo, mesmo com pouco tempo, a memória acaba traindo as pessoas, fazendo com que detalhes importantes sejam esquecidos, por vezes convencendo-as de terem visto e ouvido coisas que não aconteceram. Também havia a imprensa local. Não que o jornal da cidade – a Folha de Nova Esperança – fosse assim tão importante ou investigativo, mas, de todo modo, era um jornal que representava a imprensa local. O detetive sabia que estava lidando com um caso de assassinato com características e circunstâncias muito estranhas, para dizer o mínimo. A curiosidade é da natureza das pessoas, e a falta de informações faz com que as especulações substituam os fatos. Com todas as redes sociais acessíveis, as especulações e notícias falsas que se espalhariam não ajudariam em nada a investigação. Por isso, ele se convenceu de que era melhor começar logo a ouvir as testemunhas, conseguir alguma informação para a investigação e para a imprensa e para dar uma satisfação para a comunidade. Por esses motivos e, também, porque o detetive era curioso.

Com um telefonema rápido e direto para a secretaria do clube, marcou para que as testemunhas fossem naquela mesma tarde à delegacia. Eram só quatro depoentes, e todo o interrogatório não deveria demorar. Em vinte minutos, no máximo, estariam na delegacia, e Farias calculava que o interrogatório de todos eles não demoraria mais do que uma hora ou uma hora e meia. Afinal, ele sabia, as testemunhas diriam que não tinham visto nada relevante. Não poderia demorar.

Demorou menos ainda para que o delegado, seu chefe, viesse até a sua sala. Cumprimentaram-se burocraticamente, como de praxe, e o delegado sentou-se na cadeira colocada à frente da mesa do detetive.

– Isso é mesmo necessário? – o delegado finalmente perguntou.

– Interrogar as testemunhas? Claro que sim! Temos um crime para investigar.

– Eles foram ouvidos no local?

– Por um cabo da PM... Não por um detetive – Farias esclareceu, demonstrando pouca paciência, mas o delegado não parecia satisfeito. – É de praxe. Faz parte do protocolo, mas você sabe que não chega nem mesmo a ser parte da investigação.

– Sim, claro. Mas precisa que venham hoje?

– Encontramos o corpo de uma mulher, em condições muito estranhas, sem sangue, sem cabelos ou pelos, aparentemente abusada depois de morta. Tenho medo de que eles acabem se esquecendo de algum detalhe importante.

– Sim, sim – o delegado o interrompeu com impaciência. – Já falei com a Dra. Gabriela. É tudo realmente muito peculiar... – prosseguiu, sem conseguir disfarçar seu desconforto com a ideia de que os empregados do clube fossem interrogados na delegacia. – Mas temos que evitar nos indispor com o pessoal do clube.

Farias sabia que essa era uma preocupação legítima, já que os administradores e sócios do clube eram a elite da cidade, eram os poderosos, mas, para ele, a preocupação do delegado demonstrava claramente a sua fraqueza e falta de autoridade.

— Precisamos saber. Precisamos de respostas — o detetive insistiu enquanto o delegado balançava a cabeça concordando, sem concordar realmente. — O corpo estava gelado quando foi encontrado. Não estava só frio: estava gelado, e isso é muito estranho — disse, como se todos os outros detalhes fossem menos estranhos.

— Tudo bem. Vamos em frente — o delegado falou, sem convicção, e bateu com as palmas das mãos nos joelhos antes de se levantar. — Eu também vou participar do interrogatório — disse, e saiu da sala.

— Tudo bem — Farias respondeu, embora soubesse que não estava nada bem.

Do segundo andar do prédio da delegacia, Farias viu a van do clube chegar com as testemunhas, enquanto olhava, através da janela, a chuva fina que começava a cair. O motorista estacionou a van numa das vagas em frente à delegacia e apenas três pessoas desceram, além do próprio motorista. Só havia três testemunhas, quando deveriam ser quatro, a menos que o próprio motorista do clube fosse uma delas — e ele não era. Logo em seguida, um carro, um sedã luxuoso, parou numa vaga ao lado da van. Farias conhecia aquele carro muito bem. Era o carro do advogado, sogro de Suzana, Dr. Édson. Não estranhou que o advogado viesse acompanhar o interrogatório, porque sabia que ele era o advogado do clube. Dr. Édson era um advogado caro, tão caro quanto o seu próprio carro importado.

Sua presença indicava que a administração do clube estava realmente preocupada com a situação, mas não deixava de ser estranho que o clube concordasse em ter aquela despesa, enviando o advogado mais caro da cidade para acompanhar o depoimento de seus empregados na delegacia. Era óbvio que o clube considerava que o caso era importante, mas por quê? Apesar de o corpo ter sido encontrado por empregados do clube, não havia sido encontrado no terreno do clube. A menos que...

Apesar de muito curioso por conta da presença, na delegacia, do sogro de Suzana, que, além de ser o advogado mais caro da cidade, era uma pessoa que ele detestava do fundo do coração, o detetive resolveu aguardar, na própria sala, até ser chamado para a sala onde as testemunhas seriam ouvidas. Foi o próprio delegado que passou pela sala do subordinado, já na companhia do Dr. Édson, e o chamou para irem à sala de reunião, no primeiro andar do prédio. Farias cumprimentou o advogado protocolarmente, que lhe retribuiu o cumprimento com igual má vontade e um pouco de desprezo.

Os três desceram as escadas para o primeiro andar e encontraram as testemunhas aguardando, todas sentadas num banco em frente à sala. Farias cumprimentou todos com um boa-tarde e foi cumprimentado de volta pelas testemunhas, com vozes baixas e intimidadas. Não era mesmo uma boa tarde para eles. Aliás, não era um bom dia desde o começo. Ao passar pelo corredor, o detetive teve tempo suficiente para contar as testemunhas e confirmar que havia apenas três, quando deveria haver quatro. Também teve tempo suficiente para notar que o senhor mais velho, que os colegas chamavam de "Seu" Augusto, estava muito nervoso.

Farias entrou na sala de reunião sem se importar se estava sendo ou não acompanhado pelo delegado e pelo advogado, e encontrou a colega escrivã já sentada à frente do computador, digitando.

– Oi, Paula! Tudo bem?

– Tudo – ela respondeu, sem tirar os olhos da tela do computador.

– Temos três testemunhas aí fora, e está faltando uma, confere?

– Sim, pela listagem do cabo Mendes, deveriam ser quatro.

– Quais deles vieram? – perguntou, enquanto ele próprio procurava a resposta numa listagem presa numa prancheta.

– Todos, menos um tal de Carlos. Parece que é o empregado mais novo.

– Falaram por que ele não veio?

– Não perguntei – ela respondeu, sem tirar os olhos uma única vez da tela do computador. – Mas o advogado deve explicar, né?

– Sim, ele deve ter alguma explicação. – Dr. Édson era conhecido por ter explicação mesmo para coisas inexplicáveis.

Mal Farias acabara de falar, o delegado e o advogado entraram na sala.

– Está faltando uma testemunha – Farias questionou o advogado.

– Sim, sim... – Dr. Édson respondeu. – Não conseguimos encontrá-lo antes de vir para cá e não quisemos esperar mais, para não nos atrasarmos.

– Claro, sem problema – o delegado se apressou em contemporizar. – Ele pode vir amanhã...

– Prefiro que venha logo hoje – disse Farias.

– Sim, é bem possível que venha hoje – o advogado acrescentou. – Já deixamos recado, e vão me avisar quando ele aparecer no clube.

– Acho que podemos começar – o delegado sugeriu, impacientemente, enquanto se sentava. Também sugeriu que chamassem o Sr. Augusto, que era o mais velho das testemunhas, e o mais nervoso.

– Vamos deixá-lo para o final. Ele está muito nervoso.

– Por isso mesmo deveríamos chamá-lo logo – disse o advogado, contestando Farias.

– Não. É melhor esperarmos que ele se acalme – Farias decidiu, embora soubesse que ninguém aguardando para depor realmente se acalma. – Vamos chamar o Sr. Henrique.

A escrivã levantou-se e foi chamar a testemunha, enquanto o delegado e o advogado trocaram olhares, mas tinha ficado claro para ambos que era Farias quem estava dando as ordens ali.

A porta se abriu, e a escrivã entrou trazendo o Sr. Henrique, que era um rapaz jovem, de menos de trinta anos.

– Pode se sentar – Farias disse, apontando uma cadeira.

Antes de se sentar, o rapaz olhou para o advogado, como quem pede aprovação, e finalmente obedeceu.

Paula pegou a identidade do rapaz e digitou as informações no computador. Perguntou seu endereço, telefone, local de trabalho, e digitou mais alguma coisa. Quando a escrivã acabou, Farias fez outras perguntas, todas de praxe. Há quanto tempo ele trabalhava no clube? O que fazia lá? A que horas chegou no clube naquele dia? Até perguntar como eles encontraram o corpo.

Henrique ficou ainda mais desconfortável com a pergunta e olhou para o advogado como quem busca apoio, mas tudo que recebeu do Dr. Édson foi um gesto sutil de que deveria ir em frente e responder.

– Foi Seu Augusto que achou o corpo.
– Quem é Seu Augusto? Seu chefe? Aquele senhor mais velho? – Henrique concordou com um gesto, mas Farias insistiu que ele respondesse verbalmente.
– Sim, é o chefe – disse, e apontou pela vidraça da sala para o senhor que estava sentado no banco do corredor e que não conseguia disfarçar o nervosismo.
– E como ele encontrou o corpo?

Henrique respirou fundo e deu um suspiro longo antes de responder:

– A gente tava no vestiário, Seu Augusto veio lá de fora, muito branco e respirando muito mal. Parecia que ele tava tendo um troço, um ataque do coração, sei lá... A gente correu pra ajudar ele.
– Quem estava no vestiário?
– Eu, o Carlos e o Seu Antonio.
– Carlos é o que não veio?
– É.
– Seu Antonio e Seu Augusto estão lá fora?
– Sim.
– Pode continuar. O que aconteceu? – indagou, sem tirar os olhos de suas anotações.
– A gente acudiu o Seu Augusto. A gente colocou ele sentado, Carlos deu um copo d'água pra ele, e ele ficou menos nervoso. Quando ele tava mais calmo, contou que tinha achado um defunto e falou que a gente tinha de ir com ele ver onde o defunto tava – disse, e fez uma pausa, respirando profundamente. – O Seu Antonio achou que era melhor a gente ver se era um defunto, porque Seu Augusto tá muito velho e coisa e tal, já não vê bem e já se confundiu

antes, achando que tinha visto outros defuntos no clube... – O advogado se remexeu na cadeira, desconfortável com essa afirmação do rapaz. – Então, Seu Antonio falou pro Seu Augusto mostrar onde ele achou o defunto, e a gente foi seguindo ele...

– A que horas foi isso?

– Eu tinha acabado de chegar. Eu pego às sete. Então, devia ser umas sete e meia.

O rapaz fez uma pausa, e o policial fez um sinal para que ele continuasse.

– Quando a gente chegou onde Seu Antonio levou a gente, tinha mesmo um defunto lá... Uma defunta. Dava pra ver que era uma mulher, porque ela tava sem roupa, pelada, e dava pra ver os peitos e, o senhor sabe, a...

– Sim, eu sei, dava pra ver o sexo dela. O que mais você viu?

– Achei esquisito porque ela tava careca e sem sobrancelha e sem cabelo lá na...

– Na genitália. Entendido.

– Isso mesmo – o jovem concordou, embora não soubesse o que era genitália.

– O que vocês fizeram depois? Vocês mexeram no corpo?

– T'esconjuro! – Carlos disse, enquanto se benzia, fazendo o sinal da cruz. – Eu? Eu jamais que vou mexer num defunto. Deus que me livre! A gente voltou pro vestiário. Seu Augusto começou a passar mal de novo, e aí a gente ajudou ele a voltar.

– Quem avisou à polícia?

– Não sei, acho que foi Seu Antonio. Eu e o Carlos ficamos com Seu Augusto no vestiário, e o Seu Antonio saiu, falando que ia na secretaria contar para eles avisar a polícia. Depois ele voltou e ficou com a gente no vestiário. A enfermeira do clube veio ver Seu Augusto e mandou a gente dar água com açúcar pra ele. Não demorou pra polícia chegar.

– Quanto tempo?

– Não sei, mas acho que uns vinte minutos, meia hora.

– Mais alguma coisa que você se lembre ou que queira nos contar? – Henrique olhou novamente para o advogado e sacudiu a cabeça negativamente.

– Ok.

– Posso ir embora? – o jovem perguntou mais para o advogado do que para Farias ou mesmo para o delegado.

– Não – Farias respondeu secamente. – Sente-se ali e fique em silêncio – disse, e apontou um sofá velho, no canto da sala.

Henrique se levantou desanimadamente e se sentou no sofá, como mandado. Farias mandou chamar Seu Antonio. O advogado queria que o Seu Augusto fosse chamado, mas Farias novamente discordou. O delegado achou que o inspetor foi rude com o advogado, mas não disse nada. Se Farias se atrapalhasse com a investigação, ele a tiraria do comando dele.

Seu Antonio entrou e se sentou na cadeira que lhe foi indicada. Entregou a identidade para Paula, respondeu às mesmas perguntas de praxe e contou a mesma história contada por Henrique, deixando bem claro que não fora ele que tinha chamado a polícia; ele achava que devia ter sido a secretária do clube que ligara para a polícia.

Dois detalhes chamaram a atenção de Farias: ninguém da administração do clube parecia ter ficado preocupado ou mesmo se importado com o fato de um cadáver ter sido encontrado quase que dentro do terreno do clube, e os depoimentos das duas testemunhas eram muito parecidos. Parecidos demais, e ele já ouvira muitos depoimentos para reconhecer um testemunho ensaiado.

Seu Antonio terminou de depor e Farias também mandou que ele se sentasse no sofá, ao lado do jovem Henrique.

Logo foi a vez de Seu Augusto entrar e se sentar na cadeira que lhe foi mostrada por Farias. Estava muito nervoso e parecia bem abalado. Entregou o documento de identidade para Paula e respondeu às perguntas de praxe, declarando endereço e telefone, que era casado, mas até mesmo para responder a essas perguntas teve dificuldade, tamanho seu nervosismo. Farias fez um esforço sincero para que ele se acalmasse e ficasse mais à vontade, mas nada pareceu dar resultado. O detetive sabia, por experiência, que existe a tendência de que uma testemunha, conforme vai contando sua história e falando a verdade, vá, ao mesmo tempo, se acalmando. Mas Seu Augusto não conseguia se acalmar. Continuava nervoso e desconfortável. Isso também seria normal, porque era um senhor de mais idade, que tinha encontrado o cadáver de uma mulher em condições estranhas e que agora estava diante de um policial, numa delegacia, prestando depoimento.

– Seu Augusto, o senhor notou alguma coisa estranha com o corpo? – Farias perguntou da maneira mais gentil possível.

O velho fez uma pausa, pensou um pouco e respondeu:

– O corpo da moça estava sem roupas, sem cabelos...

– Isso nós já sabemos, Seu Augusto – Farias o interrompeu, e o homem se assustou. – Quero dizer alguma coisa bem especial, muito diferente do normal. Algum detalhe que tenha chamado sua atenção.

Seu Augusto parecia estar se esforçando para entender a pergunta e olhou para os colegas de trabalho e para o advogado, mas ninguém parecia poder ou querer ajudá-lo, ou ao menos foi isso que ele sentiu. Ele queria entender a pergunta, queria dar a resposta certa, mas ficou apenas olhando para o inspetor sem dizer nada, com o olhar perdido.

– O senhor já encontrou algum outro corpo antes, Seu Augusto?

– Eu fui coveiro – ele respondeu.

– Sim, nós sabemos. Então o senhor não tem medo de defunto, não é mesmo? – Farias disse, para descontraí-lo, mas a frase não teve o efeito que ele esperava. Seu Augusto limitou-se a sacudir a cabeça negativamente. – Esses corpos que o senhor enterrou, quando era coveiro, estavam limpos, certo?

– Estavam... Sempre. Os defuntos eram arrumados e vestidos para o enterro, sim.

– O senhor não acha que esse corpo estava muito limpo para ter sido abandonado? Não estava "arrumado" demais? Quer dizer, quando alguém se livra de um corpo, a pessoa joga de qualquer jeito, não é mesmo? Sem se importar com o jeito que o corpo vai ficar...

Seu Augusto baixou a cabeça, mas ficou sem responder, olhando para a mesa com o olhar perdido, sem dizer nada.

– Não sei aonde você quer chegar com isso... – o advogado interveio, quebrando aquele silêncio constrangedor.

– Esses outros corpos que o senhor achou... – Farias continuou, ignorando a intervenção do advogado.

– Ele não encontrou nenhum outro corpo. Ele achou que tinha visto corpos, mas se enganou – o advogado interrompeu Farias, num tom de voz mais agressivo. – Sr. delegado, por favor!

O delegado olhou para Farias com reprovação, mas o policial não se importou.

– Seus colegas disseram que o senhor tinha achado outros corpos. – O advogado simplesmente se calou.

– Eu não achei outros corpos... – o velho respondeu, sem muita convicção, e não convenceu ninguém naquela sala.

– O senhor já viu algum corpo gelado?

– Os defuntos são frios, né?

– Sim, mas o senhor já viu algum corpo gelado? Não frio, mas gelado. – O homem cobriu o rosto com as mãos. – O corpo que o senhor encontrou estava gelado, Seu Augusto?

Augusto continuava a cobrir o rosto com as mãos e parecia que começara a chorar, até que não conseguiu mais disfarçar o choro, que foi aumentando, aumentando, até se tornar um pranto nervoso e convulsivo.

– Mas que pergunta é essa? – o advogado praticamente gritou para o delegado, enquanto se levantava para dar mais ênfase à sua indignação.

– Sim, o corpo estava muito gelado – foi Antonio que se levantou e respondeu à pergunta. Enquanto todos na sala olhavam para ele, acrescentou: – Estava muito gelado porque foi a gente que colocou e guardou a defunta no frigorífico do clube.

O advogado se jogou de volta na cadeira.

– Junto com a comida? – foi tudo que o delegado conseguiu dizer, praticamente se lamentando, já que a comida do restaurante do clube era excelente.

Farias esperou até que o velho Augusto se acalmasse um pouco e parasse de chorar, embora as lágrimas continuassem a escorrer.

– Eu não vou mentir mais e não vou deixar o Augusto passar por maluco. E podem me mandar embora – a última frase ele dirigiu diretamente para o advogado do clube, que se afundou na cadeira ainda mais. – Eu quero mudar o que eu disse. Eu quero contar a verdade...

A verdade foi inesperadamente surpreendente.
O corpo não havia sido encontrado fora do terreno do clube, no parque, mas dentro do terreno de propriedade do clube, na verdade, quase no limite entre o clube e o parque, no lado norte, próximo a uma das trilhas principais. Mais tarde, Farias e Gabriela teriam que ir até lá para examinar o local onde o corpo fora originalmente achado pelo Seu Augusto, mas o mais importante – e grave – é que o corpo tinha sido movido.

Quanto mais Antonio falava, maior era o desconforto do advogado. Antonio era um homem alto e forte, por volta dos cinquenta e poucos anos, e naquele momento, naquela sala, parecia muito maior, muito mais forte, e não ter medo de nada.

– Então, quando foi mesmo que vocês encontraram o corpo? – Farias queria confirmar suas anotações.

– Foi ontem. Logo que eu cheguei pra trabalhar, o Seu Augusto me chamou e falou que tinha visto um defunto. Acho que ele tava com medo de que fossem dizer que ele tava vendo coisa e ficando doido, porque foi isso que falaram dele das outras "vez". – Farias anotou que "houve outras vezes", com um ponto de interrogação, seguido de um ponto de exclamação. – Eu fui com ele. Ele foi na frente pra me mostrar o lugar. De longe eu vi o corpo da moça, muito branco, jogado no chão de qualquer jeito, como um bicho morto mesmo.

– O corpo estava sujo?
– Sim, sujo de barro.
– Havia sangue no local, em volta do corpo?
– Não.
– Já estava sem cabelo e sem pelos?
– Sim, sim. A gente não ia fazer isso com o corpo. A gente só mexeu com o corpo pra tirar ele de onde tava.
– Por quê? – Farias perguntou, e, como não teve resposta, acrescentou: – Por que tiraram o corpo do lugar onde vocês o encontraram?
– Porque mandaram a gente tirar ele de lá.
– Quem?
– Foi o presidente do clube. Foi ele que deu a ordem pra gente.
– Dessa vez foi o delegado que ficou desconfortável, porque o presidente do clube era seu amigo pessoal.
– Como eles sabiam que vocês tinham achado um corpo?
Antonio deu um longo suspiro e disse:
– A gente foi ver o corpo e, quando voltou, eu contei pra secretária. Ela chega cedo. Devia ser umas sete e meia quando a gente falou pra ela.
– Ela não acreditou em mim, mas acreditou no Antonio e mandou a gente esperar – Augusto contou, com certa mágoa por ela não ter acreditado nele.
– Ela mandou a gente esperar e disse que ia ligar para o presidente.
– E ligou mesmo.
– Foi sim. Ligou e colocou a gente pra falar naquele negócio que todo mundo ouve e fala com todo mundo ao mesmo tempo...
– Viva-voz... – o delegado esclareceu.
– Isso. E aí o presidente falou com a gente que era pra gente tirar a defunta de onde ela tava pra botar pra fora do terreno do clube.
– Tem certeza de que era o presidente do clube que estava falando? – o advogado perguntou, e Farias deixou passar, porque a resposta lhe interessava, mas não deixou de olhar para o advogado com reprovação.

— Sim, a gente sabia que era ele e a gente tem certeza que era ele — Antonio respondeu secamente, com irritação.

— Era ele, sim — Augusto confirmou.

— Então?

— Ele não falou o que era pra gente fazer com o corpo.

— Eu perguntei onde era pra gente botar o corpo, e ele não disse — Antonio acrescentou.

— Ele só queria que a gente tirasse o corpo de dentro do terreno do clube.

— Que ele ia dar um jeito.

— E a gente ouviu quando ele xingou e desligou o telefone.

— Ele meio que disse umas pragas, falando assim que não era possível ter aparecido outro corpo...

— Mas apareceram outros corpos lá? — Farias quis saber.

— Eu vi dois, mas falaram que eu tava doido e mentindo e que ia ser mandado embora se falasse isso com mais alguém... — Augusto respondeu.

— Quando foi isso? — Farias perguntou.

— Que eu achei outros "defunto"? — Farias fez que sim, e Seu Augusto respondeu: — Tem uns três "mês".

— Achou os dois corpos ao mesmo tempo? — Seu Augusto confirmou com um gesto, e Farias guardou a informação para investigar mais tarde. — O que vocês fizeram com o corpo então? — perguntou aos homens, voltando ao caso recente.

— A gente foi buscar o corpo, mas não sabia o que tinha que fazer com ele. O Augusto ficou com muita pena da moça.

— Eu fui coveiro... Não gosto de ver gente morta largada de qualquer jeito. Os mortos "deve" ter um enterro cristão.

— Aí, a gente pegou a defunta e levou escondido lá para o depósito do clube.

— O corpo estava mole ou duro quando vocês pegaram? — Farias perguntou, na esperança de ter alguma informação que pudesse ajudar a doutora a pelo menos estimar a hora da morte.

— Tava bem mole — o coveiro respondeu, e Farias anotou.

— Por que vocês levaram o corpo para o depósito?

— Porque lá tem um frigorífico que fica ligado, mas tá sempre vazio. – O delegado se sentiu aliviado ao saber que pelo menos não guardavam comida lá e que a excelente comida do restaurante do clube continuava imaculada.

— A gente colocou o corpo lá. A gente guardou a defunta porque não ia poder levar ela pra fora do clube de dia, porque alguém podia ver a gente... – Isso explicava por que o corpo ainda estava gelado quando a polícia chegou, pensou Farias.

— Vocês lavaram o corpo?

— O Augusto ficou com pena da moça e falou pra gente lavar.

— Quando a gente tava limpando o corpo, o Henrique e o Carlos chegaram, eles tavam procurando a gente, e viram a gente com o corpo.

— Aí a gente teve que explicar.

— O Henrique ficou muito assustado, mas o Carlos ficou olhando esquisito pra defunta.

— Esquisito como?

— Dotô, esquisito como um tarado, como um bicho... – Antonio respondeu, sem esconder a raiva.

— Por que essa raiva toda, Seu Antonio? – Farias perguntou, mas Antonio trincou os dentes e não respondeu.

— Hoje de manhã, antes da gente colocar o corpo da defunta onde vocês "encontrou", o Antonio pegou o Carlos abusando da moça – Augusto esclareceu.

— Como assim "abusando"? – o delegado perguntou, não querendo acreditar no que tinha ouvido. O advogado simplesmente se afundou ainda mais na cadeira e escondeu o rosto com as mãos. Como era óbvio, ele já sabia de tudo que realmente tinha acontecido.

— O filho da puta tava tocando punheta em cima da defunta. Aquele merda! – Antonio cuidou de esclarecer ao delegado, quase aos gritos. – Desculpe, moça – disse para Paula, que simplesmente sorriu.

– Seu Antonio ia matar ele – Henrique acrescentou do seu lugar no sofá.

– Ia mesmo! Aquele filho da puta...

– Mas eu segurei Seu Antonio. Por isso, o Carlos falou com o polícia, mas fugiu, porque tava com medo do Seu Antonio matar ele.

– Puta que pariu! Que confusão do cacete! – o delegado constatou. Farias olhou para o advogado, que simplesmente desviou o olhar.

– Não deu tempo de limpar o corpo, e tivemos que colocar ele lá assim sujo mesmo. Mas a gente ainda passou um pano pra limpar a "sujeira" que o Carlos fez...

Farias anotou que teria que explicar para a legista que era realmente possível que houvesse esperma de dois doadores diferentes no corpo, e ia poder explicar por que o corpo estava gelado. Ele faria isso quando fosse encontrá-la para examinar o local onde o corpo havia sido originalmente deixado.

– O presidente do clube descobriu que o corpo tava no refrigerador, ficou muito brabo com nós e a gente teve que correr pra colocar o corpo pra fora do terreno do clube.

– Mas como o presidente soube que o corpo estava no frigorífico?

– Lá é tudo filmado, doutor.

– Mas o clube disse que não tem as gravações... – Farias disse, encarando o advogado.

– Eles "filma" tudo porque tem medo da gente roubar as coisas.

– Vocês têm as gravações? – Farias indagou diretamente ao advogado.

– Vou verificar com a administração. Se houver, serão entregues para vocês.

– Seria bom – disse o delegado, simpaticamente.

– É obrigação – disse Farias. – E o que o presidente mandou vocês fazerem com o corpo?

– Ele só queria a defunta fora do clube.

– Mas a gente não foi muito longe, porque ficou com medo de ser visto.

– Aí a gente passou pelos canteiros de hortênsia e colocou a defunta no bambuzal que tem na divisa do clube com o parque, logo ali bem perto.

– Jogaram o corpo lá?

– Seu Augusto não deixou a gente jogar o corpo – Henrique esclareceu. – A gente colocou a defunta no chão, com cuidado.

– Pra não sujar a defunta de novo – Antonio acrescentou.

– E Seu Augusto pediu pra gente rezar pela defunta e pedir perdão pra nós, porque o que a gente fez tava errado.

– E também pra que quem fez isso com ela seja logo preso pela polícia – o velho acrescentou, com lágrimas nos olhos.

– E ser mandado para o inferno, o filho da puta – disse Antonio, já sem medo de xingar e praguejar na frente das autoridades presentes e de Paula, que sorriu novamente.

7

— Africanos – um colono disse, em alemão, para o pastor, apontando os homens pretos que caminhavam na sua direção.
— São maus? – a filha perguntou ao pastor.
— Como saber? Vai ficar com tuas irmãs e as mulheres. Chama Johann – ordenou ao homem que lhe avisara da chegada dos homens pretos.
Johann veio caminhando rapidamente, quase correndo. Era o único que falava um pouco de português e talvez fosse capaz de entender os outros homens.
— Será que falam português?
— Estamos no Brasil. Alguém aqui deve falar essa maldita língua – respondeu o pastor, já nervoso e apreensivo, porque os homens pretos se aproximavam.
Os homens suíços vieram se juntar ao pastor. Atrás deles vinham as mulheres e as crianças.
Ainda de longe, os homens pretos desmontaram dos cavalos e caminharam a pé até os suíços. De uma distância respeitosa, talvez porque ambos os grupos estranhassem a sua presença ali, o homem que vinha à frente do grupo dos homens pretos fez uma saudação com a palma da mão estendida, como um sinal de paz.

O pastor repetiu o gesto e puxou Johann para a frente, na esperança de que ele pudesse ser o porta-voz de seu grupo e fosse capaz de se comunicar com aqueles homens.

Institivamente, Johann repetiu o gesto, controlou seu nervosismo e os cumprimentou.

— Bom dia!

— Bom dia — o homem lhe respondeu.

Falavam português. Johann ficou um pouco mais tranquilo, mas não sabia o que dizer.

— Quem são vosmecês?

— Nós somos suíços — Johann respondeu, sabendo que a resposta não seria suficiente.

— O que é isso?

Johann teve que pensar e começou uma pequena explicação, dizendo que a Suíça era um país da Europa, de onde vinham os portugueses e todos os outros brancos. Explicou que havia fome na Suíça, que lhes prometeram terras e que, por isso, aceitaram vir para o Brasil.

— Vão ser escravos?

— Não, não... Nos prometeram terras. E vós? Vós sóis escravos?

— Nós fomos. Não somos mais. Fugimos e agora temos o nosso próprio quilombo.

— Quilombo?

— Nossa aldeia. — Johann fez que havia entendido o que era o quilombo, porque ele podia entender o que era uma aldeia.

— O que ele disse? — o pastor perguntou a Johann, que fez um sinal para que ele esperasse. O pastor não gostou, porque não gostava de não ser imediatamente obedecido, mas esperou.

— Nós viemos fazer nossa aldeia aqui, porque nos deram um pedaço desse vale — Johann explicou ao líder dos homens pretos. — Podem nos ajudar?

O homem encarou Johann, voltou-se para seu grupo e falou alguma coisa numa língua que ele não pôde entender. Uma pequena discussão começou entre eles.

– O que eles estão dizendo? – o pastor perguntou a Johann, e uma forte tensão se espalhou por todo o grupo dos suíços, que também começaram a discutir entre si.

– Não sei... Não consigo entender. Não parecem estar falando português.

A discussão do grupo dos quilombolas acabou, e eles assentiam entre si.

– Aqui não é um bom lugar para começar uma aldeia – o líder deles disse para Johann. – Vai chover, e aqui enche quando tem chuva. Podem vir para a nossa aldeia, se quiserem.

Johann assentiu, fez o que imaginou ser um sinal de agradecimento compreensível.

– Vou perguntar ao meu chefe – ele disse, e o líder dos pretos pareceu concordar.

Johann voltou-se para o pastor e seu grupo e tentou resumir, da melhor forma, toda a conversa que tivera com o líder dos quilombolas. Os homens comentavam, e uma discussão começava sempre que ele falava o que tinha ouvido do líder do outro grupo. Alguns concordavam, outros discordavam, outros simplesmente não entendiam, e as mulheres, assim como as crianças, esperavam o que os homens decidissem.

– Eles podem nos matar – alguém disse assim que ouviu que ele os havia convidado para ir para sua aldeia, seu quilombo.

– Poderiam ter nos matado aqui – disse Johann, e ninguém retrucou.

– São canibais?

– São ex-escravos – Johann esclareceu. – São tão pobres quanto nós e também estão numa terra estrangeira.

– São pagãos... – disse o pastor.

– Podemos convertê-los – Johann retrucou. – Serão mais almas para o Senhor.

– Por que são tão pretos? – alguém perguntou.

— Por que somos tão brancos? – Johann redarguiu. – Se ficarmos aqui, vamos morrer. Esse terreno vai alagar. Vamos perder o pouco que temos.

— Eles podem nos matar.

— Já poderiam ter nos matado, se quisessem.

— Vosmecês precisam resolver se vão ou se ficam – o líder do outro grupo interrompeu as discussões. – Vai começar a chover, e aqui não é um bom lugar para se ficar quando chove. Muitos raios, e a água do rio sobe depressa.

Johann assentiu e rapidamente traduziu para o seu grupo aquilo que o outro homem acabara de lhe falar, e todos olharam para o céu. Podiam não conhecer o lugar, mas o céu é o mesmo em todo o mundo, e realmente uma tempestade parecia se formar. A negritude do céu e a escuridão que invadiu o dia, tornando o meio da tarde em noite, convenceram todos a seguirem os quilombolas.

Muito mais cordiais dos que os portugueses que os receberam nos portos da Europa e do Brasil, os quilombolas colocaram as mulheres e as crianças suíças nos seus cavalos e marcharam a pé com os homens brancos.

— Por que eles são tão pretos? – uma menina perguntou à sua mãe.

— Não sei, filha. Mas Deus sabe o que faz.

* * *

A caminhada até o quilombo foi nervosa, feita num silêncio tenso, cheio de apreensão. Os suíços estavam inseguros e preocupados com o que estava por vir. Não sabiam se podiam confiar nos outros homens. A caminhada se prolongava, e isso aumentava a ansiedade. Poucas palavras foram trocadas entre eles e entre Johann e o líder dos quilombolas. A tempestade parecia estar bem próxima, e o céu escurecia e se fechava cada vez mais rapidamente.

Depois de uma pequena descida, a trilha fazia uma curva para a esquerda, por detrás de uma grande rocha, e, depois dela, a própria trilha sumia. O pastor temeu que ali fosse o fim do seu grupo, temeu que seriam mortos ali mesmo, atrás daquela grande pedra, numa espécie de sacrifício pagão. Passaram por uma pequena mata fechada de árvores e plantas de cores e cheiros que os suíços desconheciam e, um pouco à frente, apenas um pouco mais adiante, puderam avistar as taperas e choupanas do quilombo. Johann não saberia explicar como aquelas habitações não podiam ser vistas para além da pequena mata, quando ele mesmo, de onde estava, conseguia ver a grande pedra por detrás das árvores.

Alguns quilombolas cuidavam de apagar as pegadas que o grupo e seus cavalos deixavam no chão e cobriam a trilha com folhas que as faziam ficar invisíveis.

As mulheres e crianças desmontaram dos cavalos, e as mulheres e crianças do quilombo as receberam com curiosidade e cuidados. Embora não falassem a mesma língua, ofereceram abrigo e comida. As suíças e suas crianças aceitaram a hospitalidade e se abrigaram nas choupanas. Comeram a comida que lhes deram, e, embora fosse algo que nunca haviam experimentado antes, o gosto era bom, estavam famintas, principalmente as crianças, e comeram com satisfação e gratidão.

O líder disse a Johann que se chamava Uzoma e quis saber seu nome e, também, o nome dos outros suíços. Johann disse o seu e repetiu o nome de todos os suíços para Uzoma e seus companheiros.

Uzoma explicou a Johann que no quilombo os homens e as mulheres ficavam em choupanas separadas. Havia uma grande construção onde cozinhavam e comiam, primeiro as mulheres e crianças, e os homens só depois delas. O grupo de homens ficou na sua choupana, enquanto mulheres e crianças comiam na choupana maior. Os suíços deixaram suas carroças atrás da choupana dos homens e lá se abrigaram, porque começara a chover, e a chuva caía com força e em pingos fortes, coloridos por raios e sacudidos por trovões.

Quando as mulheres e crianças acabaram de comer, foram para a sua choupana. Alguns dos quilombolas dormiam no chão, outros, em redes. Os homens puderam comer, e, mesmo sem saber o que era, os suíços gostaram da comida.

A chuva não parou, parecia que iria noite adentro. Johann agora já podia ouvir o som do rio que corria atrás do quilombo. Uzoma lhe deu um cachimbo com fumo, mas ele recusou. Enquanto fumava, Uzoma lhe explicava que faziam suas necessidades rio abaixo, tomavam banho no rio, num local próximo ao quilombo, e pegavam a água rio acima. Mostrou onde caçavam e disse que no dia seguinte iria mostrar uma localização no vale onde os suíços poderiam construir a sua aldeia, o seu "quilombo", com mais segurança.

Quando já era tarde e hora de dormirem, o pastor quis agradecer a Uzoma pessoalmente e falou com ele em alemão mesmo, que Johann traduziu para o seu português ruim. O pastor disse que eram gratos, que tinham uma dívida com os quilombolas e que seriam, para sempre, irmãos naquela terra. Fez promessas que não sabia se poderia cumprir e depois fez uma oração, que os suíços acompanharam e que os quilombolas ouviram atentamente, olhando a chuva que caía nos campos à sua volta. Para eles, era muito estranho falar com os deuses sem cantar nem tocar uma música sequer.

– Eu fiz o que o irmão Kantigi me pediu que fizesse – Uzoma disse para Johann, e foram todos dormir, sem medo da chuva.

Farias queria se desculpar com Eduardo, porque gostava muito do amigo, mas antes precisava encontrar Gabriela para irem até o clube examinar o local onde o corpo havia sido encontrado por Seu Augusto. Depois que fizessem isso, ele poderia ir até a casa de Eduardo se desculpar. Na verdade, Farias e Eduardo eram praticamente irmãos. Dos amigos antigos do colégio, apenas Eduardo e Suzana ficaram felizes quando ele voltou para Nova Esperança. Mas Suzana era outra história.

Encontrar Gabriela não foi difícil, porque ela sempre estava no IML. Parecia mesmo que morava ali.

– Bom dia! – ele disse quando a encontrou na sala principal do necrotério, limpando a mesa central de aço com desinfetante, cercada pelas paredes cobertas de gavetas para corpos. Aquela sala era sempre fria e cheirava a formol. Gabriela se virou, viu que era ele e sorriu.

– Bom dia, queridão! – ela sempre o chamava de "queridão" quando estava de bom humor, e ele sempre ria com isso. – Novidades?

– Muitas... Pode ir comigo até o clube? Precisamos examinar o local onde o corpo foi realmente deixado... – ele disse e sorriu, porque sabia exatamente qual seria a reação da médica.

– Ah! Eu sabia! Eu tinha certeza de que alguém tinha movido o corpo de lugar! Quem fez isso?

– Você pode ir comigo agora? Aí eu explico no caminho.

– Posso, sim. Vou pegar minhas coisas.

Ela voltou com uma bolsa com seu equipamento, e durante o trajeto, que fizeram bem rapidamente, Farias lhe contou como tinha sido o depoimento dos empregados do clube de tênis.

– Mas isso é um absurdo! – foi tudo que ela conseguiu dizer. – E o delegado? Vai fazer alguma coisa?

Farias deu de ombros. Na opinião dele, o delegado não faria nada.

Assim que chegaram ao clube, eles se encontraram com Antonio, e não, como Farias esperava, com Seu Augusto, que havia sido dispensado do trabalho por alguns dias, porque não estava se sentindo bem desde que encontrara o corpo. Antonio os guiou até o local original – o local da "desova" –, que não era distante do prédio da administração do clube e, realmente, era muito próximo da divisa do terreno do clube com o parque, marcada por uma cerca de arame fino, quase invisível, que não cruzava a trilha, deixando-a sempre aberta entre o clube e o parque. Parecia que quem deixara o corpo ali não estava preocupado em escondê-lo – muito pelo contrário, parecia que queria que o corpo fosse logo encontrado.

– A moça tava naquela vala – Antonio disse, apontando para a vala ao lado da trilha, que servia para escoar a água da chuva que descia do alto do morro do parque. – Bem aqui! – acrescentou, parando bem em frente ao local.

Farias pulou para a vala, pegou Gabriela pela cintura e a ajudou a descer. Ambos tiveram uma sensação boa quando ficaram bem próximos por alguns instantes, e Gabriela enrubesceu.

Pediu a Antonio que lhe passasse sua bolsa de equipamentos, embora soubesse que não havia muito o que examinar. Um filete de água corria perpetuamente no fundo da vala, vindo do alto do morro, e, mesmo que qualquer resíduo tivesse vindo junto com o corpo, já teria sido levado pela água. Talvez quem jogara o corpo ali contasse com isso. Ainda assim, Gabriela examinou a vala no local indicado por Antonio e, também, alguns metros abaixo. Não encontrou nada e não esperava encontrar nada, porque o corpo havia sido deixado sem qualquer fio de cabelo e pelos, além de o sangue ter sido drenado. Gabriela procurava algo não da vítima, mas do agressor, porém não encontrou nada, nem mesmo uma pegada. Havia pegadas próximo ao local, mas Gabriela sabia que quase todas eram dos empregados e que, se o criminoso tivesse deixado alguma, já estaria invisível, coberta pelas outras. Havia muitas outras pegadas na trilha, além de marcas de pneus; algumas eram de bicicleta, e outras pareciam ser de pneus mais largos, de um carrinho de mão ou de quadriciclos. Talvez uma das marcas fosse do próprio carrinho de mão que os empregados usaram para levar o corpo. Não havia marcas de pneus de carro, porque a trilha era muito estreita e um automóvel não conseguiria trafegar por ela.

– Vamos embora, queridão – ela sugeriu. – Não há nada a fazer por aqui.

Farias pulou de volta para a trilha e estendeu a mão para ajudá-la a subir, enquanto Antonio pegou a bolsa dos equipamentos da legista e lhe entregou.

Se não fosse tão cedo, ele teria convidado Gabriela para almoçar, mas, em vez disso, a deixou no IML e estacionou seu carro na delegacia. Iria a pé até a casa de Eduardo. O policial não era chegado a caminhar distâncias muito longas, mas a casa do amigo ficava perto, e fazia uma manhã agradável, sem chuva, o que era raro em Nova Esperança. Assim, resolveu fazer a pequena caminhada.

O portão da casa de Eduardo estava aberto. Ainda era comum que alguns moradores da cidade deixassem os portões e as casas abertas. Farias entrou, atravessou o pequeno jardim até os fundos da casa e encontrou Eduardo agachado, mexendo num canteiro de sua horta.

– Bom dia! – Farias gritou, antes que o amigo pudesse vê-lo.

Eduardo se levantou, sem se assustar – ele nunca se assustava, parecia estar sempre calmo –, olhou para o amigo diretamente, caminhou até ele e os dois se abraçaram como se não se vissem há anos.

– Bom dia! – ele finalmente respondeu. – Como você está?

Farias fez um gesto que significava que talvez estivesse bem ou não.

— Venha. Vamos tomar um café.

— Já tomei, mas aceito.

Entraram na cozinha, e Farias não deixou de reparar na meia-água no fundo do quintal. Ali era o lugar que Eduardo havia preparado para ser seu terreiro, mas ainda não era, apesar das imagens de santos que já colocara lá. Eduardo havia contado para Farias que aguardava autorização. "De quem?", Farias perguntara. "Dos orixás. Dos santos, das entidades", Eduardo respondeu. Farias achava tudo muito estranho, mas, saindo da boca de Eduardo, tudo parecia ser muito normal.

Farias se sentou à mesa da cozinha, enquanto Eduardo serviu-se de café e se sentou também.

— Quer água? Alguma coisa? — perguntou.

— Não, obrigado. Estou bem — o visitante respondeu.

E os dois ficaram em silêncio por algum tempo, Eduardo esperando que o amigo explicasse a visita.

— Bem, eu vim pedir desculpas — Farias finalmente quebrou o silêncio, um pouco constrangido. — Não foi nada legal aquilo que eu te disse no outro dia. Você é meu amigo...

— Seu único amigo... — Eduardo fez questão de esclarecer, colocando ênfase no único, enquanto bebericava o café.

— Ah, vá se ferrar, Edu.

— Sem problemas. Aceito suas desculpas — disse com naturalidade, e estendeu a mão para Farias, num gesto bem afetado. — Você sabe que eu não esquento com essas coisas. Só não aceito preconceito. Já sofri muito com essa gente preconceituosa daqui e deles não espero mais nada. Mas de você espero coisa melhor.

— Tá certo — Farias concordou.

— E, falando nisso, dei uma pesquisada naquela história de corpo sem sangue, sem pelos, mas não achei nada nas nossas tradições. Uma pena, porque podia mesmo ser um ritual. Não descobri nada parecido.

– Não achei mesmo que fosse um ritual. Falei só para implicar com você.

– Eu sei. Mas não é mesmo.

– Pois é, para embalsamar um corpo, o sangue também é drenado.

– Você acha que alguém quis embalsamar a mulher?

– Não sei...

– Alguma pista sobre quem ela é?

– Não, nada ainda. Não conseguimos identificar o corpo. É tudo muito estranho. Interroguei as testemunhas e agora estou esperando as fitas de segurança do clube serem entregues para nós.

– Vão lhe entregar?

– O advogado disse que sim, mas sei que vou ter que pressionar.

– O advogado é o sogro da Suzana?

– Sim, como você sabe? Os orixás?

– Não – Eduardo respondeu rindo –, dessa vez não. Ele é advogado do clube faz muito tempo. Eu já sabia. Toda a cidade sabe. Ele é o advogado dos ricos e poderosos.

– Eu não lhe disse, mas o corpo foi achado dentro do terreno do clube e o presidente mandou que ele fosse mudado de lugar, que fosse colocado para fora dos limites do clube.

– Que babaca! Ele não podia ter feito isso!

– Claro que não!

– Vão prendê-lo?

– O nosso delegado é muito amigo dele, então duvido. Vou me dar por satisfeito se puder interrogá-lo... Tenho muito o que fazer ainda. Você sabia que o corpo foi guardado por um dia inteiro no frigorífico do clube?

– Disso eu sabia, porque os Orixás me disseram – Eduardo respondeu com naturalidade.

– O que mais eles lhe contaram? – Farias perguntou ao amigo.

– Que seu "romance" com a Suzana não vai dar certo.

– Não começa! – Farias avisou, e Eduardo deu de ombros. – Um dos empregados falou que tinha visto mais dois corpos no terreno do clube, mas que nunca foram achados – disse, para mudar de assunto.

– Como assim?

– Pois é, vou ter que investigar isso também, mas primeiro tenho que cuidar dessa morte.

Ficaram em silêncio. Quando acabou seu café, Farias se despediu e foi embora, enquanto Eduardo lembrava-se do sonho que tivera na noite anterior, quando seus Orixás lhe avisaram que "aquilo" não era coisa do seu povo, mas dos outros. Eduardo entendeu que, se aquela morte tivesse sido um ritual, não era um ritual dos seus antepassados africanos; era coisa dos brancos.

Queria ter podido falar mais sobre Suzana para Farias, mas não teve como insistir no assunto. Aquilo não ia acabar bem. Suzana não era quem o amigo pensava ser. Pensando nisso, acabou de tomar seu café, olhando, pela janela da cozinha, a manhã escapar e ir embora rapidamente, como as manhãs costumam fazer. À tarde trabalharia do seu escritório no centro da cidade.

Farias tinha muito o que investigar. Não tinham conseguido identificar o corpo. A Dra. Gabriela pedira aos dentistas da cidade, que não eram muitos em Nova Esperança, para comparar a ficha dentária da vítima com as de seus pacientes. A legista sabia que a possibilidade de obter uma identificação por meio das arcadas dentárias da vítima era remota, porque a maior parte da população pobre não tratava os dentes, mas a vítima tinha algumas obturações recentes, e a faculdade de odontologia de Nova Esperança oferecia tratamento dentário gratuito à população e tinha arquivos bem organizados. Quem sabe assim conseguiriam alguma informação.

O detetive continuava procurando por mulheres cujo desaparecimento havia sido comunicado à polícia. Separou três casos reportados algumas semanas antes de o corpo ser encontrado e cuja descrição era próxima à da vítima – loura, olhos azuis, pouco mais de vinte anos. Era tudo o que tinha. Iria visitar as famílias para confirmar os desaparecimentos e, quem sabe, identificar a vítima.

Enquanto isso, a polícia procurava pela quarta testemunha, que nunca compareceu à delegacia para testemunhar. Apesar de ser empregado do clube, nunca mais voltou lá depois de ter sido encontrado se masturbando sobre o cadáver.

Farias ainda aguardava as gravações das câmeras de segurança do clube. A associação as prometera, mas não entregara. Ele pressionava o delegado, mas o delegado não pressionava o clube, nem seu presidente. O delegado não gostava de pressionar ninguém, mas cogitava ir até a agremiação falar com o presidente. Se fosse, iria na hora do almoço, para quem sabe receber um convite para almoçar no restaurante de lá, onde a comida era excelente, mas cara.

A Folha de Nova Esperança já publicara uma matéria sobre a descoberta do corpo. Uma nota bem pequena, na verdade, que dizia que o corpo de uma mulher não identificada tinha sido encontrado no parque ao lado do clube e que a polícia acreditava que ela teria sido vítima de assassinato. Não trouxera nada sobre as condições do corpo e as circunstâncias em que tinha sido encontrado. Farias tinha certeza de que o Dr. Édson havia mexido os pauzinhos para que a imprensa da cidade, que não era tão investigativa assim, se contentasse com tão pouco. Ninguém do jornal falou com Farias ou mesmo com a médica legista. O repórter, se muito, falou apenas com o delegado. Era um corpo não identificado, provavelmente de ninguém que realmente importasse, por isso uma pequena nota na seção policial do jornal seria suficiente. A cidade estava mais interessada na programação da comemoração de seu bicentenário de fundação.

Naquela mesma tarde, logo após o almoço, depois ter gastado a manhã pesquisando as queixas de desaparecimento registradas na delegacia central, Farias resolveu visitar uma das famílias das mulheres desaparecidas. A família morava num bairro humilde, próximo do centro da cidade, num lugar conhecido como Morro do Cemitério, porque ficava atrás do cemitério mais antigo da cidade. Farias foi recebido pela mãe da jovem, que dera queixa do seu desaparecimento. A mulher estava em casa, enquanto o marido estava fora, porque trabalhava numa das fábricas da cidade. Uma das filhas estava em casa com a mãe, e outros dois filhos menores, na escola. Contando com a desaparecida, a mulher tinha quatro filhos. Sentado na sala, Farias conversava com a mulher, que chorava muito, enquanto dizia o quanto sentia falta de sua filha mais velha. A outra filha, que tinha uns doze ou treze anos, trouxe café para servir para o policial e se sentou ao seu lado no pequeno sofá, encapado com plástico transparente, para protegê-lo da poeira.

   Na conversa, Farias soube que a filha mais velha era filha de outro pai e meia-irmã dos outros. Ela se chamava Alba, e a mãe lhe mostrou uma foto. Farias logo viu que não era a mesma jovem que encontraram. O padrasto, na verdade, não gostava muito dela, que era muito alegre e extrovertida, e gostava de sair e de frequentar os bailes da cidade. Achava que ela era uma má influência para a irmã mais nova. A filha desaparecida tinha começado a namorar um rapaz da vizinhança, de quem o padrasto não gostava nem um pouco. O policial anotou o nome do rapaz, Danilo, e seu endereço no bloco de notas.

   A mãe sentia muita falta da filha e, também, do dinheiro que ela dava para ajudar com as despesas da casa. Farias ouviu mais alguns detalhes da vida de Alba e de sua família, terminou seu café e se levantou para ir embora, prometendo que iria investigar mais o caso. A mãe insistiu para que ele ficasse com uma foto 3x4 da filha, e ele a colocou no bolso do casaco de couro. Farias despediu-se e saiu. Já ia um pouco longe da casa quando ouviu a filha mais nova, Angela, lhe chamando e correndo ao seu encontro.

– Seu delegado – ela disse um pouco ofegante.

– Detetive – ele corrigiu.

– A Alba fugiu com o Danilo.

– Eu imaginei.

– Minha mãe é que não quer acreditar. Minha irmã me contou que ia fugir.

– Ela gostava tanto assim desse tal de Danilo? – A menina ficou em silêncio, mas sua expressão era de tristeza. – O que houve?

– Ela gosta do Danilo um pouco, mas eu sei que meu pai... – disse, olhando para o chão. – Meu pai fazia coisas com ela, mas minha mãe nunca acreditou. Sei que ela fugiu por causa disso. Se o senhor for na casa do Danilo, a mãe dele vai confirmar que eles fugiram.

Farias respirou fundo antes de perguntar:

– Qual o nome do seu pai?

– Agenor. Todo mundo conhece ele como Agenor do balão, porque gosta muito de soltar balão e tem uma turma de baloeiros... – Ela se calou de repente, como se tivesse lembrado que era proibido soltar balões. – Eu não devia ter falado que ele solta balões, né?

– Não tem problema. Não vou mandar prender ele, não – disse, com um sorriso forçado. – Que horas ele chega em casa?

– Lá pelas sete. Aí ele come com a gente e vai para a venda ali do fim da rua – disse, apontando o lugar. – Ele tem uma bicicleta laranja e todo mundo conhece ele por aqui. Acho que foi por isso que o Danilo fugiu. Porque ficou com medo dele...

– Você tem medo dele, Angela? Ele já tentou alguma coisa com você? – A menina imediatamente passou a olhar para o chão e fez que não com a cabeça.

– Então tá bem. – Farias tirou um cartão do bolso, escreveu um nome no verso e deu para ela. – Se algum dia ele tentar alguma coisa com você, você vai ligar pra esse número – apontou o número da delegacia no cartão – e falar com essa moça, a Jane, tá certo? – Ela fez que sim com a cabeça. – Combinado?

– Combinado – ela concordou novamente, balançando a cabeça.

– Eu vou procurar sua irmã, tá bem?

– Não precisa, seu detetive. Ela foi para a capital com o Danilo e tá feliz. Mais feliz do que quando tava aqui.

Farias ficou olhando Angela ir embora, pensando no que ia ser da menina sem a irmã para protegê-la. Ele ainda passou na casa da mãe de Danilo, e ela confirmou que o filho e Alba tinham fugido para a capital. Ela sabia que o padrasto abusava de Alba, porque a própria moça lhe contara. A mulher também lhe disse que, uma noite antes de Danilo e Alba fugirem, Agenor tinha ido até a casa dela e ficara gritando um monte de palavrões da sua calçada, dizendo que ia matar Danilo. Disse que acordou toda a vizinhança, e o detetive podia perguntar para os vizinhos para confirmar que ela não estava mentindo. Boa bisca, aquele tal de Agenor, e por causa dele seu filho tinha ido para a capital. Farias agradeceu e deixou um cartão para que ela ligasse para ele caso Agenor voltasse para incomodá-la. "Se voltar, jogo água quente nele", ela disse, mas guardou o cartão.

Antes de ir embora, Farias resolveu ir até a birosca frequentada por Agenor. No balcão, pediu uma branquinha e puxou assunto. Logo viu que não era boca de fumo, mas um barzinho de prostituição. Perguntou mais um pouco, tomou outra cachaça, deixou o troco para o caixinha do bar e o dono da birosca explicou como funcionava. Bar na frente com jukebox e caça-níqueis, frequentado pelas moças, com uns reservados para casais na parte de trás e no sobrado. Se ele conhecia Agenor? "Agenor é um grande freguês e frequentador." Dono da turma do balão dali, fazia uns balões tão grandes, tão bonitos, que até Deus duvidava. Com uns quadros enormes e com muitos fogos de artifício. Não tinha medo de botar fogos fura-balão, não. Toda noite o Agenor ia ao bar. Tinha a turma do balão para encontrar e também tinha uma namorada que trabalhava lá. Farias agradeceu, se despediu e foi embora. Foi a pé, porque tinha deixado o carro na subida da ladeira. Talvez não demorasse a voltar para fazer uma visita a Agenor e sua turma do balão mágico.

10

Manter um caso com uma mulher casada é sempre difícil, mas era ainda mais difícil numa cidade como Nova Esperança, que não era pequena, mas também não era grande o suficiente para acobertar o caso de duas pessoas tão conhecidas como o inspetor Farias e a arquiteta Suzana, esposa do Dr. Rodolfo, médico e filho do advogado mais importante da cidade, o Dr. Édson, e da Dra. Rosa, a juíza, que durante muitos anos foi a única da região.

Além disso, Suzana era dona de uma loja de móveis e de objetos de decoração – de design de interiores, como ela gostava de dizer – bem conhecida e movimentada no centro da cidade. E seu marido era um médico bastante famoso, o Dr. Rodolfo. Ele tinha uma vasta clientela de mulheres, não só por ser o único cirurgião plástico da região, mas também por ser considerado muito bonito, excepcionalmente bonito, por suas pacientes mais idosas e pelas mais jovens também. Apesar dos quarenta anos, parecia ter bem menos, diriam suas pacientes e fãs. O sogro, Dr. Édson, era um advogado renomado que tinha entre seus clientes as famílias mais ricas da cidade, além do clube de tênis e outras empresas. Ele conhecia Farias bem, mas fazia questão de evitá-lo sempre que podia. Tratava-o como um estranho e fazia contato com ele apenas profissionalmente, quando era inevitável, como no dia do depoimento das testemunhas, em que teve de encontrá-lo na delegacia. Preferia falar diretamente com o delegado, sobre quem acreditava que tinha grande influência. A sogra de Suzana, Dra. Rosa, era juíza em Nova Esperança, e o fato de que seu marido advogava na mesma comarca e costumava defender muitos casos diante da própria mulher não parecia causar espanto na cidade. Ninguém via nisso um problema ético, nem qualquer conflito de interesses. Coisa de cidade pequena, alguém diria. Na verdade, Farias achava que era mais do que isso, e ficava extremamente irritado quando os suspeitos e acusados que a polícia prendia eram defendidos pelo sogro e soltos pela sogra de Suzana. Muitas vezes, a juíza ainda colocava a responsabilidade pela liberdade dos réus na incapacidade da própria polícia. Farias detestava aquela família. Seus motivos iam mais além, até o seu passado na cidade. Ele acreditava que os sogros de Suzana haviam prejudicado seu pai e sua mãe, mas nunca soube como, por isso cultivava animosidade e rancor contra todos eles.

Exceto contra Suzana. Ela não era parte da família. Pelo menos, não de sangue. Pelo menos, não para ele. Suzana era a mulher da sua vida, o amor da sua vida. Sempre fora. Desde os tempos de colégio. Desde sempre. Suzana era uma das coisas boas que ele considerava que haviam sido tiradas dele, tal como seu pai, sua mãe, o patrimônio da sua família e todos os momentos felizes do seu passado em Nova Esperança.

Farias tinha um caso com Suzana porque a amava, sempre a amara. Ele queria ter mais do que um caso, mas ela, não. Então ele se conformava em encontrar-se com ela às escondidas, para passarem uma tarde juntos, conversando sobre nada, depois de fazerem amor. Ele sentia que, a possuindo na cama, estava recuperando um pouco da felicidade do seu passado, mas isso era apenas uma ilusão. Apesar de amá-la e desejá-la, ele não considerava o relacionamento que tinha com ela saudável. Nem um pouco. Seus interesses não coincidiam.

Por várias vezes achava que o que Suzana queria dele era só sexo mesmo. Mas por que ele? Por ser alguém confiável? Alguém do passado dela, mas que veio de fora? Porque a primeira vez dela tinha sido com ele? Aliás, fora a primeira vez de ambos. Porque, depois que ele foi embora de Nova Esperança, ela sempre fantasiava estar sendo possuída por ele? Porque ele a lembrava de sua juventude?

Sempre que Farias tentava convencê-la a se divorciar e casar-se com ele, Suzana tinha alguma desculpa. Não podia porque o marido estava sofrendo de depressão, e, se ela o deixasse, a doença poderia se agravar.

– Foda-se ele – Farias respondia. – Foda-se o corno.

– Não fale assim dele – Suzana dizia calmamente, e Farias podia perceber que ela tinha um pequeno sorriso cínico na boca quando lhe respondia, nua, deitada na cama ao seu lado, passando a mão suavemente no seu rosto, como se para acalmá-lo do ciúme.

Outras vezes, era porque o sogro não estava bem. Problemas cardíacos, dizia, e fazia com que ele desesperadamente desejasse a morte do velho, do fundo do coração. De todos eles, do filho, do pai e da mãe.

Houve uma ocasião em que a sogra de Suzana quase havia morrido mesmo, num acidente de carro. Farias já estava em Nova Esperança havia algum tempo e foi um dos primeiros policiais a chegar ao local do acidente, junto da legista, Dra. Gabriela.

– A sogra da sua amante está bem ferrada... – Gabriela disse, enquanto caminhava na direção dele, vindo do acidente, tirando as luvas de borracha.

– Não tenho nada com a Suzana.

– Sei... – a médica respondeu, com um sorriso sarcástico.

– Você não devia estar lá cuidando dela?

– Claro que não, né? Sou le-gis-ta. Quando ela morrer, eu cuido dela...

– Vai morrer?

– Pode perder a esperança. Não vai, não. Só está bêbada. Tão bêbada que não está nem sentindo dor. Provavelmente, ela causou o acidente. O carro dela está na contramão, e o outro motorista só não se machucou mais, nem morreu, porque estava numa picape.

Me dá uma carona até a delegacia? Já tirei as fotos que eu precisava, depois faço o exame de corpo de delito nos dois.

– Vamos – Farias concordou, porque viu Suzana e o marido chegando apressados à cena do acidente. Para ele não havia nada mais insuportável do que ver os dois juntos.

– Não vai falar com sua namorada? – Gabriela o provocou enquanto entrava no carro.

– Para com isso – disse, e partiram.

Evidentemente, a família do marido de Suzana fez um acordo com o motorista da picape para enterrarem o assunto o mais rapidamente possível. Se o outro motorista levou algum dinheiro com o acordo, Farias não saberia dizer. Mas, se a família realmente pagou alguma compensação para o motorista, já teria sido uma "evolução". Em outros tempos, simplesmente enterrariam o assunto e ameaçariam colocar a culpa na vítima. Sempre conseguiam fazer isso com sucesso e com a cumplicidade e ajuda dos importantes da cidade.

Farias ia pensando nessas coisas enquanto dirigia para encontrar Suzana numa cidade vizinha a Nova Esperança. Era uma cidade ainda menor, pouco mais do que uma vila, mas Suzana tinha motivos para ir até lá com frequência, porque muitas das peças artesanais que ela vendia em sua loja vinham de uma cooperativa de artesãos da pequena cidade.

Suzana não tinha filhos. Segundo ela, não podia ter filhos. Também de acordo com ela, havia muito tempo não tinha relações sexuais com o marido. Então, por que não se separava dele?

– Dinheiro e posição social – Eduardo lhe dizia diretamente, mas Farias se recusava a acreditar, porque "ela não era dessas", rebatia. – Claro que é – insistia o amigo. – Nessa cidade, quase todos são.

Farias logo desistia de discutir com Eduardo, que conhecia a cidade e as pessoas dali melhor do que ele e ainda tinha os orixás para ajudá-lo a ver coisas que ninguém mais via. Fossem verdade ou não. Lembrou-se do aviso do amigo de que seu romance com Suzana não daria certo. Disso ele já sabia. Não precisava ser médium para antever que seu relacionamento com Suzana não tinha o menor futuro. Embora soubesse que o relacionamento que ele mantinha com Suzana tinha algum risco e não era nem um pouco saudável, não conseguia resistir e sempre ia ao seu encontro, fosse onde fosse e quando fosse. Ela o dominava, ele cada vez mais se afundava naquela relação, e ambos sabiam disso.

Ela dizia para ele não ter ciúmes e esperar, porque tudo daria certo. Mas ele se perguntava: "Quando?".

– Um dia... – ela respondia. – Eu achava que tinha perdido você, e estamos juntos agora.

– Não sei se isso é estar junto – resmungava. – Não podemos nem dormir uma noite inteira juntos.

– Passar uma noite inteira juntos pra quê? Para eu ouvir você roncando? – ela respondia rindo.

– Como estamos juntos, se não podemos viajar juntos, passear juntos, nem sequer sermos vistos juntos?

– Você é tão romântico! Quer poder andar de mãos dadas comigo? – perguntava, e ele sentia uma ponta de deboche. – Você pode ir à minha loja, sempre que quiser.

Na verdade, ele ia e sempre comprava algum objeto de decoração que largava, embrulhado mesmo, em qualquer canto de seu apartamento, normalmente pelo chão, junto de todos os outros.

Se ele continuava emburrado, ela o acariciava.

– Eu sou uma mulher casada, você sabe.

– Porque quer...

– Por que você não se satisfaz com o que temos? Muitos homens gostariam de poder fazer amor comigo, sem compromisso... – dizia isso e afundava o rosto dele nos seus seios.

– Menos o seu marido.

– Agora você pegou pesado! – disse, caindo na gargalhada.

– Posso ter outras mulheres melhores do que você.

– Pegou pesado de novo... – disse, dessa vez de cara fechada, afastando-se dele. – Então, por que está aqui?

Porque ele a amava, e ela sabia. Era uma merda de situação e de relacionamento, mas ele não conseguia evitar e não conseguia pensar em outra coisa enquanto dirigia para ir encontrá-la. Uma viagem que parecia que não ia acabar nunca. Uma estrada estreita, de mão dupla, cheia de curvas e precipícios. Seria muito fácil alguém morrer ali, sugado por um daqueles abismos traiçoeiros que pareciam não existir, mas estavam sempre depois de uma curva, à espreita e à espera dos incautos.

O carro avançava no asfalto por um trecho da estrada que passava por fazendas e cruzava pastos com muitos cupinzeiros mais altos do que homens adultos, poucas árvores e o gado espalhado por grandes distâncias. Cada folha de árvore e de mato parecia brilhar naquele dia ensolarado, sem uma nuvem no céu extremamente azul. E há quem pense que amantes não podem se encontrar durante o dia.

A pequena cidade tinha apenas duas ruas principais, e só uma delas era asfaltada. A maioria das pessoas que vivia na região morava mesmo nas fazendas ao redor da cidade. Os homens costumavam ir à cidade para frequentar os bares e o prostíbulo. As mulheres iam ao centro para fazer compras, quase sempre de mantimentos, e, aos domingos, para assistir à missa na igreja matriz. Para completar o ensino médio, os adolescentes frequentavam o colégio estadual, também no centro, enquanto as crianças tinham aulas nas escolas em duas ou três fazendas nos arredores da vila.

O centro da pequena cidade era marcado por uma grande praça, com alamedas de eucaliptos muito altos, frequentados por melros, sabiás-da-terra, sanhaços e tico-ticos. A igreja matriz ficava no final da praça, que dominava com a sua imponência. Era o maior prédio da cidade, tendo uma casa paroquial como anexo. No centro ainda havia algumas casas e lojas, além da subdelegacia, do posto de saúde e de uma pensão que alugava quartos para viajantes e também servia refeições e pratos feitos. O prostíbulo e o cemitério ficavam afastados do centro, como convém em qualquer cidade pequena, mas respeitosa, avisando que não se deve morrer ou trepar perto das famílias de respeito. Todas as casas e prédios eram desbotados, descoloridos, como se tivessem sido pintados uma única vez quando foram construídos, séculos antes, e nunca mais sequer caiados.

Farias chegou à cidade e estacionou a viatura em frente à subdelegacia. Sua desculpa para estar ali era a visita semanal que um inspetor da delegacia de Nova Esperança devia fazer à subdelegacia. Por conveniência, ele assumira essa obrigação que nenhum de seus colegas de Nova Esperança queria ter.

Farias, mesmo antes de entrar na subdelegacia para fazer sua inspeção semanal, avistou a camionete de Suzana parada em frente ao prédio da cooperativa. A confirmação de que ela havia chegado fez seu coração bater mais forte, ao mesmo tempo que seu espírito se tranquilizou. Ela também fazia sua visita à cidade semanalmente, para renovar o estoque de peças artesanais decorativas de sua loja, e era muito querida na pequena cidade exatamente por isso, porque suas compras sustentavam e animavam a pequena cooperativa de muitos artesãos pobres. Ela comprava umas peças de artesanato que raramente vendia, embora Farias, por interesse próprio, sempre comprasse algumas que acabavam no chão de seu apartamento ainda embrulhadas.

A inspeção na subdelegacia seria rápida, porque nunca nada acontecia por ali. Só não foi mais rápida porque os dois policiais de plantão já sabiam que o corpo de uma jovem havia sido encontrado em Nova Esperança e estavam curiosos. A conversa rendeu, consumiu alguns cafezinhos e cigarros e ajudou Farias a matar um pouco do tempo. Havia um protocolo a seguir antes que ele e Suzana pudessem finalmente se encontrar.

Ao meio-dia em ponto, Farias deixou a subdelegacia e atravessou a praça para ir almoçar na pensão. Almoçava sempre sozinho, porque os colegas policiais almoçavam em casa ou levavam marmitas para comer no trabalho. Farias já era um freguês conhecido e querido pela dona da pensão.

– Boa tarde, Dr. Farias! Como está?

– Estou bem, Dona Irene, e a senhora? – disse, sentando-se na mesa de sempre, coberta com uma toalha quadriculada de branco e azul e decorada com um vasinho de violetas falsas.

– Estou bem, Dr. Farias. O que vai querer?

– O de sempre.

Dona Irene assentiu e foi buscar o pedido de sempre: uma cerveja preta, um prato feito de arroz, feijão, carré de porco, farofa e couve à mineira. O ovo frito adicional era uma cortesia da casa. Figura já conhecida por ali, volta e meia ele tinha que parar de comer para cumprimentar alguém. Suzana nunca almoçava com ele na pensão. Era sempre convidada para comer na casa de algum dos artesãos ou numa fazenda próxima. Farias podia, então, almoçar sem se preocupar de ser visto com ela e podia fingir tranquilidade, quando na verdade estava ansioso para reencontrá-la e tê-la, totalmente nua, na cama, por algumas horas. Depois do almoço sempre era servido um cafezinho adoçado com rapadura, acompanhado de um cigarro enrolado de palha, ambos cortesia da casa. Ele aceitava os dois e fumava o cigarro ali mesmo, sentado à mesa, no salão principal da pensão. As leis de restrição ao fumo em locais públicos eram totalmente ignoradas na cidade, onde a maioria da população apreciava um cigarro de palha ou um bom fumo de rolo.

Só depois de cumprido esse ritual, ele atravessava novamente a praça para entrar, pela porta da frente, na igreja matriz. O vigário da cidade era o Padre Joaquim, amigo seu e de Suzana dos tempos de colégio em Nova Esperança. Não havia missa naquele horário, e a igreja estava quase sempre vazia. Se houvesse alguém, ele cumprimentava com um aceno. Sentava-se numa das primeiras filas de bancos da igreja. Ele sempre fizera assim, desde os tempos de escola: nunca se sentava no primeiro banco, nunca nos bancos do fundo, sentava-se a partir da terceira ou quarta fila. Sentava-se e realmente rezava, mas rezava mais para controlar a ansiedade do que na intenção de falar com Deus. Tinha sérias dúvidas se Deus algum dia havia ouvido suas orações e se Ele se daria ao trabalho de ouvi-lo, depois de tudo que ele já havia feito para desagradá-lo. Se tivesse que se definir, seria como um pecador insolente. Tinha visto algumas coisas ao longo da vida que também faziam com que questionasse a existência de Deus, mas não era hora, nem local, para essas divagações, e estava ansioso demais para isso.

Para se acalmar, ficava sentado ali, naquela igreja de interior simples, de santos de gesso, todos pintados à mão, com cores bem vivas, que destoavam dos prédios desbotados da cidade. Não havia ouro, e os castiçais, crucifixo, santíssimo e outros objetos dourados eram só pintados nessa cor. Havia uma caixa de esmola debaixo de cada imagem, mas Farias duvidava que as esmolas fossem suficientes para sustentar a paróquia. Os fazendeiros mais ricos, se ainda houvesse algum, é que contribuíam para manter a igreja e suas obras. Tudo ainda funcionava como no passado, e quanto maior o pecado, maior a esmola. E os fazendeiros eram, por definição e dever de ofício, grandes pecadores que exploravam seus meeiros numa nova espécie de escravidão, sem açoite e sem tronco, na qual a cor do explorado não importa muito.

Ele ainda se lembrava do Pai-Nosso e da Ave-Maria e rezava para fazer o tempo passar. Como não se lembrar das orações que lhe foram impingidas durante toda a adolescência no colégio dos padres? Mas, por causa de sua mãe, tinha fé em Nossa Senhora. Uma mãe sempre merece ser louvada, ainda mais sendo a Mãe de toda a humanidade. Rezava e divagava nesses pensamentos, examinando cada detalhe da igreja, das imagens dos santos, dos quadros da Via Sacra, dos lustres simples de vidro transparente com pretensões de se passar por cristal. Mas nada diminuía sua ansiedade, porque ele queria ver e ouvir Suzana entrando na igreja, com seus passos firmes e cadenciados. Queria adivinhar que roupa ela estaria vestindo, embora soubesse que seria, porque sempre era, uma roupa sóbria, como uma blusa sem qualquer decote insinuante, calças compridas ou uma saia ou vestido de altura respeitável, afinal, ela era uma mulher casada. Preferia que fosse um vestido.

Ele se sentia como um adolescente que espera a namorada pela primeira vez. Tinha dúvidas se esse sentimento era bom ou ruim, mas era, de certa forma, rejuvenescedor. Sentia-se jovem, porque se sentia apaixonado, embora fosse mais tesão do que paixão, mas essas sensações e sentimentos são muito confusos e constantemente confundidos, mesmo quando não se é mais adolescente. Por outro lado, sentia-se imaturo, afinal, como um homem da idade dele podia se sentir tão infantilmente apaixonado? Ainda mais por uma mulher da sua idade, na verdade um ano mais velha do que ele, com a qual ele já havia feito sexo inúmeras vezes, quando eram jovens, e também agora, já maduros. Nada disso podia ser muito normal, porque ele dormira com outras mulheres, mais jovens, mais bonitas e mais sensuais, mas, ainda assim, para ele, nada se comparava a estar com ela. Isso não podia ser normal. Todo esse sacrifício, fazer uma viagem de ida e volta de quatro horas, para uma cidadezinha de merda, na verdade uma vila, para encontrar uma mulher madura, mais velha do que ele, com quem já transara e que não deixava o marido por ele. Isso seria amor ou o quê?

No entanto, bastou que ouvisse os passos no corredor da igreja para que soubesse que era ela que entrava. Passos firmes e cadenciados. Como ele adivinhara, ela calçava botas, logo passou por ele e o cumprimentou com um sorriso dissimulado, mas sem diminuir o passo em direção ao altar. Vestia uma calça jeans apertada e uma blusa leve, sem decote, mas sensual, porque deixava ver o contorno dos seios. Ela ainda era dona de uma bela bunda, que ele admirava enquanto pensava no trabalho que teria para tirar-lhe as botas, a calça jeans apertada, e no cuidado para desabotoar a blusa, para que não arrancasse nenhum botão. Ela rezou de pé, por alguns minutos, e ele pensou se Deus a ouviria, mesmo sabendo do pecado que ela e ele vinham cometendo e estavam prestes a repetir. Ela se benzeu com o sinal da cruz e entrou pela sacristia.

Farias tentou se controlar e aguardou alguns minutos, que ele achou uma eternidade, para se levantar, se benzer com o sinal da cruz, que teve certeza de fazer da forma errada, e segui-la, passando pelo altar e entrando na sacristia. Dali ele atravessou um pequeno corredor e abriu a porta que dava na cozinha da casa do vigário. Lá, ele a encontrou sentada à mesa, tomando um café com o padre Joaquim. Ele os cumprimentou de longe com um aceno e sentou-se à mesa.

– Então, como estão? – perguntou aos amigos.

– Estou bem – Suzana respondeu, e tomou um gole de café numa xícara de porcelana decorada com minúsculas rosas, presente de uma fiel para o pároco. Por trás da xícara sorriu desavergonhadamente para o amante, mas ao que parece só ele percebeu, ou, quem sabe, na sua excitação adolescente, imaginou um sorriso que nunca existiu.

– Não tenho do que reclamar – o padre respondeu enquanto servia café para Farias, que olhava acintosamente para o busto de Suzana, e ela pareceu lhe sorrir novamente. – Soube que encontraram o corpo de uma mulher assassinada em Nova Esperança.

– Sim, é verdade – Farias queria encurtar a conversa, mas sabia que não seria possível, porque teria de satisfazer a curiosidade do amigo.

Ele respondeu inúmeras perguntas do padre. Para cada pergunta dele, Suzana fazia mais duas ou três, procurando intencionalmente prolongar a conversa e se divertindo em ver que a ansiedade do amante crescia. A cada pergunta, sorria, provocantemente. Tentando encurtar o assunto, Farias acabou dando detalhes que não devia, mas achava que podia confiar no padre e na amante, embora com relação a Suzana não tivesse tanta certeza. Esgotadas as perguntas, o padre levantou a manga do hábito e conferiu a hora no seu relógio antigo e simples.

– Bem, acho que é hora de deixá-los a sós – disse, levantando-se. – Pensem bem no que vão fazer. Que Deus os abençoe e os perdoe. E tenha misericórdia de mim.

Farias e Suzana baixaram os olhares e viram o padre entrar no seu quarto e trancar a porta. Só então se beijaram avidamente. Com algum esforço, Suzana conseguiu se desvencilhar de Farias. Achando graça do tesão do amante, ela lhe disse, sorrindo sensualmente:

– Aqui, não. Vamos subir.

Os dois subiram para o quarto de hóspedes da casa paroquial e se trancaram lá dentro. Passariam as próximas horas ali, amando-se apaixonadamente. Como Farias havia antecipado, teve que se esforçar para não rasgar a blusa que ela vestia e precisou ter paciência para esperar que ela mesma tirasse as botas e a calça comprida. A espera compensou, porque para ele não havia visão mais bela no mundo do que o corpo nu daquela mulher, e porque ele jamais havia experimentado um prazer maior do que aquele que só ela lhe dava.

Saíram do quarto antes das cinco e bem antes que a igreja recebesse fiéis para a missa. Como as pessoas da cidade tinham hábitos do interior, o padre Joaquim fazia, todos os dias, uma missa às cinco da tarde, para terminar às seis, na hora da Ave-Maria. Havia, também, uma missa às seis da manhã, todos os dias.

Farias e Suzana se separaram na sala da casa do padre, sem beijos ou abraços, só com um olhar apaixonado, dele, e de satisfação, dela. Suzana ficaria para a missa, enquanto ele iria embora de imediato. Nunca entendeu ao certo se ela ficava na missa apenas para evitar suspeitas ou para realmente pedir perdão e se penitenciar. Embora não fosse religioso, preferia que eles pudessem se encontrar em outro lugar que não fosse a casa do padre, mas não era possível. Saiu da casa paroquial pela porta dos fundos, como faria um transgressor como ele, e atravessou a rua para pegar seu carro na frente da subdelegacia.

– Até a próxima semana, inspetor – um policial lhe falou da janela do prédio.

– Até – respondeu, abrindo o carro.

– Você sempre se demora muito na casa do padre, não é mesmo?

– Sim, é um velho amigo – Farias respondeu, encarando o policial para tentar adivinhar suas intenções. Ele estaria desconfiado?

— Pensei que era pelos pecados! — o policial acrescentou, rindo, e jogou a guimba do cigarro longe.

— Sempre é. Tenho muitos... — disse, antes que o colega policial fechasse a janela, e se despediram.

Farias entrou no carro, deu partida no motor e começou a viagem de duas horas, agora na escuridão, sem paisagens rurais, mas com as curvas e os precipícios da estrada estreita nos mesmos lugares e à espreita. Se caísse num precipício e morresse, talvez fosse um castigo merecido. Seria uma viagem cansativa, mas valera a pena. Sempre valia.

Quando chegou ao seu apartamento, ainda sentia o perfume de Suzana em suas roupas e seu corpo. Pensou em tomar um banho, mas preferiu esperar para eliminar o cheiro dela. Sentou-se no sofá, ligou a televisão sem som e ficou na escuridão, tentando relembrar tudo que passaram naquele quarto, naquela tarde. Mas o prazer, assim como a dor, deixa uma lembrança fugaz, suficiente apenas para se querer reviver o prazer e evitar a dor. A visão de Suzana se despedindo dele e entrando na igreja, pela sacristia, para ficar para a missa, fez ele se preocupar se ela havia chegado bem. E se um dos precipícios da estrada estreita a tivesse sugado? E se o castigo que ele temia viesse para ela, e não para ele? Farias chegou a pegar o celular e pensou em ligar para ela, mas ligações e mensagens não faziam parte do relacionamento dos dois. Eram terminantemente proibidas, principalmente as dele para ela. Sem ter o que fazer, ele simplesmente tentou não se preocupar mais. Se algo ruim acontecesse com ela, ele certamente seria um dos primeiros a saber. Resolveu que era melhor tomar um banho, tentar relaxar e dormir. Ia perder o perfume, mas ainda poderia sonhar com ela.

Ela chegou em casa, abriu a porta e jogou as chaves do carro em cima do mármore branco do aparador de jacarandá. Ouviu vozes na sala de jantar e foi até lá. O marido jantava com os pais.

— Boa noite — cumprimentou-os sem entrar na sala.

— Boa noite — os sogros responderam, quase em coro. Falavam quase sempre ao mesmo tempo e, muitas vezes, terminavam as frases um pelo outro. Um hábito irritante que eles achavam que era uma prova do quanto se amavam.

– Boa noite – o marido respondeu, depois de examiná-la demoradamente com o olhar. – Fez boa viagem?

– Sim, fiz. Foi tudo bem.

– Quer jantar? Posso pedir para a empregada colocar seu prato – ofereceu-lhe a sogra, como se Suzana não estivesse na própria casa.

– Não, obrigada. Não estou com fome.

– Está satisfeita? – o marido lhe perguntou com ironia, e, antes que ela pudesse responder, acrescentou: – Com suas compras? Foram boas?

– Sim, bastante. Sempre encontro o que quero e preciso quando vou até lá – ela respondeu, e todos sentiram o tom sarcástico.
– Vou tomar um banho para tirar o pó da estrada. A propósito: o padre Joaquim mandou lembranças para todos.

Os sogros agradeceram com sorrisos fingidos, enquanto o marido voltava a comer, em silêncio.

Na suíte, Suzana sentiu-se segura para quebrar as regras e ligou para o amante. Debaixo do chuveiro, ele quase não ouviu o celular em cima da pia do banheiro, e ela quase desligou. Mas ele conseguiu atender a tempo.

– Está tudo bem? – ele perguntou.

– Sim. Só queria dizer que cheguei bem.

– Que bom.

– Gil, tenho que desligar – de todos que o conheciam, só ela ainda o chamava de Gil. – Passa na loja amanhã?

– Sim, passo. Depois do almoço.

– Combinado.

– Amo você.

– Beijos – ela disse, e desligou rapidamente.

Suzana apagou a ligação do celular, despiu-se da roupa com o cheiro dele e a colocou para lavar. Tomou um longo banho e foi se deitar. Por sorte, não precisava fazer sala para os sogros, nem sexo com o marido. Estava satisfeita.

— Por que temos que tomar banho? E tão cedo? — uma menina de cabelos claros e olhos muito azuis perguntou à sua mãe, enquanto caminhavam com todas as outras mulheres e meninas suíças, acompanhando as quilombolas até o local do rio para tomarem banho.

— Não é ruim tomar banho. E aqui não é tão frio.

— Mas está frio.

— O sol já está vindo — a mãe disse, apontando para trás de um pequeno morro.

O dia ainda amanhecia, fazia frio, não um frio suíço, mas, ainda assim, bastante frio. O sol realmente começava a aparecer, e aquele não seria um dia de chuva.

As quilombolas tiraram suas roupas e as de suas filhas e entraram no rio. As suíças fizeram o mesmo e entraram na água fria. A menina suíça protestou, mas a mãe jogou um pouco de água no rosto dela, a menina tentou não sorrir, mas não conseguiu. Não demorou para que entrasse na brincadeira e também molhasse a mãe. A água era fria, mas era fresca. Depois de tanto tempo no mar, mesmo com frio, o banho fazia com que as suíças se sentissem melhor. Alguns pedaços de sabão passaram de mão em mão, e as mulheres puderam ensaboar a si e suas filhas. Todas ficaram com espuma nos cabelos.

O sol já havia surgido e o céu estava bem azul quando finalmente deixaram o rio e se vestiram para voltar ao quilombo. As suíças ficaram pensando como era curioso que estivessem tão longe e, ainda assim, aquele sol fosse o mesmo que elas veriam na Suíça; talvez até mesmo as nuvens tivessem vindo de lá. Muitas das quilombolas também pensavam que o sol que viam era o mesmo sol da África. Só que lá ele iluminava uma vida livre, e na nova terra iluminava o castigo, o trabalho forçado nas plantações e seu cativeiro como animais. Agora estavam livres, mas até quando? O sol era um só, mas não iluminava as pessoas da mesma forma.

Muitas das jovens quilombolas nasceram no Brasil. Para elas, aquele era o único sol. Para todas as crianças, ele era luz, uma quentura reconfortante e a promessa de um dia sem chuva e de brincadeiras. Para as crianças suíças, tudo era novidade e causava espanto: os pássaros coloridos, que piavam alto e tinham cantos estranhos, alguns pareciam falar; as flores que coloriam a paisagem, como se um artista tivesse escolhido suas cores uma a uma; os animais pequenos, diferentes de todos que conheciam, que fugiam delas para o fundo da mata. Havia cães, de raças que nunca viram e que as tinham seguido até o rio e agora voltavam com elas. Havia cabras e vacas, que não eram como as suíças, mas também davam leite.

As mulheres caminharam de volta ao quilombo, as quilombolas cantando músicas cujas letras as brancas não conseguiam entender, mas gostavam. As meninas suíças começaram a imitar os sons do que as outras meninas cantavam, e estas tentavam lhes ensinar como cantar. Chegaram ao quilombo, para que os homens pudessem tomar seu banho de rio.

O pastor não quis ir. Considerava uma abominação que homens ficassem nus na frente de outros homens. Todos os outros foram. Viram como as mulheres voltaram mais alegres, e aquilo os animou. Um pouco de água fresca também faria bem a eles.

Johann caminhou com Uzoma, porque tinha muitas perguntas a fazer, e, sempre que as entendia, Uzoma as respondia. Uzoma explicou que eles aprenderam muita coisa com os índios, desde o que podiam comer e cozinhar e onde construir seus barracos, até o hábito de tomar banho todo dia, que ajudava a afastar doenças, e a dormir em redes. Johann dormira numa rede na noite anterior e achara bom. Era bom para evitar os bichos e as muitas cobras que rastejavam pelo chão, porque nem todas tinham medo do fogo. Uzoma explicou que havia animais que eram perigosos, principalmente cobras e onças, mas havia muitos insetos que também eram perigosos e podiam matar. O fogo das fogueiras espantava os animais e os insetos, mas eles apareciam se as fogueiras se apagassem.

Uzoma contou a Johann que aprenderam a criar vacas e cabras com os portugueses e plantavam muita coisa que os portugueses trouxeram. Plantar tabaco e fumar, aprenderam com os índios. Johann devia experimentar, Uzoma disse, era bom. Johann, que sabia cuidar de vacas, queria ver quais eles tinham ali.

Johann continuava a perguntar enquanto ele e Uzoma voltavam para o quilombo. Uzoma achava graça naquele homem crescido, que fazia perguntas sobre tudo, sobre as coisas mais simples e mais bobas, como se fosse uma criança. Só quando todos já tinham voltado para o quilombo o pastor foi tomar banho no rio, acompanhado por sua filha mais velha, para ajudá-lo. A mulher do pastor havia morrido na viagem, seu corpo fora jogado no mar, e o pastor não se conformava em não ter podido lhe dar um enterro cristão. Convivendo com aqueles pagãos, sentia medo de se tornar um deles e de que seu povo se tornasse como eles.

Tomaram café adoçado com rapadura – só um pouco, porque rapadura era um produto raro, que obtinham com trocas – e comeram algo que parecia um bolo feito de milho. Johann bebia e comia com curiosidade e satisfação, e perguntava e aprendia todas as coisas que desconhecia, querendo entrar de corpo e alma na nova vida. Uzoma pediu que Johann chamasse seus homens para que fossem escolher o lugar onde começariam a aldeia dos brancos. Johann esperou que o pastor voltasse, para que este chamasse e reunisse seus homens e fossem escolher o sítio onde construir a vila. Johann já percebera que o pastor se preocupava com a importância que ele estava assumindo diante do grupo, porque se importava muito com a liderança que deveria ter sobre eles. Demorou a ficar pronto e só deu a ordem para partirem depois que já estava acomodado numa das carroças, com a filha ao lado.

    O grupo, guiado por Uzoma e seus companheiros, passou por uma trilha espremida entre a mata. Os pássaros e os animais pequenos fugiam enquanto eles avançavam. Para os suíços, tudo era novo e diferente do que já tinham visto. A jovem filha do pastor, Hannah, se assustou e ao mesmo tempo se maravilhou com os pequenos micos-leões-de-cara-dourada que acompanhavam o grupo de humanos com curiosidade, jogando-se de galho em galho com extrema agilidade. Hannah se encantava com a quantidade de pássaros grandes e pequenos, de cores que nunca havia visto, que se misturavam às copas das árvores e pareciam ser suas flores e frutos.

    Depois de cerca de vinte minutos, a mata se abriu numa grande planície de vegetação baixa. Eles andaram ainda um pouco mais, até que Uzoma os fez parar, no ponto mais alto do terreno. Apesar da chuva que caíra durante toda a noite, o chão não estava encharcado. O terreno, no seu lado mais baixo, à esquerda, fazia margem com um riacho pedregoso, e a mata ficava na margem oposta do rio. No ponto em que estavam, o mais alto, não havia risco de inundações. Na sua cabeça, Johann via onde podiam plantar, criar vacas e cabras; construir as casas, os armazéns e as oficinas, a igreja e a praça para suas feiras e festas, e o prédio para o mercado da vila. Sabia que o pastor determinaria que a igreja fosse construída no centro do terreno, na posição de maior destaque. Não tinha nada contra isso, até porque, onde ficasse a igreja, também ficaria a praça, e seria onde fariam as feiras e festas.

    O pastor pediu para que o ajudassem a descer da carroça, e alguns suíços correram em seu auxílio. Enquanto desciam o gordo pastor por um lado, um dos homens de Uzoma, alto e forte, se preocupou em ajudar Hannah a descer. Ele a pegou pela cintura, e ela apoiou as mãos nos seus ombros, sentindo-se ruborescer, mas bem protegida nas mãos daquele homem forte, enquanto ele só pôde pensar em como ela era leve, apesar de tanto busto e das nádegas fartas, que ele adivinhava existirem pelas marcas das curvas que seu corpo deixava no vestido largo e solto. Também reparou que ela era alta, pois viu que os olhos dela estavam quase na mesma altura dos seus quando a colocou no chão, à sua frente. Ela quis agradecer, mas não sabia o que dizer, então somente sorriu, um sorriso envergonhado, e sussurrou "Danke". Ele também sorriu, e ela se encantou com seus dentes tão brancos e sua boca vermelha, cor de fogo, o mesmo fogo que, agora, ela sentia arder em seu rosto e em seu corpo. O pai a chamou bruscamente, pois precisava dela para ajudá-lo a caminhar, como se ela fosse uma bengala qualquer. Hannah sorriu novamente para o homem que estava à sua frente e se apressou para ficar ao lado do pastor.

Um pequeno grupo dos suíços ficou em volta do pastor e conversava enquanto Johann ia à frente, com Uzoma.

– A Igreja ficará aqui – o pastor disse aos seus homens, que concordaram.

Era exatamente o lugar que Johann imaginara que o pastor escolheria. Teriam um bom espaço para a igreja, mas também para a praça.

Depois que o pastor havia escolhido o lugar onde construiriam a igreja, também escolheu um local para o cemitério, que não quis que ficasse próximo de onde ficariam a igreja e a praça. O cemitério seria mais afastado, e o pastor indicou um terreno em aclive, bem distante do ponto onde estavam. Johann pensou que seria melhor assim, já que a vida que encheria a igreja e as feiras e festas da praça não combinava com a morte que ocuparia o cemitério.

Só então, depois das escolhas do pastor, Johann deixou Uzoma e juntou-se ao grupo dos suíços. Limpou um pedaço do chão e nele desenhou sua visão para o povoado. Os suíços se acocoraram para ver o desenho melhor, deram algumas sugestões e fizeram algumas mudanças. Uzoma e seus homens olhavam os desenhos que os brancos faziam no chão com gravetos. Hannah percebeu que o homem que a tirara da carroça não parava de olhar para ela e novamente sentiu o rosto queimar quando seus olhares se encontraram, com uma força tão grande e tão estranha que parecia que tinham se tocado.

O pastor aprovou todos os desenhos, muito embora estivesse mais preocupado que a construção da igreja começasse logo. Ele e a filha morariam num quarto com cozinha que ficaria junto da igreja. Também queria que logo demarcassem o terreno do cemitério, porque, mesmo sem o corpo, iria fazer o túmulo e a cerimônia para sua esposa. Aliás, faria o enterro de todos aqueles que haviam morrido na travessia do Atlântico e que tinham tido seus corpos jogados no mar.

Os suíços tinham as ferramentas, que conseguiram salvar do mar e da ganância dos agentes do porto e que seriam suficientes para preparar o terreno e construir os prédios. A madeira para a construção viria da mata nas margens do terreno, e também havia uma pedreira próxima, que poderia fornecer as pedras para os alicerces das construções. Mais adiante procurariam por argila ou barro para unirem as pedras, vedarem as paredes e, quem sabe, fazerem telhas e tijolos.

Johann levantou-se e voltou novamente para perto de Uzoma.

– Muito obrigado. Este lugar é muito bom. Por que não ficaram aqui?

Uzoma sorriu e disse:

– Porque não somos brancos. Não somos livres. Não podemos ser vistos.

Johann não entendeu por que seus novos amigos não eram livres, mas não quis perguntar; quem sabe descobriria mais tarde. O pastor disse que deviam voltar para o abrigo do quilombo e começar a trabalhar logo no dia seguinte. Pediu que lhe ajudassem a subir novamente na carroça, e dessa vez Hannah não esperou; logo foi para o outro lado, onde o jovem alto e forte já a esperava para colocá-la de volta a bordo. Hannah sorriu para ele, ele sorriu de volta e a colocou, com muito cuidado, no banco da carroça. Hannah agradeceu novamente, mas o que ele entendeu foi a mensagem que o sorriso dela lhe transmitiu. Ela resolveu que mais tarde falaria com Johann, porque precisava saber o nome daquele homem que a levantava como quem levanta uma pluma e a fazia sentir-se no céu. O nome dele era Obi.

Naquela mesma noite, eles comeram a comida feita pelas mulheres do quilombo, que foram ajudadas pelas brancas. As mulheres passaram o dia se comunicando com gestos e falando palavras nos seus próprios idiomas. Algumas das mulheres do quilombo falavam o português das fazendas e senzalas e o idioma africano de seus pais. Outras, as mais velhas, apenas o idioma da sua tribo e nação africana. Algumas das brancas falavam alemão e francês, como Hannah, mas a maioria falava apenas alemão. Com os homens acontecia o mesmo: alguns dos quilombolas falavam o português da senzala, mas gostavam de falar entre si nos seus idiomas e dialetos africanos; e os suíços falavam alemão e, alguns, também francês. Os quilombolas preferiam falar nos seus idiomas e dialetos africanos, porque eram a fala da liberdade, e não a língua do opressor. Os suíços falavam em alemão, porque o pastor exigia, mas aqueles que falavam francês o falavam entre si e também ensinavam aos filhos.

Naquela noite mesmo, enquanto jantavam em volta da fogueira, no barracão em que os quilombolas os alojaram, Hannah procurou Johann. Logo indagou o nome do jovem que a havia ajudado, e Johann, um pouco desconfiado do interesse da filha do pastor, lhe disse que o rapaz se chamava Obi. Ela murmurou o nome para si mesma e sentiu o corpo tremer. Achou que era um nome tão bonito e tão forte quanto o seu próprio dono. Pensou se Obi seria capaz de falar o seu nome, Hannah, e o que sentiria quando o falasse.

– Por que quer saber? – Johann perguntou.

– Por nada – ela disse rápida e dissimuladamente, com medo de se trair e deixar transparecer seu interesse pelo rapaz.

Como ela lhe falou em francês, Johann ficou desconfiado. Sempre que alguém do seu grupo lhe falava em francês, era porque não queria que o pastor entendesse.

– O que mais você quer? Sabe que o senhor teu pai não gosta que conversemos em francês.

Hannah puxou um tronco de madeira para junto de Johann e se sentou.

– Falo em francês porque não quero que ele entenda, acho que ele não iria concordar...

– Com o que ele não iria concordar? E se é algo que o senhor teu pai não iria concordar, não pode ser algo bom. – Johann agora a encarava e esperava sua explicação.

– Nós precisamos nos entender com o grupo dos africanos. E tu sabes que eu sou professora.

– Sim, sei.

– Eu poderia ensiná-los a falar uma das nossas línguas. Acho que francês seria mais fácil...

– E mais conveniente, porque o senhor teu pai não entende!

– ... porque alguns falam português, que é bem parecido, mais parecido do que o alemão – Hannah completou, e ficou esperando que Johann desse a sua opinião.

– Tu ensinarias a eles, e quem nos ensinaria a língua deles? – ele finalmente perguntou.

– Não sei, mas tem que ser alguém alfabetizado, que saiba ler e escrever.

– Quem aprenderia?

– Todas as crianças, as nossas e as deles. Posso dar aula de matemática também. Salvei alguns livros da escola, que eu trouxe comigo.

– Alguns adultos precisariam aprender também.

– Sim, alguns homens e mulheres mais velhos.

– E qual a vantagem de ensinar a velhos, que logo morrerão?

– Eles podem ensinar os mais novos.

Ficaram em silêncio, enquanto olhavam as labaredas das fogueiras subindo.

No outro barracão, os homens e as mulheres começavam a cantar e a dançar. Uzoma atravessou o pátio e veio convidar Johann e os outros homens brancos para irem ficar com eles. Johann disse que iria falar com o pastor.

A princípio, o pastor não queria que nenhum dos fiéis da congregação fosse tomar parte no que ele estava certo de que era um ritual pagão. Johann insistiu respeitosamente, com o argumento de que talvez os outros ficassem ofendidos e que eles os haviam recebido tão bem, como verdadeiros amigos, que não deviam desagradá-los. O pastor concordou que fossem os homens apenas, e que não bebessem, nem tomassem parte de nenhum ritual. Falando rapidamente em francês, Hannah pediu a Johann que pedisse permissão a seu pai para levá-la. Johann hesitou um pouco, mas, como o pastor iria querer saber o que Hannah havia dito, pediu permissão a ele. O pastor sorriu, porque entendeu que Johann estava interessado em sua filha, e aquilo era algo que lhe agradaria. Deixou que fossem, mas Hannah não devia sair de perto de Johann. Os dois se foram, e o pastor ficou vendo-os caminhar juntos, lado a lado, e convenceu-se de que formavam um belo casal, e que sua esposa, do seu lugar no Céu, onde certamente estaria, ficaria muito satisfeita com aquela união.

12

Finalmente, quando completaria pouco mais de um mês depois de o corpo ter sido encontrado, havia uma possibilidade concreta de identificarem a vítima. O clube de tênis dava assistência médica e dentária para seus empregados, e um dos dentistas da cidade identificou uma paciente. Farias não se conformava com a possibilidade de a vítima poder ser uma empregada do clube. Como não a identificaram antes? Por que as testemunhas não a reconheceram? O pessoal do clube tinha muito o que explicar. Ele certamente teria que aguardar muito tempo por essas explicações, assim como aguardava pelas gravações das câmeras de vigilância da agremiação.

Farias tinha conseguido o endereço da provável vítima e havia investigado um pouco sobre ela nas redes sociais, com a ajuda da Dra. Gabriela.

– É ela, não tenho dúvida – Gabriela dizia, enquanto navegava pelas páginas da rede social da moça. O nome dela era Hannah, e, como muitas das pessoas de Nova Esperança, tinha um sobrenome suíço, cuja grafia fora deturpada pelo Cartório da cidade, o que também era bem comum de ocorrer.

A última postagem da moça em rede social era de alguns dias antes de o corpo ser encontrado. Gabriela chamou a atenção de Farias para uma foto em que Hannah aparecia sorrindo, aparentemente feliz. O texto da foto dizia:

"Finalmente encontrei o homem da minha vida! Ele é maduro, mas muito lindo. Não aparenta a idade que tem. Me pediu em casamento, mas não é pra agora. Ele tem um relacionamento que precisa terminar antes. Depois, poderemos nos casar e ser felizes. Ele me prometeu fazer uma festa no clube de tênis. Já imaginou o luxo? Ele é muito, muito rico. Estou muito feliz. Já, já vou poder colocar a foto dele aqui e apresentar ele pra todos vocês. Por enquanto, ainda é segredo! (risos)"

— Que porra é essa? — Farias perguntou depois que leu o texto.
— Parece que ela estava apaixonada.
— Parece que temos um suspeito, isso sim.
— Não é muito cedo pra isso?
— Copia essa tela.
— Copiada.
— Depois manda pra mim.
— Ok.
— Vou até a casa dela. Talvez a mãe dela ou alguém more lá. Quer ir comigo?
— Gosta da minha companhia? — ela perguntou sorrindo, e ele deu de ombros.
— E você, gosta da minha?
— Você é mais animado do que alguns dos meus pacientes — ela riu, se levantou e pegou as chaves do carro. — Podemos ir no meu carro?
— Claro. O Estado agradece. Economizaremos o combustível de uma viatura.

O endereço ficava cerca de quarenta minutos distante do Centro da cidade e da delegacia. Farias gostava da companhia da Gabriela. Ela era jovem, tinha uns trinta anos, talvez menos, era inteligente acima da média e sabia conversar. Só não gostava quando ela começava a provocá-lo falando dele e de Suzana, como se tivesse certeza de que eles tinham um caso. Durante algum tempo, ficaram calados. Ela dirigindo, e ele checando as mensagens no celular. Até que Farias falou alguma coisa sobre o advogado do clube de tênis, sogro de Suzana, e ela, inevitavelmente, aproveitou a deixa.

– E como vai a Suzana?

– Não sei, por que deveria saber? – ele respondeu irritadamente, e ela sorriu.

– A sua irritação já o trai.

– Não sei por que você acha que eu tenho um caso com ela – disse, colocando o celular de lado.

– Todo mundo sabe...

– Que todo mundo?

– A cidade toda, ora. – Ele suspirou resignadamente e voltou a olhar o celular, fingindo que consultava mensagens. – Vocês deixam muitas pistas. – Ele a olhou inquisitivamente, e ela continuou: – Você sempre vai até a loja dela. Toda semana você vai até Vila Bela. Ela também. Você aceitou fazer aquela inspeção semanal na subdelegacia que ninguém queria fazer. Só não sei como vocês fazem para se encontrar naquela vila sem ninguém ver...

– Nós não nos encontramos, ok?

– Tá..., ok – ela disse, e começou a rir. – Vocês transam no mato? – Farias sorriu com a ideia e sacudiu a cabeça negativamente. – Seria engraçado se algum dia alguém pegasse vocês pelados no mato.

– Sem chance.

– Tá bom. Então, vocês não transam no mato. Onde, então?

– Nós não transamos. Nós não temos nada.

– Sou sua amiga. Pode me dizer a verdade.

– Você não é minha amiga.

– Agora você me magoou. – Gabriela fez uma pausa. – Por que ela não se separa do marido?

– Pra quê?

– Pra ficar com você. – Farias não respondeu, apenas sacudia a cabeça sorrindo. – Você é apaixonado por ela. O Eduardo diz que você sempre foi apaixonado por ela.

– E daí? O que você tem com isso? Chegamos – ele disse, checando o endereço que anotara no papel, no aplicativo do celular.

Ela estacionou, e eles desceram do carro.

– Não fique com ciúmes.

– O quê?

– Não fique com ciúmes de mim com a Suzana, porque não tenho nada com ela...

– Ciúmes... vai sonhando – Gabriela respondeu, e sentiu o rosto corar. – Você tem idade pra ser meu pai, queridão.

– Só se eu tivesse sido pai aos treze anos...

Farias bateu palmas no portão até que uma mulher surgiu na porta.

– Boa tarde – ele disse.

– Boa tarde – a mulher respondeu, forçando a vista para ver melhor os dois.

– Somos da polícia. Queríamos falar com a senhora. Podemos entrar?

– Sim, podem. – Só então a mulher se recordou de que havia dado parte do desaparecimento da filha. Quem sabe eles não teriam boas notícias?

Farias e Gabriela abriram o portão e entraram na casa. Um vira-lata veio latindo, mas logo começou a abanar o rabo e pedir carinho para os dois. Eles atravessaram um pequeno caminho de pedra, cruzando um jardim pequeno, mas bem cuidado. O caminho era ladeado de hortênsias, as mesmas hortênsias que esconderam o corpo da vítima, provavelmente a filha da dona da casa. Ela os fez entrar e se sentarem num sofá coberto de paninhos de crochê. Era uma casa simples, com móveis velhos, mas cheirando a limpeza e asseio. Um gato branco e cinza dormia num tapete num canto da sala. A mulher os deixou sozinhos na sala para ir buscar café. A essa altura, Farias e Gabriela já tinham reconhecido a morta nas diversas fotos espalhadas pela pequena sala.

– É ela – disse Gabriela, apontando para a jovem numa das fotos sobre uma velha arca. Farias concordou. – Como vamos dizer a ela?

– Não vamos. Vamos deixar isso para o delegado. – Gabriela gostou da ideia e suspirou aliviada.

A senhora voltou com uma bandeja com café, pequenas xícaras e bule de ágata e um pratinho com biscoitos. Como era de costume, o café já vinha adoçado. Ela os serviu, sentou-se numa cadeira à frente deles e perguntou:

– Então, vocês acharam minha filha?

Gabriela, que era muito habilidosa para lidar com os mortos e pouco habituada a tratar com os vivos, quase se engasgou com o café e teve que se controlar para não contar tudo o que sabia para a mulher. Farias respirou fundo e fez o que ele sabia fazer melhor: mentiu.

– Nós ainda estamos procurando. – A senhora assentiu com a cabeça, mas eles perceberam que seus olhos se encheram de lágrimas. – Queríamos fazer algumas perguntas para a senhora, se não se incomodar.

Não, ela não se incomodava.

– Podem perguntar o que quiser.

Farias fez várias perguntas. Gabriela fez outras, tomando cuidado para não falar demais. O nome da senhora era Érica. Ela era viúva, e Hannah era sua filha única. Ela criara a filha praticamente sozinha. O pai de Hannah morrera quando ela ainda era pequena, mal tinha completado três anos. Hannah era uma menina muito trabalhadora e estudiosa, ela disse. Tinha dezenove anos, estudava e guardava dinheiro, porque queria fazer faculdade. Ajudava nas despesas da casa, porque a mãe era aposentada. Érica trabalhara muito tempo em uma das fábricas de tecido de Nova Esperança e ficara muito doente. Acabara se aposentando por invalidez.

Essa situação era comum: as operárias de tecelagem trabalhavam sobre estrados de madeira colocados no chão, onde circulava água, quase chegando a seus pés. Era um sistema para evitar incêndios. Além disso, as operárias respiravam o pó produzido pelos fios.

– A sua filha trabalhava no clube de tênis?

– Sim – Érica confirmou. – No começo era um trabalho só nas férias, mas depois ela foi contratada pra trabalhar todos os dias.

– O que ela fazia?

– Ela era garçonete e trabalhava no restaurante, todos os dias, de noite. – Isso explicava por que os homens que acharam o corpo não a reconheceram. Eles trabalhavam em turnos diferentes. Mesmo assim, alguém do clube deveria tê-la reconhecido. – Hannah me contou que foi um sócio do clube que conseguiu que ela fosse contratada por tempo integral, com carteira assinada. Ele era amigo do presidente do clube.

Gabriela trocou um olhar significativo com Farias. "Um sócio?", ambos pensaram ao mesmo tempo.

– Ela tinha, quero dizer, tem namorado? – Gabriela arriscou perguntar.

– Não. Ela nunca me falou sobre um namorado.

– Ela alguma vez namorou sério? Pra casar?

– Não, não. Ela sempre diz que os garotos só querem beijar na boca e fazer... bem, vocês sabem, aquilo, e ela ainda é virgem.

– Tem certeza? – Farias perguntou, e Gabriela imediatamente lhe deu uma cotovelada. – Desculpe, isso não tem importância – ele acrescentou, se desculpando.

– Ela é jovem ainda, dezenove anos, e muito apegada a mim. Vai demorar a se casar – a mãe disse, com um sorriso orgulhoso.

Farias fez mais algumas perguntas. O gato se levantou, se espreguiçou e os encarou como se perguntasse o que eles ainda faziam ali, na sua casa, e Farias decidiu que já era hora de irem embora. A cada resposta a situação piorava, e Gabriela olhava para o teto e para o chão, prendendo o choro e se controlando para não contar tudo para a mulher. Por isso ela preferia não conhecer os familiares de seus "pacientes".

Eles recusaram mais um cafezinho, e Farias prometeu que entraria em contato assim que tivessem notícias. Continuariam procurando. Cruzaram o pequeno caminho de pedra apressadamente, ignorando o cachorro que abanava o rabo para eles.

Já dentro do carro, Gabriela suspirou profundamente e deixou escapar um "puta que pariu", com o qual Farias concordou em silêncio.

– Vamos embora – ele pediu.

Gabriela deu partida e colocou o carro em movimento. Ficaram calados durante toda a viagem de volta. Satisfeitos e frustrados, eles haviam identificado a vítima.

* * *

No dia seguinte, Farias esperou o delegado chegar e foi até sua sala. Contou que haviam identificado a morta.

– Tem certeza?

– Positivo. Cem por cento. Gabriela estava comigo e pode confirmar. A mãe é viúva, e a moça ajudava em casa.

– Vai ser uma merda contar para a mãe dela – o delegado constatou, e Farias concordou. – Eu vou avisar. Acho melhor eu ir até lá.

– Outra coisa: ela trabalhava no clube de tênis.

– Como assim?

– Trabalhava no restaurante, como garçonete. Pelo que entendi, ela começou a trabalhar lá como temporária, mas depois foi efetivada. – O delegado sacudia a cabeça como se não quisesse acreditar. Farias continuou: – A mãe disse que foi um sócio do clube que conseguiu o emprego pra ela. Pediu para o presidente do clube.

– Isso não está cheirando bem... – O delegado começava a se preocupar com as possíveis consequências do caso.

– Tem mais – Farias disse, e fez uma pausa. – A moça colocou nas redes sociais que estava apaixonada por um homem rico e poderoso, provavelmente casado. Pode ser algum sócio do clube.

– Ou não... – o delegado se apressou em descartar a hipótese. – Temos que procurar o rapaz que se masturbou em cima do cadáver...

– O tal de Carlos – Farias acrescentou.

– Ele é um suspeito. – Farias concordou com o delegado, embora estivesse convencido de que o garoto era só um punheteiro imbecil.

– O clube até agora não mandou as gravações das câmeras de segurança.

– Vou pedir novamente – o delegado disse, com certo desânimo. – Vou intimar desta vez.

– Seria bom pedir as fichas de empregados desse Carlos e da moça, a Hannah – Farias acrescentou, surpreso com a determinação do delegado de intimar o clube.

O delegado concordou, balançando a cabeça, mas sem encarar Farias.

– Vamos procurar por ele – Farias disse, levantando-se para sair da sala do delegado e pôr um fim à conversa. – Então, você vai avisar a mãe dela?

– Sim – o delegado respondeu com alguma relutância. – Pode deixar.

Farias deixou o delegado e voltou para sua mesa. O delegado tinha razão. Embora ele não achasse que o tal de Carlos era suspeito, era melhor procurar por ele. Talvez pudesse revelar alguma coisa que os outros não mencionaram.

Farias resolveu reler os depoimentos com calma, mas precisaria de mais informações para tentar localizar Carlos. Foi só então que se lembrou dos outros dois corpos que teriam sido avistados por Seu Augusto. O inspetor procurou na sua listagem por mulheres desaparecidas cerca de três meses antes, um pouco mais, do dia em que encontraram o corpo de Hannah. Achou três mulheres jovens desaparecidas, com o perfil mais ou menos parecido com o da moça assassinada. Uma ideia ficou martelando na sua cabeça, mas ele resolveu sair para almoçar e depois passar na loja de Suzana.

Embora comesse devagar, Farias nunca demorava nos seus almoços, ainda mais nos dias em que combinava de passar na loja de Suzana. Acabou comendo rapidamente e resolveu fazer hora. Era preciso esperar que os empregados da loja fossem almoçar, para que Suzana ficasse sozinha e tivesse uma desculpa para atendê-lo pessoalmente. Fazia sol, era um dia bonito, e ele teve a impressão de que conseguiria sentir o cheiro dos enormes eucaliptos da praça central da cidade. Quantos anos teriam? Árvores colossais, troncos largos e muitos galhos. Quantos passarinhos teriam nascido e feito ninho nelas durante todos esses anos? A luz do sol se refletia nas flores das hortênsias, que pareciam ter milhares de cores. O sino da igreja matriz bateu às doze horas, e Farias se levantou para ir até a loja.

No caminho, encontrou os empregados dela, que saíam para o almoço. Ele os cumprimentou, e eles responderam, cumprimentando-o com sorrisos cínicos. Talvez Gabriela estivesse certa e eles soubessem do seu caso com a patroa. "Dane-se!", pensou. Suzana veio logo "atendê-lo", assim que ele entrou na loja, como se ela fosse uma lojista competente e atenciosa.

– Oi, Gil! Tudo bem? – ela o cumprimentou de longe, chamando pelo apelido. Era o máximo de intimidade que teriam enquanto estivessem ali.

– Estou bem. E você? – Ela acenou que estava tudo bem, enquanto ele fingia que procurava algo para comprar. Ele certamente tinha o apartamento de solteiro mais bem decorado da cidade.

– Esta peça é bem bonita – ela lhe recomendou, bem profissionalmente. – Vai ficar bem no seu apartamento.

– A "peça" mais bonita desta loja eu não posso levar para casa – ele disse, e ela sorriu, envaidecida. Ele era sempre tão romântico. – Aliás, como você pode saber se vai ficar bem no meu apartamento, se nunca foi lá?

– Sou uma mulher casada... não posso frequentar apartamentos de homens solteiros.

– Podia ir lá me ajudar a decorar.

– Sei. A decoração que você quer inclui a minha roupa espalhada pelo chão.

– Não seria má ideia.

– Não mesmo – ela disse sorrindo. – Como está a investigação?

– Vai indo – ele desconversou, porque não queria dar detalhes. – Mas seu sogro e o clube não colaboram.

Como Suzana fez uma expressão de interrogação, ele acrescentou:

– Até agora não mandaram as gravações das câmeras de segurança.

– Isso é muito chato...

– Enquanto isso, temos uma família sem saber da filha, e um assassino solto. – Ele queria acrescentar que a culpa era da "família dela", mas se controlou e continuou a olhar os objetos da loja.

Suzana o acompanhava de longe, a maior parte do tempo só com o olhar. Ela o achava um homem bonito, alto, atlético, ainda forte e viril. Quando ele finalmente escolheu uma peça, um pequeno castiçal, ela se aproximou dele e pegou o objeto nas mãos.

– Tem uma vela que combine com isso? – ele perguntou.

– Tenho – Suzana respondeu, e caminhou até o balcão.

– Vou dar de presente para o Eduardo.

– Bem, não tenho nenhuma vela das que ele usa, de macumba, mas... – Escolheu uma vela verde-clara e a colocou no castiçal. Farias achou que tinha ficado bonito e puxou a carteira para pagar.

– Não precisa pagar. Diga a ele que é um presente nosso.

Farias concordou, embora soubesse que o amigo não gostaria de um presente do "casal".

– Vamos nos encontrar nesta quinta? – ele perguntou.

– Não vai dar – ela disse. – Acho que o Rodolfo está desconfiado, e é melhor darmos um tempo.

– Você que sabe... – ele disse, sem esconder a decepção, pegando o embrulho e saindo da loja com pressa.

Suzana tentou alcançá-lo, mas ele apressou o passo e logo estava na rua.

Ele atravessava a praça para voltar para a delegacia quando seu celular tocou. Era uma ligação do delegado. A secretária do clube tinha avisado que as gravações das câmeras de segurança e as fichas de Carlos e Hannah estavam disponíveis.

– Quer ir buscar? – o delegado perguntou, e Farias confirmou que sim.

Apressou-se de volta à delegacia. Ia pegar a viatura. Queria ir no carro oficial, para que todos no clube vissem a polícia chegando.

– Vou ao clube buscar as gravações da segurança e as fichas da Hannah e do Carlos. Quer ir? – Passou no IML e convidou Gabriela.
– Sim, vamos – ela disse, tirando o jaleco e pegando a bolsa.

* * *

Farias parou o carro da polícia no estacionamento principal do clube, bem próximo ao prédio da administração, visível a todos que circulassem por ali, exatamente como ele queria. O delegado lhe dissera que as gravações e as fichas estavam com a secretária do clube. Farias e Gabriela entraram na secretaria e, logo que se aproximaram do balcão, uma funcionária solícita veio atendê-los educadamente. Cumprimentaram-se, e Farias disse que eram da polícia e que precisavam falar com a secretária.
– Ela está esperando vocês.
A funcionária os guiou até uma pequena sala, sem tirar os olhos de Farias. Bateu à porta, e eles entraram. Deixou Gabriela e Farias com a secretária, fechou a porta da saleta e voltou para o seu lugar.
A secretária os cumprimentou e lhes entregou uma caixa com um disco DVD e duas pastas de empregados.
– O DVD tem as gravações das câmeras de segurança da véspera e do dia do incidente. As fichas de identificação dos funcionários estão nas pastas – explicou, sem os convidar para sentar.
Mesmo sem convite, Farias sentou-se no pequeno sofá à frente da mesa da secretária, e Gabriela o imitou. A secretária não entendeu por que os dois se sentaram, mas Farias logo esclareceu.
– Podemos falar com você? – ele perguntou.
A secretária deu de ombros, certificou-se de que a porta estava fechada, deu a volta na mesa e sentou-se. Farias olhou um pouco demoradamente para a mulher e as curvas do seu corpo, e Gabriela imediatamente percebeu. "Muito gostosa", ele pensou. "Essa tem dono", Gabriela pensou, porque todos sabiam que a secretária era amante do presidente do clube de tênis. Desde sempre. Cidade pequena, todo mundo sabe de todo mundo. Ou, pelo menos, de todo mundo que interessa saber.

— Então, o que querem de mim? – ela perguntou. Farias pensou nas várias obscenidades que gostaria de pedir a ela, mas o olhar de Gabriela fez com que ele se concentrasse na investigação.

— Isabela – ele começou, e Gabriela se perguntou como ele sabia o nome dela. "Como esquecer?", ele diria. – Você estava aqui no dia em que o corpo foi encontrado?

— No dia do "incidente"? Sim, estava.

— Quem avisou sobre o corpo?

— Seu Antonio e Seu Augusto – Isabela insistia em dar respostas diretas, sem qualquer informação adicional.

— E quem avisou ao presidente?

— Eles mesmos. – Ela fez uma pausa e deu um suspiro de tédio. – Eu fiz a ligação aqui na minha sala, coloquei no viva-voz, saí e fechei a porta. Não tinha mais ninguém na secretaria, mas eu não queria que alguém que chegasse pudesse ouvir a história.

— Então, você não sabe o que o presidente falou para eles?

— Não.

— Eles comentaram alguma coisa com você?

— Não. Quando terminaram a ligação, saíram da minha sala e foram embora da secretaria.

— Você sabe onde o corpo foi encontrado?

— Não.

— Eles não disseram?

— Pra mim, não.

— Estavam nervosos quando saíram da sala?

— Eles já estavam nervosos quando chegaram...

Farias fez uma pausa e continuava a olhar Isabela diretamente nos olhos, castanhos. A secretária também encarava o policial, como só as mulheres que são bonitas e sabem que são bonitas encaram os homens: com desprezo. Gabriela se levantou, cansada do momento quase íntimo que Farias e Isabela pareciam compartilhar. Farias também se levantou.

— Seu Antonio e Seu Augusto estão no clube? – ele perguntou.

– Não – a secretária respondeu, depois de consultar o pequeno relógio dourado que, na opinião do inspetor, combinava com seu pulso delicado. – O expediente deles já terminou.

Os três se despediram, e Farias e Gabriela saíram, fechando a porta da saleta. Isabela ficou na sala, porque provavelmente iria avisar o presidente do clube que os policiais tinham estado lá. Aproveitando-se de que estavam a sós na secretaria, Farias perguntou, com todo o seu charme, se a funcionária que os atendera poderia checar se três nomes pertenciam a empregadas ou ex-empregadas do clube. A funcionária, que simpatizara com ele, na mesma hora foi até um computador, digitou os nomes e devolveu-lhe o pedaço de papel.

– Duas foram empregadas daqui. Essa duas. Trabalharam no restaurante – disse, apontando os nomes com a unha comprida e bem pintada.

Gabriela percebeu que a mulher flertava descaradamente com Farias. Ele também percebeu e aproveitou para pedir que ela verificasse se a mulher que não fora empregada do clube poderia ser sócia. A funcionária pegou o papel de volta, roçando a mão levemente na de Farias, que lhe sorriu e deu uma piscada de olho. A funcionária retribuiu. Digitou novamente no computador, e não, a mulher não era sócia do clube. Com mais uma piscadela e um pouco mais de charme, Farias conseguiu que a funcionária lhe desse os telefones fixos das residências das ex-empregadas. Prometeu voltar para vê-la. Quem sabe poderiam sair para tomar um chope? A funcionária disse que estaria esperando. Talvez ele voltasse realmente. Gabriela estava entediada de assistir ao flerte dos dois. Não era à toa que preferia os mortos.

– O que foi aquilo lá dentro? – ela perguntou quando saíram do prédio. Farias riu.

– Consegui o que eu queria – disse, e explicou para Gabriela que nomes eram aqueles.

– Então, quer dizer que temos mais duas desaparecidas que são ex-empregadas do clube?

– Exatamente. Olga e Mônica. Elas e a Hannah, todas, trabalharam no restaurante.

– Duas desaparecidas e uma morta. Isso está ficando cada vez mais estranho... – ela disse.

– E Seu Augusto viu dois corpos no terreno do clube, que desapareceram e nunca mais foram encontrados.

– Todas trabalharam no restaurante do clube.

– O restaurante pode ser o lugar onde o assassino...

– Ou assassina... – Gabriela acrescentou.

– As encontrou.

– Um cliente, talvez?

– Ou alguém que também trabalhou lá. Não temos como saber. Pode ter sido qualquer um que tinha contato com o restaurante.

– Isso pode significar muitas pessoas.

– Sim, muita gente. Mas já é alguma coisa – Farias comentou, abrindo a porta do carro. – Vou pedir para o delegado oficiar ao clube pedindo as fichas de Olga e Mônica. Quem sabe descobrimos alguma coisa?

– É, não custa nada dar uma olhada – Gabriela disse, enquanto entrava no carro.

Já no carro, ele abriu a pasta de Carlos e começou a ler a ficha.

– Tem um endereço aqui – disse para Gabriela. – Quer ir até lá?

– Por que não? – a legista respondeu. – Meus pacientes podem esperar...

– Não é longe.

Farias ligou o carro e partiram.

Não era longe, mas era numa comunidade, moderno eufemismo para designar "favela". Parecia que a periferia de Nova Esperança, assim como as de muitas cidades do interior, agora se dividia entre a roça da pobreza dos ex-meeiros, que não tinham mais terra para plantar ou, se ainda plantavam, não tinham para quem vender; e a miséria das comunidades dominadas pelo tráfico e pela violência. Porque era uma comunidade e poderia ser violenta, e porque eles eram policiais, Farias achou melhor colocar o colete à prova de balas e levar a pistola no coldre. Gabriela também colocou na cintura a arma que levava na bolsa, e o inspetor lhe emprestou um colete.

    Nas comunidades nunca é fácil achar um endereço, e muitas vezes os moradores dão endereços que não existem, porque não querem ser encontrados. Foi fácil achar o de Carlos. Era logo no começo da comunidade, no início da subida do morro, numa rua mantida pela municipalidade, onde provavelmente a prefeitura ainda conseguia cobrar IPTU e taxa de iluminação pública, embora todas as lâmpadas dos postes estivessem quebradas.

    Chegaram a uma casa desbotada, que lembrava as casas das vilas de operários. Aliás, antes de se tornar uma comunidade, aquele bairro tinha sido uma vila de operários, e a casa do rapaz era uma das últimas que permanecera de pé. O portão da casa estava aberto, e eles simplesmente entraram, sem qualquer aviso. O jardim, ou o que fora um pequeno jardim, estava tomado de mato alto. Algumas roseiras lutavam para sobreviver entre o capim e as tiriricas. O cimento que calçara o curto caminho entre o portão e a porta da casa estava todo quebrado, e onde não estava quebrado, estava coberto de musgo. A casa parecia abandonada. Não tinha uma cor definida, e as janelas de madeira estavam quase sem vidros e se desmanchando de podre.

    Farias bateu à porta. Bateu novamente. Bateu mais uma vez, e dessa vez ouviu passos. Instintivamente, abriu o coldre e segurou a arma. Gabriela imitou o amigo e pôs a mão na sua arma também. Finalmente Carlos abriu a porta. Devia estar dormindo, porque os olhos estavam inchados, e os cabelos, desarrumados. Quando viu Farias e Gabriela parados na porta, com os coletes da polícia, ele, também instintivamente, tentou fugir e correu para dentro da casa. Farias não deixou que fosse longe e, antes que pudesse abrir a porta da cozinha, Carlos já estava dominado. Farias ainda tinha bons reflexos e continuava forte, e Gabriela, mesmo sem se dar conta, admirava o inspetor.

Carlos protestava, mas, antes que pudesse ver, já tinha sido algemado com as mãos para a frente, arrastado da cozinha para a sala e jogado no sofá imundo.

— Isso aqui precisa de uma limpeza — Farias disse, jogando no chão umas coisas que estavam em cima de uma cadeira e oferecendo-a para Gabriela, que recusou. Preferia ficar em pé a sujar sua roupa.

— O que vocês querem de mim? Eu não fiz nada.

— Tirando se masturbar em cima de um cadáver, seu porco nojento — Farias disse, e Carlos desviou o rosto, porque achou que o policial ia esbofeteá-lo. — Você bem que merecia ser preso. Ou pelo menos levar uma surra. O que você acha? — Farias perguntou para Gabriela.

— Uma surra — ela concordou.

— Porra! — Carlos protestou.

— Cala a boca, punheteiro — Farias lhe avisou, enquanto Gabriela, instintivamente, achou melhor se afastar e ficar perto da porta, vigiando a entrada.

— Quero lhe fazer umas perguntas sobre o dia em que vocês acharam o cadáver, ok? Se você ficar calmo e responder direitinho, vai ficar tudo bem.

— Eu não sei de nada!

— Se não ficar calmo, nem responder, posso prender você.

— Por quê? Eu não fiz nada.

— Vilipêndio de cadáver — Gabriela respondeu, surpreendendo até mesmo Farias. — Fez parte do meu concurso, ué? Direito Penal... — ela explicou, com naturalidade.

— Conte o que aconteceu naquele dia — Farias pediu a Carlos, e ele obedeceu.

No final, Carlos não acrescentou nada ao que a polícia já sabia.

— Você se masturbou em cima do corpo dela? — Farias perguntou, e Gabriela voltou-se para ver a reação de Carlos e ouvir sua resposta. Carlos viu que Gabriela olhava para ele e simplesmente baixou a cabeça e fez que sim.

– Você ejaculou sobre ela? – Novamente Carlos fez que sim, e Gabriela virou o rosto, enojada. – Em que partes do corpo dela? – Carlos ficou mudo, e Farias gritou com ele: – Onde?

– Em cima da xota, na boca, não sei... – ele respondeu e cobriu o rosto com as mãos, mas Gabriela não acreditava na sua vergonha, muito menos no seu arrependimento.

Farias deixou passar alguns instantes para mostrar uma foto da morta e perguntou se alguma vez ele a tinha visto no clube.

– Não. Nunca vi ela.

– Ouviu falar de uma Monica e de uma Olga lá pelo clube? – Farias perguntou. – Eram empregadas do clube coisa de três meses atrás.

– Não trabalho no clube esse tempo todo. Tava lá faz uns dois meses, só.

– Por que você parou de ir ao clube?

– Fiquei com medo deles me mandarem embora...

– Eles vão demitir você agora, seu imbecil. Abandono de emprego. – Carlos deu de ombro. – Do que você tem medo?

– Eu tenho medo do Seu Antonio – ele disse, meio envergonhado. – Tenho medo dele me matar.

– Ele estava com muita raiva de você mesmo – Farias disse, rindo, e Carlos novamente deu de ombros. – Ele é desses, é?

– Não sei, mas não vou arriscar.

– Você mora aqui sozinho?

– Moro.

– Vou soltar você e nós vamos embora – disse, levantou-se e tirou as algemas de Carlos. – Vê se toma jeito nessa vida. Arruma essa casa que está um lixo.

Farias e Gabriela saíram da casa, entraram no carro e voltaram para a delegacia. Mais tarde, Farias assistiu aos vídeos com as gravações das câmeras de segurança e, como já esperava, não havia nada nelas. Ele telefonou e passou a informação para Gabriela. "Valeu, queridão!", ela agradeceu e desligou.

13

O dia seguinte era uma quinta-feira, e era dia de inspeção na subdelegacia de Vila Bela, quando Farias e Suzana podiam se encontrar e ter algumas horas de intimidade, a sós. Mas não naquela quinta-feira chuvosa.

Farias acordou mais cedo do que de costume, quando o dia não havia sequer clareado. Caía uma chuva fina, característica de Nova Esperança, que certamente duraria dias. A chuva fina, a lembrança de que não se encontraria com Suzana e a obrigação de ter de inspecionar a subdelegacia só fizeram o humor de Farias piorar. Pensou em algumas desculpas para não ir a Vila Bela, mas depois achou melhor manter o compromisso, para não dar o que falar, nem irritar o delegado. Mas não iria logo pela manhã. Tinha umas coisas para fazer em Nova Esperança antes de ir.

Planejou passar no clube de tênis antes de rumar para a delegacia, para tentar falar com Seu Augusto. Precisava saber onde ele tinha visto os outros dois corpos. Depois telefonaria para as casas de Monica e Olga, a fim de confirmar se elas continuavam desaparecidas.

Fez um café bem forte, que bebeu junto com um comprimido para dor de cabeça. Quem sabe lhe melhoraria o humor? Olhou pela janela e confirmou que ainda chovia. A chuva não passara e não passaria tão cedo. Essa era uma das coisas que ele mais detestava em Nova Esperança. Isso, os sogros e o marido de Suzana. Lá pelas oito horas, pegou seu carro particular – não queria que ninguém no clube o identificasse como policial – e foi tentar encontrar Seu Augusto.

No clube, a funcionária gentil da secretaria – que se chamava Kátia – continuou a flertar com ele e o ajudou a encontrar o velho. Isso fez com que tivesse certeza de que ele e Kátia sairiam juntos para tomar um chope qualquer dia. Ou, pelo menos, era nisso que a funcionária acreditava. E, no fundo, ele também.

Seu Augusto não ficou propriamente feliz quando viu Farias, mas o cumprimentou com educação. Farias também procurou ser gentil e não assustar o homem. Os dois andaram até um banco nos fundos do clube, no terreno perto do parque e do bambuzal, que era uma espécie de área de serviço. Quase ninguém passava por ali. Sentaram-se num banco de madeira coberto por um pequeno telhado. O velho Augusto acendeu um cigarro, tragou com força, soltou uma longa baforada, pela boca e nariz, como se fosse o suspiro de um dragão, e ficou olhando a fumaça se desfazer no ar, em meio à chuva fina.

– Até hoje eu 'inda sonho com a moça – ele finalmente disse para Farias. – Não sei por quê. Fui coveiro tanto tempo, Meu Deus, nunca fiquei cismado com nenhum defunto, mas essa moça... – disse, balançou a cabeça negativamente e suspirou de novo.

– Tem coisa que a gente não entende mesmo. Umas mexem mais com a gente do que outras. Deve ser porque ela foi assassinada, não é?

– Já vi gente matada também. Não é por isso... – Farias ficou esperando que ele dissesse o motivo pelo qual se sentia assim e não conseguia esquecer a moça. – Pra mim, parece que ela sofreu, sofreu muito, antes de morrer.

– O senhor sabe como ela morreu? – Seu Augusto fez que não com um gesto e esperou, com os olhos fixos na brasa do cigarro, que Farias falasse. – Alguém tirou todo o sangue do corpo dela e esperou que ela morresse.

Seu Augusto deu uma última tragada no cigarro e jogou a guimba longe. Enxugou, com as costas das mãos, duas pequenas lágrimas que deixou escapar e que escorreram pelas rugas de seu rosto, como pequenos riachos num terreno castigado pela seca. Ele nem tentou disfarçar.

– Quem pode ser tão ruim assim, seu dotô?

– Tem muita gente ruim no mundo, Seu Augusto. – Eles concordaram, e Farias deixou passar algum tempo antes de voltar a falar. – Eu vim aqui porque queria que o senhor me mostrasse onde achou os dois corpos.

– Não sei mais se era defunto, não, dotô Farias. Vi de longe e, quando voltei, não tava mais lá.

– Mas pode me mostrar o lugar?

– É longe. Dentro do parque, pro lado de lá – disse, apontando para o pequeno morro que formava o parque. – Atrás do morro, depois do pinheiral.

– Sei... – Farias concordou que era realmente distante e que eles não conseguiriam caminhar até lá naquela manhã. – É longe mesmo.

– Posso mostrar num mapa que tem ali no nosso galpão. A gente usa ele pra se guiar quando tem que entrar no parque.

– É uma boa ideia. Vamos lá. – Os dois se levantaram e caminharam até o galpão.

– Por que vocês entram no parque?

– A gente tem que limpar as trilhas, senão a mata toma elas de volta. Os matagal é assim: toma tudo de volta.

Pararam em frente ao mapa do parque, e Seu Augusto apontou o lugar onde teria visto os corpos. Farias sacou o celular e tirou várias fotos do mapa e do ponto que o velho indicou.

– Onde vão dar essas trilhas? – perguntou, ao notar que havia várias marcadas no mapa.

– Elas sai em vários bairros, até no centro da cidade, por detrás do cemitério – Augusto respondeu, enquanto mostrava os caminhos assinalados. – Essa do cemitério eu conheço bem, porque eu usava pra ir trabalhar. Saía daqui – apontou um bairro à direita do mapa –, onde eu morava, e ia por aqui – disse, percorrendo a trilha com a unha suja do dedo indicador no mapa – até o cemitério. Ia e voltava quase todo dia. Mais rápido que de "ômbus".

– Então, quer dizer que qualquer um pode entrar no parque de um lado e sair do outro?

– Tem trilha pelo menos pra quatro bairro... – Seu Augusto confirmou.

– Então, é muito mais rápido cruzar o parque do que ir pelas ruas de dentro da cidade.

– É, sim.

– É perigoso? Tem algum animal que pode atacar a gente?

– Tem nada! – Seu Augusto respondeu, rindo-se da pergunta do policial. – Tinha onça, mas isso era quando eu era molecote. Hoje tem mais não. O dotô tem medo de bicho, mas não tem medo de bandido?

– Não gosto de matar bicho. Já bandido...

Seu Augusto deu uma boa gargalhada.

Farias explicou que precisava ir embora. Agradeceu a Seu Augusto, se despediu e se apressou para chegar na delegacia. Eram quase dez horas quando chegou lá, e decidiu que ainda dava tempo de fazer os telefonemas para as casas das desaparecidas.

Discou o primeiro número, o da casa de Olga, e deixou tocar por algum tempo, mas ninguém atendeu.

Na casa de Monica, uma mulher atendeu o telefone. Ele se identificou, disse que era policial e queria confirmar se Monica continuava desaparecida. A mulher confirmou e perguntou se ele tinha notícias da filha. Farias disse que infelizmente não, mas que a polícia continuava procurando. Demorou um pouco mais do que ele esperava até acalmar a mulher e conseguir terminar a ligação.

O terceiro telefonema foi atendido por um homem que se exasperou quando Farias disse que queria falar com uma mulher chamada Júlia.

– Quem quer falar com ela? – a voz masculina do outro lado da linha perguntou, raivosamente.

– Calma, amigo! Eu sou da polícia. Só quero confirmar que a Júlia continua desaparecida.

– Desaparecida o caralho! A filha da puta fugiu com o amante! Quero que essa vaca morra! – o homem respondeu e bateu o telefone.

"Corno nervoso", Farias pensou, e teve vontade de rir, mas então pensou que isso talvez pudesse um dia acontecer com Suzana, e ele não gostaria que ela fosse xingada como a coitada da Júlia fora.

Lembrou-se de que já estava na hora de pegar a viatura policial e ir para Vila Bela. Uma merda fazer aquela viagem sozinho, naquela chuva de mijo, que não ia acabar nunca. Pensou em chamar Gabriela para ir com ele. Era uma boa companhia, e assim ele conseguiria provar para ela que ele não tinha nenhum caso com Suzana, embora tivesse. Ligou para Gabriela.

– Quer ir comigo para Vila Bela? – perguntou.

– Com esse tempo?

– Tenho que ir...

– O que tem lá?

– Porra nenhuma – disse, desanimado. – Tenho que ir por causa da inspeção semanal da subdelegacia.

– Putz! Que furada...

– Quer ir?

– Tenho que cuidar dos meus pacientes... – Gabriela disse, e esperou que ele risse. Farias não riu, e ela fez uma pausa, como se estivesse pensando. – Tá bom. Me pega aqui em frente ao IML, queridão.

– Ok. Estou na viatura.

– Tá legal.

* * *

Alguns minutos depois, Farias e Gabriela já estavam juntos, no carro, a caminho de Vila Bela. Farias escolheu outro caminho para que pudesse passar em frente à loja de Suzana. Quem sabe ela o veria com Gabriela? Para sorte dele, o sinal fechou, e Farias pôde parar o carro bem em frente à loja, enquanto esperava o sinal abrir. Teve certeza de que Suzana os tinha visto. O sinal abriu, o carro voltou a andar, e Gabriela disse:

– Fez questão de passar comigo em frente à loja da sua amiga?
– Farias fez que não ouviu. – Será que ela vai ficar com ciúmes por minha causa?
– Do que você está falando?
– Por que você deu essa volta toda? Só para passar em frente à loja "dela"?
– Loja de quem?
– Não se faça de bobo...
– Ah, a loja da Suzana? – perguntou o mais naturalmente possível. – Já disse que eu não tenho nada com ela. E o que tem de mais ela nos ver juntos? Trabalhamos juntos.
– Não trabalhamos, não – ela contestou, um pouco aborrecida.
– Praticamente trabalhamos juntos. Você está chateada? Não acredito!
– Só não me use para essas coisinhas de amantes, tá certo?
– Eu já disse que não tenho nada com ela. Foi só coincidência.
– Sei... – Gabriela falou, e começou a mexer no celular.
– Você quer que eu peça desculpas para você? Eu peço.
– Tem motivo para pedir desculpas?
– Não. Já disse que foi tudo um acaso e que não tenho nada com Suzana.
– Então está bem. Não vamos ficar falando sobre isso a viagem inteira.
– Vou lhe contar o que descobri falando com Seu Augusto hoje de manhã. Você sabia que o parque atrás do clube de campo tem saída para mais de quatro bairros diferentes da cidade, inclusive para o Centro?

Gabriela não sabia, e Farias foi lhe contando o que descobrira antes. Falou também sobre os telefonemas, e os dois acabaram rindo da infelicidade do ex-marido de Júlia. Para Farias, a viagem demorou menos do que ele esperava. Ela era uma boa companhia e fez com que o tempo passasse mais rapidamente, com uma inesperada leveza. Os abismos e barrancos da estrada não os sugaram para dentro de sua finitude, e os pastos não os puxaram para sua imensidão. Sobreviveram ao tédio dos campos e dos cupinzeiros gigantes, sempre parados, esperando que o tempo e as intempéries os destruíssem. Bois e vacas não se abalaram quando os viram passar. A chuva os abandonou em Nova Esperança, e o dia em Vila Bela, que nem de longe merecia esse nome, era apenas nublado. Entraram na vila e um cachorro magrelo correu atrás da viatura, como se tivesse cometido algum crime e quisesse se entregar. Farias se esforçou para não atropelar o animal e estacionou o carro em frente ao prédio da subdelegacia.

Involuntariamente, procurou pela picape de Suzana na frente da loja dos artesãos e, mesmo sabendo que ela não estaria ali, sentiu um aperto no coração ao confirmar a ausência.

Ele e Gabriela desceram do carro, e Farias seguiu sua rotina, sem qualquer alteração, a não ser pelo fato de que teve de apresentar Gabriela aos colegas da polícia de Vila Bela. Eles – quem diria – gostaram de conhecer uma médica legista, talvez apenas porque ela era jovem e bonita, mas quem saberia dizer com certeza? Perguntaram mais uma vez sobre o caso da mulher assassinada. Farias informou que ela já havia sido identificada, e eles ficaram admirados com a capacidade da médica de identificá-la a partir dos dentes. Quiseram saber mais detalhes, mas, dessa vez, queriam ouvir todos os pormenores através da boca rosada e carnuda da Dra. Gabriela. Farias estranhou toda essa atenção recebida pela amiga e sentiu-se enciumado, embora fosse incapaz de admitir isso, ainda que apenas para si próprio.

– Bem, está na hora de almoçar – ele disse, quase puxando Gabriela pelo braço, para saírem da subdelegacia.

Por um instante, ele pensou que os policiais da subdelegacia fossem acompanhá-los para o almoço. Farias assinou o livro de inspeção e os colegas se despediram deles. Ele e Gabriela atravessaram a praça para irem à pensão. Ela parou um instante a fim de ouvir os passarinhos, e Farias lhe ensinou a identificar o canto dos melros, um pássaro preto extremamente elegante. Livres, os pássaros cantam de alegria. Engaiolados, cantam de tristeza e melancolia.

Dona Irene ficou feliz em ver seu freguês das quintas-feiras entrando na pensão acompanhado por uma moça tão bonita. Ela cumprimentou Farias e Gabriela enquanto eles se sentavam à mesa predileta do policial.

– O que vão querer? – ela lhes perguntou.

– O de sempre – Farias respondeu, e Dona Irene sorriu.

– E você? – perguntou para Gabriela. – Vai querer o mesmo que seu pai?

Gabriela riu.

– Ela não é minha filha – Farias esclareceu, contrariado.

– Desculpe – a mulher disse, aborrecida com o próprio engano.

– A senhora não tem do que se desculpar – Gabriela afirmou, gentilmente, e as duas começaram a falar sobre os outros pratos e as possíveis saladas, com e sem folhas, de palmito e sem palmito, com tomate, molho ou azeite, numa conversa que não tinha mais fim. Por isso ele sempre escolhia a mesma refeição: a de sempre. Era mais prático.

Enquanto esperavam a comida e conversavam, e durante todo o almoço, Farias prestou mais atenção em Gabriela. Ele sempre a achara bonita, mas ali ela parecia brilhar. Parecia um passarinho, livre do peso do lugar onde trabalhava, da sua gaiola. Gabriela era jovem, sim, mas não tão jovem que pudesse ser sua filha. A diferença de idade entre eles passava um pouco de dez anos.

Acabada a refeição, veio o cafezinho adoçado com rapadura e o cigarro enrolado de palha, que, como de hábito, Farias fumou ali mesmo na pensão. Gabriela queria pagar seu almoço, mas Farias insistiu que ela era sua convidada e pagou toda a despesa. Depois voltaram a atravessar a praça, e Farias a convidou para entrar na Igreja.

– Não sabia que você era religioso! – ela disse, surpresa.

– Não sou, mas sou amigo do padre.

Os dois entraram na matriz, se benzeram – Farias sempre sem a certeza de estar fazendo a coisa certa do jeito certo – e atravessaram o corredor, até saírem na sacristia e entrarem na casa paroquial.

Padre Joaquim estranhou a presença de Farias e da médica, mas logo veio abraçá-lo. Farias apresentou Gabriela ao padre como sua colega de trabalho, e os três se sentaram à mesa para tomar um café com bolo e biscoitos. O padre quis saber mais sobre Gabriela, mas foi ele e Farias que acabaram divertindo a moça com suas histórias dos tempos de colégio. Farias achou que a tarde tinha passado rapidamente, não tão rapidamente quanto quando ele e Suzana ficavam a sós no quarto de hóspedes da casa paroquial, mas, ainda assim e de um jeito diferente, a tarde passou agradavelmente.

Em Nova Esperança, Farias deixou Gabriela na casa dela e voltou à delegacia para deixar a viatura e pegar seu carro. Chegou em casa, tomou um banho e sentou-se em frente à TV sem som. Pensou que talvez fosse bom ter um gato. Gatos sobrevivem quase sozinhos e sem nenhum cuidado, ou, pelo menos, era o que ele imaginava. Não são dependentes como cachorros. Não precisam passear na rua para fazer suas necessidades, porque usam suas caixinhas de areia. Para os gatos, assim como para os humanos, a rua era lugar de diversão. Cochilou enquanto tinha esses pensamentos e acordou com o toque do celular. Era Suzana.

– Oi!

– Quem era aquela mulher que estava com você? Você foi com ela para Vila Bela?

– O quê? Do que você está falando? – Farias fez uma pausa para tentar organizar os pensamentos. – O nome dela é Gabriela, e ela trabalha comigo.

– E por que você foi com ela a Vila Bela?

– E por que não? Ela trabalha comigo e está me ajudando no caso da moça assassinada. – Fez outra pausa e coçou a cabeça. – Ficou com ciúmes?

– Claro que não. Deveria?

– Suzana, são quinze para as onze. Vá dormir. O seu marido vai acabar ouvindo... – provocou.
– Não ligo – disse, e fez uma pausa para pedir, mais calmamente: – Passa na loja amanhã?
– Vou ver se dá.
– Tá bom. Beijos.
– Tchau – Farias disse, e desligou.
Mulher maluca, pensou, antes de se ajeitar no sofá para continuar dormindo. Mas sorriu satisfeito com a ideia de que, talvez, ela realmente tivesse ficado enciumada.

14

— Isso não é ciúme — Eduardo disse, trazendo o bule com o café e os copos e se sentando à mesa da cozinha.
— É o que então? — Farias perguntou enquanto se servia e provava o café quente e forte. Ele gostava do café que o amigo fazia.
— Outra coisa qualquer. — Eduardo tomou um gole de café. — Sentimento de posse, talvez.
— E ciúme não é um sentimento de posse?
Eduardo saboreou um longo gole do café e ponderou, antes de responder:
— Não é a mesma coisa. Isso que ela sente — se referia a Suzana — é um sentimento de posse, de dominação. Ela tem medo de perder o domínio que tem sobre você. Isso não é ciúme de quem gosta do outro e tem medo de perder a pessoa que ama.
— Você não acredita mesmo que ela possa gostar de mim, não é? — Farias continuava bebericando o café.
— Não sou eu que tenho que acreditar. Você acredita? — Eduardo perguntou, então levantou-se da mesa para levar o copo sujo à pia e voltou a sentar-se.
Farias deu de ombros, como se não se importasse.
— Só não entendo por que você não consegue acreditar que ela talvez goste de mim.

– Conheço Suzana melhor do que você, meu amigo. Você saiu daqui com vinte e poucos anos...

– Dezenove – Farias corrigiu o amigo e continuou a brincar com o copo de café.

Eduardo não deu importância para a observação e prosseguiu:

– Voltou há poucos anos...

– Três anos.

– E acha que a conhece.

– Conheço Suzana desde que era criança. Namoramos desde o tempo do colégio. Fui o primeiro homem da vida dela.

– Você foi embora, e ela ficou aqui.

– Eu tive que ir embora, e ela não pôde ir.

– Ela não quis ir – Eduardo o corrigiu. – Porque não via futuro com você. Tinha mais futuro aqui.

Farias balançou a cabeça em sinal de reprovação.

– Não sei por que você não gosta dela.

– Não é questão de gostar ou não gostar. Pra mim, ela não fede nem cheira. Mas você precisa entender que ela não gosta de você. Ela tem algum interesse em você, que eu ainda não consegui entender.

– Não há o que entender porque não há interesse nenhum. O que posso dar a ela que ela já não tenha?

Foi a vez de Eduardo balançar a cabeça, discordando.

– Tem alguma coisa que ela *quer* de você – afirmou, colocando ênfase na palavra "quer".

– Materialmente, não há nada que eu possa dar a ela que ela já não tenha. Sentimentalmente, como você diz, ela não gosta de mim. Então, o que poderia ser?

– Nem tudo se resume a bens materiais ou sentimentos. Talvez haja alguma coisa que você possa fazer por ela... Não sei bem.

– Você simplesmente não gosta dela. É isso. – Farias levantou-se e pegou um embrulho que havia deixado sobre o móvel da cozinha. – Apesar disso, esse é um presente meu e dela pra você – falou, entregando o embrulho para Eduardo.

— Obrigado — o amigo disse, abrindo o pacote. — Belo castiçal. Obrigado.

— Por nada. Toda vez que vou na loja dela tenho que comprar alguma coisa mesmo. Dessa vez resolvi comprar algo para você. Foi ela que escolheu.

— Bonita... — Eduardo disse, vendo a vela verde-clara, cor do seu orixá, mas Suzana não teria como saber disso. Ele imediatamente tirou a vela do castiçal.

Ficaram algum tempo em silêncio, olhando, pela janela da cozinha, o vento balançar as folhas das árvores e as plantas do quintal. As flores do ipê-roxo caíam ritmadamente, como uma chuva de papel colorido picado. Começara a esfriar em Nova Esperança, e o ipê do quintal de Eduardo era um dos primeiros da cidade a florescer. Farias interrompeu o silêncio:

— Bem, não vim aqui para falar de mim e de Suzana. Queria lhe pedir um favor.

— Pode pedir — Eduardo falou, um tanto surpreso.

— Tenho que tentar localizar uns corpos no parque, atrás do clube de campo. Não posso levar uma equipe da polícia, porque não vai ser oficial. Pensei em ir com a Gabriela — Eduardo sorriu quando Farias falou o nome da médica, porque gostava dela —, e ela deve levar mais um ajudante. Pensei em levar você.

— Posso ir. Sem problemas.

— Pensei que você pode ser de ajuda...

— Sim, claro, porque sou médium e coisa e tal — Eduardo acrescentou rindo. — Pode ser que isso ajude.

— Não só por isso, mas porque vamos precisar de mais olhos mesmo. Seu Augusto me mostrou onde ele viu os corpos, mas me disse que eles sumiram do local. Vamos ter que procurar e, sinceramente, não sei se vamos achar nem o que vamos achar.

— Tudo bem. — Eduardo levantou-se para beber água. — Vou com vocês. Quando vai ser isso?

– Talvez amanhã ou depois – Farias respondeu. – Tenho que ir – disse, levantando-se – Preciso dar um telefonema para confirmar se uma mulher continua desaparecida. Você pode amanhã?

– Sim, posso.

– Então, mais tarde eu ligo para confirmar. Vou ver se a Gabriela também pode ir amanhã.

– Combinado.

Farias se despediu de Eduardo e foi para a delegacia. Assim que ele saiu, Eduardo jogou a vela fora e guardou o castiçal. Embora não soubesse exatamente o que era, havia alguma coisa extremamente errada com Suzana, e ele não gostava desse sentimento. Existia também uma relação entre a família de Rodolfo, o marido de Suzana, a família da qual ela agora fazia parte, e toda a desventura que a família de Farias passara em Nova Esperança, até que apenas ele sobreviveu. Eduardo não conseguia entender como Farias podia olhar para Suzana e não pensar nisso. Ou talvez pensasse e ficasse com ela apenas para se vingar daquela família.

* * *

Já na delegacia, Farias ligou para o telefone que a funcionária do clube de campo lhe dera como sendo da casa de Olga. Dessa vez um homem atendeu, e ele conseguiu confirmar que a jovem continuava desaparecida. O homem se apresentou como pai da moça, e, para conseguir terminar a ligação, Farias teve que mentir, repetindo várias vezes que estavam investigando o caso, procurando por ela, e que continuariam procurando até que fosse encontrada. Ele também ligou para Gabriela, e ela confirmou que poderia ir ao parque no dia seguinte com um ajudante. Marcaram de se encontrar na entrada da trilha principal às oito da manhã. Farias ligou e confirmou o encontro do dia seguinte com Eduardo. Estavam todos acertados.

Farias decidiu que já era hora de ir embora e que iria até a academia para malhar e relaxar, e depois compraria alguma coisa para comer em casa. Pegou a mochila onde tinha colocado os mapas do parque que imprimira, lanternas, cordas e pás dobráveis e saiu da sala. Não conseguiu evitar que o delegado o visse e viesse falar com ele.

– Por que você voltou ao clube? – o delegado o interpelou diretamente, sem ao menos cumprimentá-lo.

– Precisava esclarecer alguns pontos do depoimento com o Seu Augusto.

– O advogado do clube ligou reclamando – resmungou, e, apontando o dedo para Farias, disse: – Não quero você voltando lá sem me avisar, positivo?

Farias ficou olhando o dedo do delegado, controlando-se para não o quebrar.

– Vou voltar lá sempre que for necessário para a investigação.
– Quero ser informado antes, ok?
– Positivo.

Farias deu de ombros e voltou a caminhar em direção à saída da delegacia.

* * *

No dia seguinte, às oito horas da manhã, os quatro se encontraram na entrada da trilha pelo lado do parque, que era bem visível da sede do clube de tênis.

Farias e Eduardo foram sozinhos, e Gabriela trouxe seu ajudante, Luiz Carlos. Todos se cumprimentaram, Gabriela e Eduardo trocaram beijos no rosto, e Gabriela apresentou Luiz aos amigos.

Não demoraram a entrar na trilha, porque Farias não queria que fossem vistos. Por isso também não chamou nenhum dos empregados do clube, nem Seu Augusto, nem Seu Antonio. Não queria ter de dar explicações a respeito dessa incursão nem ao clube, nem ao delegado.

Era uma manhã ainda encoberta por uma neblina baixa e fina. Quanto mais avançavam na trilha, mais espessa a neblina ficava. Caminhavam devagar, examinando as margens da trilha, mesmo sabendo que estavam longe do local onde Seu Augusto alegava ter avistado os corpos. Eduardo, com quase um metro e noventa de altura, caminhava ao lado de Gabriela segurando um galho de árvore que recolhera no caminho e que usava como bordão. O contraste da altura de Eduardo com a de Gabriela era gritante, apesar de Gabriela ser uma mulher alta, de um metro e setenta, aproximadamente. Farias e Luiz vinham logo atrás de Eduardo e Gabriela, que conversavam em tom baixo, como se quisessem que os outros não os ouvissem. Vendo os cabelos grisalhos do amigo, Farias não teve como evitar pensar como Eduardo estava parecendo um preto velho, uma daquelas entidades em que ele dizia acreditar.

    A trilha era longa, e eles fizeram uma caminhada de quase trinta minutos até chegarem ao ponto em que o caminho se cruzava com outras duas trilhas laterais. De onde estavam, podiam ver as margens do parque, o clube de tênis e suas construções bem abaixo deles, com os limites do terreno bem marcados por bambuzais, ciprestes e hortênsias de flores de um azul tão intenso que podiam ser vistas daquela distância. A floresta nativa preenchia o parque, enquanto seus limites eram marcados por florestas de eucalipto e pinheiros, plantadas muitas décadas antes para exploração comercial, e agora abandonadas. O cheiro de eucalipto impregnava o ar.

    Um pouco mais à frente, já fora das trilhas, ficava o local onde Seu Augusto dissera ter visto os corpos. O grupo parou para descansar, enquanto Farias consultava a foto que havia tirado do mapa quando se encontrou com Seu Augusto e confirmava a posição deles num aparelho de GPS, já que, no alto do parque, onde estavam, não havia sinal de celular.

    Eram quase nove horas da manhã quando decidiram que se dividiriam em duplas para procurar os corpos em diferentes direções. Farias deu um rádio para cada um deles, para que pudessem se comunicar. Combinaram que voltariam a se encontrar naquele mesmo local por volta de meio-dia, no mais tardar.

    Gabriela e Luiz ficaram com o lado norte, Farias e Eduardo com o lado sul. Se não encontrassem os corpos, na parte da tarde buscariam nos lados oeste e leste da clareira. Os grupos se separaram e entraram na mata para iniciarem a busca. Caminhavam em silêncio, examinando com cuidado os arbustos e a vegetação rasteira. Naquela parte da mata nativa, os ipês dominavam a paisagem, com suas flores roxas e amarelas. Eduardo usava o galho que levava para abaixar os galhos de arbustos, o capim e as folhas do mato mais alto. Farias ia na frente com o facão, cortando touceiras mais altas de capim, muitas delas de capim-navalha, que corta a pele e a carne em talhos finos e doloridos. Do seu lado, Gabriela manuseava o facão com surpreendentes força e agilidade, sempre que necessário. Ela e Luiz examinavam tudo com muita atenção, mas nenhum dos dois, talvez por serem especialistas, tinha qualquer expectativa de encontrar restos mortais. Sim, porque, àquela altura, tudo o que poderiam encontrar seriam apenas restos dos corpos, como algum cabelo, crânio e ossos maiores, se estes não tivessem sido carregados por animais. Farias tinha expectativas melhores, sempre confiando no seu instinto e na vidência do amigo.

Por volta das dez horas, o sol saiu com vigor, a névoa se dissipou totalmente e o dia começou a esquentar. Quando não estavam protegidos pelas sombras das árvores, o sol ardia na pele deles. Gabriela parou para passar protetor solar, que ofereceu a Luiz. Quando se aproximavam das onze horas, decidiram caminhar de volta a fim de se reunirem com Farias e Eduardo. Quase no mesmo instante, Farias e Eduardo também começaram sua caminhada de volta para o ponto de encontro. Ao meio-dia, já estavam novamente reunidos e pararam para comer os lanches que haviam levado. Estavam cansados e desanimados, mas mesmo assim decidiram continuar a busca na parte da tarde, nos lados da clareira que ainda não haviam explorado. Às três horas, se falaram pelo rádio e decidiram desistir das buscas. Não encontraram nenhum sinal de corpos.

* * *

Farias voltou para a delegacia, e Luiz Carlos foi para o IML. Gabriela aceitou o convite de Eduardo para ir tomar um café na casa dele. Farias estranhou o convite de Eduardo para a médica, mas, ao mesmo tempo que sentiu ciúmes de seus amigos serem amigos e ficarem juntos sem sua presença, ficou satisfeito que os dois se dessem bem. Precisava ir até a delegacia finalizar alguns trabalhos administrativos e concluir os relatórios de suas visitas de inspeção da subdelegacia de Vila Bela. Não fosse isso, também teria ido à casa de Eduardo. Talvez passasse lá mais tarde, quando saísse da delegacia. Queria saber se Eduardo tinha sentido alguma coisa diferente durante as buscas, mas era improvável, já que o amigo não lhe dissera nada. No fundo, Farias estava decepcionado por não terem encontrado nenhum sinal dos corpos, nem mesmo com a ajuda da mediunidade, que até ele acreditava que Eduardo possuía. Tinha certeza de que Seu Augusto não havia mentido e que realmente vira dois corpos. Além disso, o mistério persistia, porque duas jovens mulheres continuavam desaparecidas.

* * *

Na cozinha da casa de Eduardo, ele e Gabriela tomavam café e comiam bolo de fubá, o preferido do anfitrião, feito por ele próprio.

– Tenho certeza de que Farias só me chamou pra ir com vocês porque ele acreditava que eu conseguiria adivinhar onde os corpos estariam – Eduardo disse, e completou, já que Gabriela parecia não ter entendido: – Você sabe, por causa da minha mediunidade. – Gabriela assentiu, e ele continuou: – Mas não senti nada. Quer dizer, em alguns momentos, durante a busca, senti muita negatividade, mas isso não quer dizer nada. Não tive nenhuma visão ou pressentimento de onde estariam os corpos.

– Na verdade, não acharíamos corpos. – Gabriela tomou um gole do café. – Você sabe, pelo tempo. Encontraríamos, talvez, alguns vestígios, mas seria mesmo muito difícil. Talvez por isso o Farias estivesse mais confiante de que você encontraria alguma coisa.

Eduardo assentiu com a cabeça, e os dois continuaram a tomar café e comer pedaços do bolo de fubá, olhando o tempo virar e o dia escurecer através da janela da cozinha. Ficaram em silêncio durante algum tempo, com os olhares distantes, até que a médica perguntou:

– Você estudou com Farias?

– Desde a quinta série do primeiro grau.

– Estudaram no colégio dos padres?

– Sim, no castelo, como o pessoal mais antigo daqui chamava o colégio dos padres. Eu vim do interior. Minha família era pobre, e os padres deram uma bolsa para que eu viesse estudar no colégio e me tornasse padre.

– Você? Padre? – Os dois riram.

– Está rindo por quê? Existem muitos padres macumbeiros na Bahia. – Os dois riram mais. – Fui interno do seminário. Farias veio da capital, porque sua família se mudou para cá.

– Eram pobres?

– Não.

– Então, como o Farias sempre diz que foi pobre?

Eduardo deu um longo suspiro antes de esclarecer:

– Eles perderam tudo. Eu nunca soube o que é pior, perder tudo ou nunca ter tido nada. Acho que por isso eu e o Gilberto... – Gabriela fez uma expressão, e Eduardo explicou: – Gilberto é o nome do Farias, mas sempre o chamamos de Farias. A Suzana sempre o chamou de Gil... – Gabriela imediatamente não gostou do apelido e decidiu que jamais chamaria o colega por aquele apelido. – Acho que foi por isso, por dependermos do colégio, que ficamos ainda mais amigos. E também porque fomos, os dois, expulsos de lá – acrescentou rindo.

– Me conte essa história – pediu Gabriela.

– Da expulsão?

– Não, da família do Farias ter perdido tudo – Gabriela esclareceu. – Foi por isso que ele foi embora daqui, não foi?

– É uma longa história – Eduardo disse.

– Eu tenho tempo.

Eduardo deu mais um longo suspiro, Gabriela terminou o café e ficou esperando que ele começasse a lhe contar sobre o passado de Gilberto Farias, o Gil da Suzana.

15

Todas as quartas-feiras, Rodolfo acordava contrariado, porque era dia de almoçar com sua mãe no clube de tênis. Só os dois. Um encontro íntimo e totalmente desnecessário entre sua mãe e ele. Houve um tempo em que ele ainda tentara evitar alguns almoços, mas a mãe ficava tão enlouquecida quando ele faltava ao compromisso – "Sim, é um compromisso seu comigo!", ela costumava lembrar-lhe aos berros –, que ele simplesmente se conformara e não perdera mais nenhum desde então. Eram encontros totalmente desnecessários, porque sua mãe e seu pai estavam sempre na sua casa, jantando ou simplesmente "frequentando", dando ordens como se a casa fosse deles, mas até mesmo com isso ele já tinha se acostumado. Sempre fora assim: eles mandavam, ele obedecia.

Na verdade, como seu pai sempre lhe dizia, eles simplesmente o aconselhavam. Contudo, Rodolfo sabia o que significava não aceitar alguns dos conselhos dos pais. Principalmente os conselhos de sua mãe.

Foi ela que sugeriu que ele se casasse com Suzana, uma garota que ele sempre achara sem graça, desde o tempo em que estudaram juntos no colégio. Desde quando ela namorava aquele pobretão do Gilberto, que ela enchia a boca para chamar de Gil. Faziam um belo par, na opinião dele, já que eram dois pobretões. Não tinham onde cair mortos. Por isso, foi tão difícil entender quando sua mãe insistiu no "conselho" de que ele se aproximasse de Suzana e começasse um relacionamento com ela. Ele, como sempre, obedeceu. Apesar de saber que era bonito, elegante – fazia questão de ser elegante – e rico, e estar convencido de que merecia coisa melhor, Rodolfo estranhou muito quando Suzana aceitou sua aproximação, seus convites para almoçar e jantar, seus convites para viajarem, passarem fins de semana na capital ou mesmo na fazenda de sua família em Vila Bela. Ele, assim como todos que conheciam Suzana, sabia que ela era apaixonada por Farias. Mas por que ela não aceitaria? O ex-namorado tinha ido embora, ela estava só, e Rodolfo era um bom partido. Já que não tinha nada melhor para fazer ou no que investir seu tempo, e já que não tinha mesmo futuro nenhum, como sua mãe mesmo lhe dizia, por que não aceitar?

No começo Rodolfo achou até divertido. Suzana era muito bonita, sempre fora, e chamava a atenção em qualquer lugar a que eles fossem. É claro que chamava mais a atenção dos homens, e Rodolfo percebia que ela flertava com todos abertamente e lhes dava falsas esperanças, uma coisa que ela sempre havia feito antes de se casarem e mesmo depois de casados. Mas Rodolfo não se importava. Pelo contrário, conseguiram manter o relacionamento mesmo a distância, enquanto ele estudava medicina e ela arquitetura, os dois em cidades diferentes e distantes. Mas sempre era agradável quando se encontravam e viajavam nos fins de semana. Rodolfo sempre comprava as melhores roupas e joias para presentear Suzana, afinal, era por isso que ele gostava de ser rico, porque o valor não estava no dinheiro em si, mas no que ele podia fazer com o dinheiro – e, aparentemente, ele podia fazer o que quisesse. Agradar Suzana era só uma dessas pequenas coisas que ele podia fazer com o dinheiro da família, e, além disso, ele precisava que ela tivesse algum verniz para poder circular no mesmo ambiente que ele e sua família. Naquela época, seus pais não reclamavam e deixavam que ele gastasse o que bem entendesse, com o que quer que fosse, principalmente com Suzana, porque também eles achavam que ela precisava de verniz. Ela tinha sido uma menina pobre, fora abandonada e adotada, com as duas irmãs, por uma família com mais generosidade do que recursos, e pudera estudar em um bom colégio graças a uma bolsa de estudos. Certa vez, ele ouviu seus pais comentarem que tudo que ele gastava com ela era um "investimento" que eles próprios faziam para o futuro e a felicidade dele.

No entanto, ele nunca foi feliz com ela. Ela era agradável e gentil com ele. Ajudava-o a escolher roupas e a se vestir, e ele acabou descobrindo que ela tinha muito bom gosto para moda e decoração. Decorou todo o apartamento de estudante dele, na capital. Gastaram uma fortuna, mas seus pais fizeram o cheque e pagaram as despesas sem qualquer reclamação. "Era um investimento que faziam. O apartamento valeria mais quando vendessem." Rodolfo nunca se perguntou de onde vinha o dinheiro de seus pais, mas acreditava que vinha de longa data, já que tanto a mãe quanto o pai eram descendentes de suíços, e os suíços sempre foram ricos. Na verdade, seus antepassados suíços nunca foram ricos. Eram suíços que fugiram da pobreza de uma Suíça depauperada, mas que, no Brasil, enriqueceram, porém somente após algumas gerações.

Ele e Suzana, mais do que namorados, ficaram muito amigos, com muita cumplicidade. Ela lhe contou que não era mais virgem, o que era uma grande revelação naqueles tempos, e ele prometeu guardar segredo. Ela contou que a sua primeira vez fora com Gil. Não deu detalhes, mas a revelação, de certa forma, o excitou. Não a criticou, apesar de ter achado que ela tinha sido precipitada, porque sabia de muitas jovens de Nova Esperança que faziam sexo anal com os namorados para preservar a virgindade vaginal para os maridos. Talvez ela tivesse tido os dois, o sexo vaginal e o anal também. Ele se lembrava de algumas namoradas que chegaram a lhe oferecer sexo anal e que até mesmo alegavam que gostavam, mas recusou todas as vezes. Defendia que o sexo entre homem e mulher só deveria acontecer depois do casamento. Felizmente, Suzana aceitou suas reservas quanto a fazerem sexo antes do matrimônio, e eles puderam permanecer juntos e amigos. Se, naquela época, ela o traía, ele nunca soube, embora imaginasse que uma mulher que não era mais virgem tivesse alguma necessidade de sexo, mas ele nunca se importou. De um jeito ou de outro, ela parecia satisfeita. Atualmente, ele sabia que ela mantinha um caso com Farias, mas também não se importava com isso, talvez menos ainda, porque Farias tinha sido o primeiro, e quem sabe não teria o direito de mantê-la como sua mulher pelo resto da vida. Na verdade, não sabia como essas coisas funcionavam, porque ele próprio nunca fizera sexo com uma mulher em toda a sua vida.

Rodolfo acreditava que havia sido a inexistência de qualquer ato sexual entre ele e Suzana que permitira que eles concordassem em se casar e planejassem seu casamento sem pressa, ainda com maior motivação, pelo menos da parte de Suzana, que talvez aguardasse a noite de núpcias para novamente se satisfazer como mulher. Mas isso era algo de que ele cuidaria depois, e assim puderam escolher a casa que comprariam em Nova Esperança, seus móveis e sua decoração, tarefas que os uniram ainda mais e fizeram com que ficassem muito alegres juntos. Quem não ficaria alegre fazendo compras sem limite de gastos? Na mesma época em que compraram a casa, compraram também o prédio onde Rodolfo instalaria sua clínica e a loja onde Suzana venderia seus projetos arquitetônicos e objetos de decoração.

Suzana se formou e voltou a Nova Esperança para cuidar da sua loja e de seus projetos. Seus futuros sogros logo conseguiram uma boa clientela para ela, a maioria, amigos ricos da cidade e mesmo alguns das cidades próximas. Eles eram incisivos quando sugeriam que os amigos deviam visitar a loja da futura nora e fazer seus projetos arquitetônicos e de decoração com ela. A princípio, Suzana achava que os sogros eram até mesmo um pouco agressivos quando convidavam seus amigos para visitarem a loja, e pensava que aquelas pessoas jamais se tornariam clientes. Ela se surpreendeu quando eles começaram a aparecer na loja, muitos sem saber o que queriam ou mesmo sem qualquer necessidade de decoração. Inicialmente, se surpreendeu que eles, mesmo sem nenhuma intenção de decorar suas casas, sempre compravam as peças mais caras ou concordavam em pagar pequenas fortunas por seus projetos mais simples. Logo se acostumou com isso, aumentou a loja, contratou vendedoras e uma assistente para ajudá-la com os projetos, e esta não demorou a fazer os projetos sozinha, sem qualquer ajuda da patroa. Suzana sempre ficava surpresa que seus clientes, na primeira oportunidade que encontravam com seus sogros, fosse onde fosse, faziam questão de comentar sobre o que haviam comprado na loja, sobre os projetos que tinham encomendado e quanto pagariam por eles. As informações que seus clientes passavam para seus futuros sogros eram tão completas e detalhadas que ela tinha a impressão de que seus sogros sabiam exatamente quanto ela faturava.

Enquanto Suzana já estava de volta a Nova Esperança, Rodolfo permanecia na capital, já formado, mas terminando a residência médica em cirurgia plástica com um dos melhores cirurgiões plásticos do mundo. A residência custava uma fortuna, mas seus pais faziam o "investimento" sem reclamar. Quanto não valeria para ele colocar essa residência no currículo? Quanto não valeria para seus pais poderem exibir o currículo do filho para seus amigos? Muitos deles eram pais de médicos formados em faculdades baratas, com residência em hospitais públicos; mas não o filho deles, o Dr. Rodolfo. Aliás, eles fizeram questão de dar uma festa para celebrar a formatura do filho. Fecharam o clube de tênis e convidaram a elite, a nata da cidade, das cidades vizinhas, e mesmo algumas pessoas da capital. Farias, já fora de Nova Esperança, chegou a ver uma foto dessa festa – Rodolfo ao lado dos pais e de uma belíssima Suzana – num exemplar do jornal de Nova Esperança que foi parar em suas mãos. O ódio que sentiu foi maior do que a aparente alegria de Suzana na foto. Como ela pôde?

Enquanto Rodolfinho – era assim que a mãe lhe chamava dentro de casa – permanecia na capital, Suzana ia visitá-lo pelo menos uma vez por mês. Eles, então, faziam compras juntos e decidiam alguns detalhes da reforma e da decoração da casa que já haviam comprado para morar. Suzana aproveitava para renovar o estoque da sua loja e, também, para satisfazer suas necessidades "de mulher", como diria Rodolfinho, se soubesse e entendesse que ela tinha essas necessidades. Suzana decidiu que não teria um romance ou um amante, porque não era isso que ela queria. Queria se satisfazer sexualmente e, por isso mesmo, desistiu de procurar por Gil. Certamente não seria difícil localizá-lo e seria muito bom reencontrá-lo, mas não queria correr o risco de se apaixonar de novo, nem que ele se apaixonasse por ela. O que eles tinham tido no passado havia sido muito forte e era melhor que ficasse mesmo no passado, para trás e superado, pelo menos da parte dela. Suzana já tinha tido outros homens depois de Farias, poucos, é verdade, mas o suficiente para ela saber exatamente o que queria. Queria sexo e, também, se casar com Rodolfo, mas sabia que essas duas coisas jamais estariam juntas. Em Nova Esperança, ela não podia ter nada com ninguém, nem mesmo um encontro rápido, porque nas cidades pequenas todo mundo sabe tudo de todo mundo. Seus sogros eram muito influentes na cidade, ou melhor dizendo, na região, e ela não podia se arriscar a ser descoberta. Poderia obter sexo em vários lugares e de várias formas, mas não havia chances de ter um casamento como seria o seu. Por isso não podia se arriscar ser descoberta.

Um tempo depois de ter aberto sua loja e estar desconfiada de que seus sogros sabiam exatamente quanto ela faturava, não só porque os amigos deles, que eram seus clientes, lhes contavam tudo, mas também porque ela usava o mesmo contador deles, ela resolveu abrir uma conta pessoal num banco na capital. Logo depois, dispensou os serviços do contador de seus sogros e contratou um na cidade vizinha de Vila Bela, alguém que ela sabia que não tinha boas relações com seus sogros – na verdade, os detestava por causa de uma briga quanto aos limites de suas fazendas vizinhas, que o contador perdera. Como não perder? Suzana não conhecia ninguém que tivesse conseguido vencer seus sogros no que quer que fosse. Eles protestaram dissimuladamente por ela ter dispensado o contador amigo deles de longa data. Alegaram que o homem ficara ofendido e sugeriram que ela o recontratasse. Suzana disse que ia pensar no assunto e, evidentemente, jamais pensou, nem reconsiderou. Para ela, a insistência dos sogros para que recontratasse o contador só comprovava que eles o controlavam e que queriam controlá-la também. Com o novo contador e com as duas contas, ela também aprendeu a trabalhar com "caixa dois", não tanto para sonegar, embora sonegar fosse lucrativo, mas também para enviar seus recebimentos diretamente para sua conta pessoal e escondê-los dos sogros. Assim, a conta da loja sempre tinha saldo suficiente para operar sem gerar desconfiança de ninguém, e sua conta pessoal tinha o grosso de suas reservas, assim ela não corria o risco de que seus sogros soubessem quanto dinheiro ela possuía e ainda lucrava com os impostos sonegados. A partir de então, os sogros pararam de indicar sua loja e seus serviços para os amigos, mas ela conseguiu manter aqueles que já eram clientes, e, enquanto os sogros não sugerissem que eles deixassem de ser clientes da nora e de sua loja, eles continuariam comprando.

O faturamento da loja e dos seus projetos diminuiu um pouco em razão disso, mas não muito. Suzana continuava a cobrar caro, e, para muitos de seus clientes ricos, era sinal de pobreza tentar negociar preços para abaixá-los, então simplesmente aceitavam. Suzana também conseguira clientes novos, que não tinham relação com seus sogros, até mesmo alguns da capital que tinham casas de veraneio em Nova Esperança. Além disso, muitas pessoas da cidade gostavam de sua loja e compravam lá. Apesar de cobrar caro dos ricos, ela tinha produtos mais baratos e não se incomodava em dar desconto para aqueles que não tinham vergonha de pedir. Só não dava desconto nos seus projetos, porque isso desvalorizaria seu trabalho. Além disso, tinha conseguido outra fonte de renda igualmente substancial, que veio quase por acaso.

Suzana precisava se satisfazer sexualmente, não só porque era uma necessidade que ela sentia – um fogo que a consumia desde que havia deixado Gil –, mas também porque precisava do sexo para conseguir manter seu relacionamento com Rodolfo. Ela jamais pensou em seduzi-lo para tentar demovê-lo do compromisso idiota de não terem relações sexuais antes do casamento, e ele nunca tentou nada, nem mesmo levar a mão ao seio dela ou tocar suas coxas ou seu sexo. E ela sabia que era bonita, sensual e atraente, e que outros homens não seriam capazes de resistir a ela nem por pouco tempo.

Suzana e Rodolfo trocavam beijos rápidos, porque, se fossem um pouco mais longos, ele ficava contrariado, assim como se contrariava quando ela, apenas por diversão, passava a mão no pênis dele por cima das roupas. Ele retirava a mão dela rapidamente, alegando que daquele modo seria impossível manter a promessa de não fazerem sexo antes do casamento. Ela se ria por dentro e pedia desculpas fingidamente. Podia deixar a mão sobre seu pênis por horas, esfregá-lo, colocá-lo na boca, e ela tinha certeza de que ele não teria qualquer reação, melhor dizendo, qualquer ereção. Será que ele realmente não sabia que era gay? Às vezes, Suzana achava que não. Outras vezes, ela tinha certeza de que ele sabia, mas dissimulava.

Mais um motivo para que buscasse satisfação por conta própria. Não era mulher de viver se masturbando, embora não dispensasse um vibrador ou outro brinquedo sexual num caso de emergência. Logo, assim que Rodolfo revelou que preferia esperar para que iniciassem o relacionamento sexual somente após o casamento, Suzana passou a estender sua ausência de Nova Esperança com a desculpa de que visitaria lojas de decoração em São Paulo. Na verdade, ela ficava na capital e se hospedava por uma noite em algum hotel da zona sul. Escolhia hotéis que tivessem um bar movimentado ou ficassem próximos de restaurantes e que não fossem vulgares, nem muito baratos, nem muito caros, e bem frequentados. Uma amiga que trabalhava numa agência de viagens lhe dava as informações de que ela precisava e que, alegadamente, seriam para uma amiga da Suzana, do interior. À noite, ela se maquiava discretamente e se vestia elegantemente. Tal como os hotéis em que se hospedava, era importante que ela não parecesse vulgar. Às vezes, jantava num dos restaurantes próximos, em outras, ficava no bar do hotel. Os bares dos hotéis normalmente eram seus locais preferidos. Os hotéis sempre têm hóspedes homens viajando sozinhos, a trabalho. Nunca escolhia estrangeiros, porque não queria que eles achassem que o Brasil era um lugar de mulheres fáceis. Os homens viajando a trabalho eram sempre mais velhos, mas ela nunca escolhia nenhum que parecesse ter mais de quarenta anos. Quando queria alguém mais jovem, quase da sua idade, mudava o estilo da maquiagem e das roupas e ia aos restaurantes próximos. Assim que escolhia um homem, ela fazia com que ele a visse e se aproximasse. Quando o escolhido estava no bar, era mais fácil. Numa época em que se podia fumar em qualquer ambiente, bastava surgir com um cigarro entre os dedos que logo o cavalheiro lhe oferecia fogo. Se não oferecesse, ela pedia. Além disso, com o tempo ela foi aprendendo novos truques e podia se orgulhar de que nunca nenhum dos escolhidos dispensara seu convite, embora pelo menos um deles ela preferisse que tivesse recusado. Logo o escolhido lhe ofereceria uma bebida, eles conversariam um pouco, ela inventaria várias mentiras, sem saber se ele mentia ou não – o que importava? –, e terminaria com ela convidando-o para subir para seu quarto. Dependendo do parceiro, fariam sexo uma ou duas vezes, desde que ela ficasse satisfeita, sempre usando preservativo. Ela nunca aceitou fazer sexo sem preservativo, porque tinha medo de engravidar, da AIDS e de pegar qualquer doença sexualmente transmissível. Pelo mesmo motivo, se depilava totalmente. Alguns homens passavam a noite com ela, mas era sempre ela que decidia quais, e era ela que sempre os acordava e os botava para fora.

Dava nomes falsos e números de telefone aleatórios para os mais apaixonados. Depois que eles se iam, ela tomava um longo banho quente, esfoliava a pele até que ficasse vermelha, como se fosse sangrar, se lavava freneticamente com uma ducha higiênica, descia, tomava café da manhã, pagava a conta, pedia um táxi até o aeroporto e, no estacionamento, pegava seu carro e voltava para Nova Esperança. Chegando em casa, ligava para o noivo dizendo que já chegara de São Paulo. Durante alguns meses, Suzana não voltaria ao mesmo hotel, e algumas vezes realmente se hospedaria em São Paulo.

Numa das vezes que se hospedou num hotel em São Paulo, estava no bar tomando um uísque quando um funcionário do estabelecimento a chamou de lado e pediu que fossem até a recepção. Ela não entendeu, mas foi assim mesmo. O funcionário a deixou na recepção, em frente ao gerente.

– Boa noite – disse o gerente, olhando-a por cima dos óculos.

– Boa noite – ela respondeu. – Do que se trata?

– Senhora, eu lamento, mas não permitimos que exerça a sua atividade em nosso hotel.

– Que atividade? – Suzana perguntou, sem realmente ter entendido a insinuação do gerente.

– Eu preferia que evitássemos esse constrangimento...

– O senhor está achando que sou alguma prostituta? – ela perguntou, assim que se deu conta de que era exatamente isso que ele estava pensando. – Eu sou hóspede do hotel! Sou arquiteta! Estou viajando a trabalho!

– A senhora não precisa se exaltar...

– O senhor diz que sou prostituta e eu não preciso me exaltar?

– A senhora está nervosa...

– Você quer ligar para o meu noivo? Minha sogra é juíza, meu sogro é advogado, acho que vou mesmo ligar para eles – disse, fingindo procurar um celular na bolsa, sabendo que ligar para eles seria a última coisa que faria.

– Não sabíamos que a senhora era hóspede do hotel.

– E eu não sabia que o senhor era um babaca! Um gerente de merda num hotel chinfrim! – disse isso sabendo que estava num hotel razoavelmente caro e famoso.

– Peço desculpas, senhora. Vamos lhe oferecer um drinque de cortesia...

– Agora você está achando que eu realmente sou prostituta, né? Pra aceitar esse consolo... Enfia seu drinque no cu!

Virou as costas, voltando para o bar.

– Onde já se viu, estamos quase no século 21 e uma mulher bebendo no bar, sozinha, é logo tachada de prostituta... – resmungou, enquanto se sentava de volta no banco do bar.

O barman ouviu o que Suzana disse enquanto se sentava e sorriu para ela com gentileza.

– A senhora quer uma outra bebida? – perguntou. – Joguei a que a senhora deixou no balcão fora. Política da casa.

– Política da casa... também é política da casa chamar as hóspedes de prostitutas?

– Isso eu não sei... isso é lá com o gerente – ele disse, e ela sorriu.

– Quero um uísque com água e gelo. – Logo o barman saiu e voltou com a bebida. – Cortesia da casa? – ela perguntou.

– Não, na verdade, cortesia daquele senhor do outro lado do bar – ele disse, e apontou o homem, que a cumprimentou erguendo o copo.

Ela retribuiu o gesto, sussurrando "obrigado" bem baixinho, sabendo que o homem não a ouviria.

– Em defesa do meu gerente... – o barman disse, e Suzana logo o encarou, pensando que ele ia acabar comparando-a a uma prostituta. – São poucas as mulheres que frequentam o bar do hotel, e menos ainda as que são tão bonitas e elegantes como a senhora.

– Ou seja: eu sou culpada porque pareço uma prostituta? É isso?

– Não, desculpe, não foi isso que eu quis dizer, só quis fazer um elogio. Se a senhora me permite, é uma das mulheres mais bonitas que já vi na vida – ele disse, e sorriu.

– Mais bonita do que uma prostituta? – ela perguntou rindo.

– Não foi isso que eu quis...

– Eu sei. Estava brincando.

– Na verdade, na cidade há muitos hotéis que são frequentados por garotas de programa e acompanhantes – ele explicou, e ela pensou "eufemismo para puta, que, afinal, eu também sou. Só não cobro. Ainda...".

– Há mesmo muitas?

– Sim.

— E elas cobram?
— Claro – ele respondeu rindo. – Dizem que é a profissão mais antiga do mundo, não é?
— Ouvi dizer. Como você sabe?
— Tenho uma prima que é acompanhante.
— Bonita?
— Bastante.
— Quero outro uísque, por favor. Na minha conta.
— Esse é por conta da casa. Por minha conta, se preferir...
— Você está me paquerando?
— Não, senhora! Pelo amor de Deus!
— E por que não?
— Sei o meu lugar.
— Sou muita areia para o seu caminhão? – ela perguntou com um sorriso provocativo.
— Sim, é isso.
— Quanto elas cobram?
— Quem? As acompanhantes?
— Sim. A sua prima.
— Não sei... ela eu não sei, mas já ouvi falar em até cinco mil por noite, muitas vezes, só para acompanhar mesmo, sem sexo.
— Interessante... – disse, e bebeu um longo gole de uísque.

Nesse mesmo instante, o homem que havia oferecido uma bebida a Suzana veio sentar-se ao lado dela. O barman os deixou a sós. O homem não tinha mais de quarenta anos, disse que era industrial, não falou se era casado ou não, mas Suzana não perguntaria, já que a marca da aliança no dedo dele era visível mesmo na penumbra do bar. Ele também estava hospedado no hotel. Conversaram, beberam um pouco mais e ele lhe perguntou se ela não queria subir para o quarto dele. Ela propôs que ele fosse para o quarto dela.

— Quanto? – ele perguntou, num sussurro, e Suzana entendeu "quando".
— Agora – ela respondeu.

– Eu perguntei "quanto"? – Suzana entendeu, se irritou e já ia dizer que não era prostituta, mas se acalmou quando lembrou que era isso mesmo que ela própria achava que era, embora não cobrasse. Ainda. Pediu uma caneta ao barman, pegou um guardanapo do bar e escreveu "três mil", e empurrou-o na direção do homem. Ele pegou o guardanapo, leu, amassou e o jogou no copo.

– Então vamos – ele disse, e ela quase não acreditou. Devia ter escrito "cinco mil", pensou.

– Meu quarto? – ela perguntou, fingindo timidez.

– Onde você quiser. Onde você estiver, será o paraíso – ele disse. Pegou-a pelo braço, e eles subiram para o quarto.

Para ela, dessa vez foi diferente das outras. Foi como se fosse uma primeira vez, e era realmente uma primeira. Talvez fosse o jeito daquele homem, mas ela achou que, porque ele havia pagado, usou melhor o tempo, se satisfez várias vezes, enquanto ela teve um único orgasmo, mas demorado e profundo. Em três horas tudo tinha acabado, ele já tinha ido embora e ela tinha encontrado uma nova fonte de renda, de sexo e de diversão, sim, porque era divertido. Ter uma vida secreta era divertido. Era uma coisa só dela, um brinquedo que ela não precisava compartilhar com ninguém, não era como as bonecas que ela tinha que dividir com as irmãs na pobreza da casa de sua família adotiva.

Só uma vez não foi divertido, porque um dos homens ficou agressivo e a violentou, porque, quando chegaram ao quarto, ele disse que não tinha dinheiro para pagá-la. Ela disse que ele não precisaria pagar, mas ele a esbofeteou assim mesmo e a agrediu com socos no rosto e pontapés pelo corpo, quando ela já estava caída. Rasgou as roupas dela, a esbofeteou mais ainda e a violentou. Só parou quando os seguranças do hotel arrombaram a porta do quarto e o tiraram de cima dela, quando ele estava prestes a penetrá-la por trás, coisa que ela jamais permitira a qualquer homem. O que a preocupava mais do que os hematomas que tinha por todo o corpo, e que teria que explicar para todo mundo, era o fato de que ele não usara camisinha. Os médicos do hotel a atenderam e lhe prestaram os primeiros socorros, mas ela não quis ir para um hospital, então eles fizeram o que puderam para que ela se sentisse melhor. Ela disse ao gerente do hotel que não queria prestar queixa contra o agressor, também hóspede. Como explicaria que o convidara para seu quarto e que cobrara pelo convite? Por enquanto, era considerada hóspede e estava sendo bem tratada pelo hotel, mas e quando descobrissem que era uma prostituta ou que agia como uma prostituta? O homem foi liberado pela segurança do hotel e foi embora sem pagar sua conta, arrastando a mala e gritando pelo lobby que aquele era "um hotel de merda, cheio de putas". Ela nunca mais voltou àquele hotel, e para Rodolfo, seus sogros e todos os que lhe perguntaram, contou que havia sofrido um acidente de automóvel em São Paulo, quando estava num táxi. A partir daí, ela achava que entendia por que algumas mulheres tinham cafetões para protegê-las.

Algumas semanas depois, soube que estava grávida e que precisaria abortar. Faltavam alguns meses para Rodolfo terminar a residência e voltar a Nova Esperança para que se casassem. Ela conseguiu informações sobre uma clínica na capital, onde fez o aborto, e se recuperou no apartamento, junto com Rodolfo. Disse que não estava se sentindo bem e que queria ficar no apartamento para se recuperar antes de voltar a Nova Esperança. Contou que estava menstruada, com cólicas muito fortes, e ele não fez mais perguntas. Na verdade, ele, como bom amigo que era, cuidou bem dela. Pouco tempo antes do casamento, num exame de rotina que ela fez na capital – longe dos olhos dos sogros e da própria família –, o médico confirmou que ela tinha uma sequela no útero e não poderia ter filhos. Suzana recebeu a notícia com indiferença. Nunca pensara em ter filhos, e tinha certeza de que seria uma péssima mãe. Provavelmente, ficaria tentada a dar seu filho para adoção, como sua mãe havia feito com elas e as irmãs. Só teria um filho se o marido quisesse. Só teria um filho se fosse essencial para receber a fortuna dos sogros, mas para isso haveria outros meios. Enquanto Rodolfo afirmava que sexo era para reprodução, e não prazer, ela só queria sexo para seu próprio prazer. Ficou aliviada quando os exames de sangue foram tendo resultados negativos para AIDS ao longo dos anos seguintes, e depois do casamento, quando confirmou que Rodolfo era gay, embora não saísse do armário, aumentou a frequência das viagens e aventuras sexuais, tomando algumas precauções. Agora ela tinha uma página na internet onde se oferecia, com nome falso, como acompanhante apenas para São Paulo. Como sua mãe biológica era de lá e estava muito doente, ela tinha uma desculpa para sempre viajar para a cidade, que manteve até mesmo depois que a mãe morreu. Quem se importava com a morte de sua mãe biológica? Seu nome era o único dado falso no site. Ela usava um nome artístico, que não convém revelar, e fotos sensuais, tiradas por um fotógrafo profissional – que ela pagou com sexo, e ele aceitou de bom grado –, afinal, agora era tudo um investimento que ela fazia na sua vida secreta. Tomou cuidado para que nenhum detalhe das fotos revelasse sua identidade e alugou um flat em São Paulo para atender seus clientes, que selecionava entre os homens que lhe mandavam propostas e respondiam um extenso questionário. Sempre que um era selecionado, ela tomava algumas precauções de segurança e ia atendê-lo em seu flat. Ela ficava surpresa que, quase aos trinta anos, ainda havia homens que se interessavam por passar uma noite com ela, pagando muito mais do que os três mil que cobrara na primeira vez, alguns anos antes. Tempos depois, ainda se admirava que ninguém nunca tivesse desconfiado de nada durante tantos anos. Só parou tudo depois que Gil voltou para Nova Esperança e eles fizeram sexo novamente. Foi quando percebeu que poderia controlá-lo, mantendo-o como amante e igualmente mantendo seu casamento. A única decepção é que o segredo, agora, não era mais um brinquedo só dela, e tinha que compartilhá-lo com Farias. O fato de que ninguém nunca tivesse descoberto o segredo que mantivera praticamente dos vinte e cinco aos quase quarenta anos era incrível, e ela se sentia muito orgulhosa por isso.

Rodolfo nunca desconfiou de nada, porque estava preocupado em manter seus próprios segredos. O mais difícil era manter segredos de sua mãe. Ela era persistente, insistente, perspicaz e chata. Extremamente chata. Um pé no saco.

O primeiro segredo a manter era que ele e Suzana nunca tinham tido relações sexuais. Na noite de núpcias, ele alegou cansaço e perguntou se ela se importava que deixassem o sexo para a noite seguinte, quando estivessem no hotel na capital, onde pernoitariam para viajar a Paris no dia seguinte, pela manhã. Suzana, claro, não se importava. Tinha reposto seu estoque de sexo numa viagem que fizera, uma semana antes do casamento, para visitar sua mãe biológica, que estava muito doente e não poderia vir ao casamento.

– Já esperei até agora, meu amor, posso esperar um pouco mais – ela respondeu, cinicamente.

– Tenho certeza de que a espera fará com que seja ainda melhor – ele disse, beijou-a na boca rapidamente, virou-se para o lado e adormeceu, aliviado.

Suzana tinha certeza de que a espera seria em vão e riu-se. "Será que ele alguma vez teve relações sexuais com alguma mulher?", ela se perguntou. Sabia que era comum que os jovens de Nova Esperança fossem levados pelos pais a uma boate frequentada exclusivamente por homens – um prostíbulo, na verdade – para que tivessem sua iniciação sexual. No caso do seu marido, parecia que o sogro tinha falhado miseravelmente nas suas obrigações de pai. Ela riu novamente. O sogro ela sabia que era frequentador da boate e que não era gay. Várias vezes o flagrara olhando suas coxas e esticando o pescoço para olhar dentro do seu decote. Ela não se importava, na verdade, achava bom que o sogro tivesse esse interesse nela, porque seria útil para controlá-lo, se fosse preciso. Suzana também se virou para o lado e dormiu, sonhando que fazia sexo em Paris, com outros homens que não seu marido.

No hotel na capital, quando estavam no quarto, na suíte nupcial, Rodolfo inventou outra desculpa, uma cistite, e eles novamente pularam o sexo. Suzana de novo foi gentil e amável com ele, disse que era compreensível, porque ele estava doente, e que ele precisava se recuperar para a longa viagem que fariam no dia seguinte. Foi quando ela pensou que, talvez, em algum momento, teria de confrontá-lo, mas jamais o forçaria a fazer sexo com ela. Ela foi para a varanda vestindo sua longa e elegante camisola nupcial que a própria sogra lhe dera, pensando como era curioso que já tivesse se hospedado nesse mesmo hotel, numa suíte comum, onde fizera mais sexo com um desconhecido do que faria, naquela noite, com o próprio marido. Ela riu-se, acendeu um cigarro, fumou e foi dormir.

Rodolfo se lembrava de que a viagem para Paris tinha sido excelente. Viajaram de primeira classe, um presente de seu pai, de homem para homem. O hotel em Paris era ótimo e tinha sido reservado por Suzana, que havia feito todos os arranjos da viagem com sua amiga agente de turismo. Suzana pensou que seria muito bom poder retribuir à amiga que a havia ajudado tanto e indicado tantos bons hotéis onde ela pudera fazer sexo tranquilamente sem nunca ter sido descoberta. Só uma coisa perturbou o sossego de Rodolfo na viagem até Paris, e era o fato de que ele ainda não havia "consumado" o casamento com Suzana. Sentia uma enorme pressão no peito, dor de cabeça, e parecia que estava a ponto de explodir. Precisava pensar em alguma desculpa, mas era inevitável que, em algum momento, tivesse de fazer sexo com a esposa. Talvez pudesse dizer que ainda estava com cistite, e, de fato, ele tinha ido várias vezes ao banheiro ainda no avião. Estava perdido nesses pensamentos no enorme quarto de hotel, uma suíte com antessala, quarto e banheiro com uma enorme banheira e vista desconcertante da Torre Eiffel, quando Suzana se despiu para tomar banho. Ela também era, à sua maneira, uma visão desconcertante, porque seu corpo era perfeito, seios firmes e nádegas empinadas, que nem sequer se mexiam quando ela caminhava. Nenhuma barriga, nenhuma cicatriz na pele morena e perfeita. Nenhuma tatuagem, coisa que ele achava vulgar. Seus cabelos eram pretos, lisos e longos, e seus olhos eram castanho-claros, quase amarelos, como mel. Ele se indagava como era possível que não se sentisse atraído por ela. Por que não tinha nenhuma ereção ao vê-la assim, nua? Nem mesmo uma única vez? Nem mesmo brevemente?

Quando Suzana saiu do banheiro vestindo calcinha e sutiã e secando os cabelos com uma toalha, ela percebeu que ele a olhava fixamente. Ela sorriu e lhe perguntou:

– Está me espreitando? – Ele sorriu e assentiu. – Gostou do que viu? Teve uma ereção?

Ela viu que ele ficou constrangido quando respondeu que não, e lhe ocorreu dizer que era impotente, porque era exatamente assim que ele se sentira naquele momento. Ela não sabia se acreditava ou não, mas se sentou ao lado dele na beirada da cama e lhe disse:

– Você não precisa se preocupar com essa história de sexo, ok? Vamos aproveitar a viagem. Quando voltarmos ao Brasil, você tenta um tratamento, e, quando estiver pronto, também estarei pronta.

Ele sorriu aliviado e sussurrou:

– Obrigado.

Ela sorriu, e eles se arrumaram para sair pela cidade. Não fizeram sexo durante toda a viagem, mas aproveitaram e gastaram uma fortuna do dinheiro de Rodolfo e de sua família, enquanto Suzana guardava suas economias escondidas.

Na verdade, Rodolfo continuou a alegar que era impotente, que nenhum tratamento funcionara com ele e, assim, ele e Suzana nunca fizeram sexo. Não que ela se importasse, afinal, tinha seus recursos. Esse era um dos segredos que ele tinha de guardar de seus pais, principalmente de sua mãe. Suzana, ainda sem acreditar na impotência de Rodolfo, concordou em manter segredo. Mesmo sem sexo, continuariam amigos. Ela precisava dele para ter a vida que queria e de que precisava. Sua loja dava dinheiro, mas não o suficiente para atender todas as suas necessidades. No entanto, não demorou muito para que o segredo do casamento de Rodolfo e Suzana passasse a correr maior risco de ser revelado, porque os pais de Rodolfo insistiam que eles tivessem filhos. Já estavam casados havia algum tempo, e os sogros insistiam em ter um neto. Rodolfo se torturava, pensando como eles teriam filhos se ele não tinha relações sexuais com Suzana. Acabou pensando numa solução que poderia dar certo e propôs a Suzana que tentassem uma inseminação artificial usando seu próprio sêmen, afinal, ele era médico e poderia fazer o procedimento em sua clínica, com total segurança e sigilo. Suzana pensou em fazer-lhe uma série de perguntas: ele não era impotente? Ou ele não era impotente e tinha ereções? Ele ejaculava? E tinha ereções quando pensava em quê? Ou em quem? Contudo, em vez de fazer todas as perguntas que lhe vieram à cabeça, ela simplesmente disse:

– Eu sou estéril. – E explicou, caso ele não tivesse entendido: – Não posso ter filhos.

Essa foi uma das poucas vezes em que ele quis saber detalhes de algo que ela lhe contara. Fora essa vez, ele somente queria detalhes quando lhe pedia que narrasse suas relações sexuais adolescentes com Farias, e Suzana tinha certeza de que eram os detalhes do corpo e desempenho de Farias que interessavam e excitavam o marido. Ela mentiu, dizendo que ficara estéril em razão de uma sequela do acidente de automóvel que sofrera no táxi em São Paulo. Ele perguntou se ela havia confirmado o diagnóstico com mais de um médico, e ela disse que sim. Ele perguntou se ela queria que algum colega dele a examinasse, porque tinha colegas que eram excelentes obstetras. Talvez ela pudesse ser examinada na capital. Ela agradeceu, mas disse que não. Tinha certeza do diagnóstico e não queria mais insistir no assunto.

– Eu sinto muito – ele disse, melancolicamente, e em seguida perguntou: – Posso contar aos meus pais?

Suzana deu de ombros, e Rodolfo entendeu que estava autorizado a contar aos seus pais, o que ele fez no primeiro almoço que teve com sua mãe depois de saber que Suzana era estéril. Como ele esperava, a reação da mãe foi péssima.

– Ainda bem que vocês fizeram um pacto antenupcial – a mãe comentou, de mau humor. – Assim você não vai precisar dividir seu patrimônio com ela quando se divorciarem.

– Eu não quero me divorciar da Suzana.

– Por quê? – a mãe insistiu.

Rodolfo pensou em responder que era porque ele gostava de Suzana, mas era mentira, e ele preferiu falar a verdade:

– Porque ela me entende.

– Besteira. Eu e seu pai também te entendemos. E te amamos...

– Eu sei, mãe, eu sei...

Era verdade que ele sabia que os pais o amavam, do jeito deles, mas o amavam. Porém, não era verdade que eles o entendiam, e talvez jamais o entendessem. Desde então, o assunto do seu divórcio se tornou recorrente nos almoços com sua mãe, por anos a fio. Era só um aconselhamento, uma sugestão, na qual ela não cansava de insistir. Ela insistia invariavelmente, como invariavelmente pedia dobradinha nos almoços com o filho, no restaurante do clube de tênis. Era só lá que pedia esse prato, porque, na sua opinião, só se podia comer dobradinha em lugares confiáveis, e ela só confiava nela mesma para preparar uma dobradinha – ou no restaurante do clube. Como Rodolfo, em toda a sua existência, jamais vira sua mãe sequer ferver água, que dirá cozinhar, achava que ela não tinha mesmo opção senão comer a dobradinha do restaurante do clube de tênis. Por sua vez, seu pedido era sempre pato com laranja, que o chef do local preparava maravilhosamente bem, embora sua mãe sempre insistisse que ele comesse outra coisa. Ou outra mulher.

Foi a partir daí que, em todos os almoços que tinha com sua mãe, ela insistia que ele tivesse uma amante, sempre lembrando que ele estava próximo de completar quarenta anos e que não seria jovem para sempre.

– Para quê?

– Porque é importante um homem ter uma amante.

– Meu pai teve uma amante? – ele perguntou, e a mãe o fuzilou com o olhar.

– Não, porque eu e seu pai somos almas gêmeas.

– E por que eu e Suzana não podemos ser almas gêmeas?

– Não diga bobagem! – disse a mãe, enfiando uma garfada de dobradinha na boca e completando de boca cheia: – Como você pode ser alma gêmea de uma mulher estéril? Vocês deviam se divorciar, isso sim.

– Foram vocês que quiseram que eu me casasse com ela.

– Aconselhamos – a mãe disse, apontando-lhe o garfo. – E me arrependo. E seu pai também.

Rodolfo resolveu não dizer mais nada.

– Você precisa de uma amante. – Rodolfo quase respondeu "e se eu já tiver?", mas calou-se. – E eu e seu pai precisamos de um neto.

Depois disso, terminaram a refeição em silêncio. Só voltaram a falar quando já estavam no café.

– Quando você irá à capital? – ela finalmente perguntou.

– Amanhã, e fico até domingo. Estou fazendo um curso sobre uma nova técnica de cirurgia plástica – Rodolfo repetiu a mesma desculpa que havia dado para Suzana quando lhe contou que viajaria semanalmente, por três dias seguidos, para a capital, durante alguns meses. "Bem-vindo ao clube, ou você acha que eu não sei o que você está fazendo? Eu inventei esse jogo, meu amigo!", foi o que Suzana pensou, mas não disse. Agora ele e ela tinham motivos para viajar frequentemente e passariam a se ver muito pouco durante muitos meses.

– Vou lhe fazer uma encomenda.

– É só pedir – ele disse, quando uma garçonete jovem, loura e de olhos muito azuis lhe entregou a conta.

– Nós não pagamos – a juíza disse, com rispidez. – Fale com o seu gerente que eu sou a juíza, Dra. Rosa. Ele vai saber o que fazer com essa conta...

– Sim, senhora, pode deixar. Desculpe-me – a moça disse, tentando retirar a conta rapidamente das mãos de Rodolfo, mas ele segurou a mão dela, tirou uma rosa do jarro da mesa e lhe entregou, com o seu melhor sorriso. – Como é seu nome?

– Hannah, doutor.

– Que nome bonito! Essa rosa é para você, Hannah! – Ela pegou a flor e sorriu. – Você não tem do que se desculpar. Minha mãe está de mau humor hoje...

Só depois que a moça pegou a rosa, sentindo seu rosto enrubescer, Rodolfo soltou a mão dela e deixou que retirasse a conta da mesa. A juíza Rosa achou a moça bonitinha e pensou em como ela e o marido adorariam ter um neto louro e de olhos azuis, como acreditavam que eram seus idílicos antepassados suíços.

Sentado na cozinha de casa, numa cadeira bem de frente para Gabriela e brincando com o copo de café vazio entre as mãos, Eduardo começou a lhe contar sobre a vida que Farias tivera antes em Nova Esperança.

– Dois incêndios mudaram a vida do Farias completamente – ele disse. – Na verdade, acabaram com a vida dele.

– Dois incêndios? – Gabriela repetiu em voz alta, e Eduardo concordou, balançando a cabeça. – Que bizarro!

Farias mudou-se com a família para Nova Esperança quando completou dez anos. Seus pais eram casados fazia quase dezesseis anos, esperaram um pouco para ter filhos e acabaram ficando apenas no primeiro. Não eram ricos, mas eram de classe média-alta. Viviam bem. O pai de Farias, que também era conhecido somente pelo sobrenome – Eduardo achava que nunca soubera o primeiro nome dele –, era dono de uma concessionária de veículos que conseguiu transferir para Nova Esperança. Ele quis se mudar porque estava cansado de viver na capital, porque ele próprio era do interior e preferia as cidades menores.

Enquanto a concessionária estava sendo transferida, Farias, o pai, alugou uma casa em Nova Esperança, onde colocou sua família, enquanto ia e vinha da capital. Farias, o filho, foi matriculado no colégio dos padres, então – e até hoje – o melhor da cidade. Quando as aulas começaram, Eduardo e Farias ficaram amigos instantaneamente. Eduardo passava todo o tempo livre na casa de Farias, e Dona Edith, mãe de Farias, gostava muito do amigo de seu filho. Ela o achava especial. Na verdade, sabia que Eduardo era especial. Médium ou paranormal, como ela preferia dizer para não assustar muito o garoto. Como não trabalhava fora, ela gostava de cuidar da casa, do filho e do marido, além de costurar para várias instituições de caridade da cidade. Logo o grupo de amigos do filho no colégio aumentou, e todos gostavam de ir para sua casa, porque ela mimava todos eles com lanches, gentilezas e muito carinho. Quando Suzana passou a fazer parte da turma de amigos do Farias e frequentar, junto de outras meninas, a casa da Dona Edith, esta logo percebeu que o filho e Suzana tinham uma ligação especial.

Ela gostava de Suzana, mas a menina tinha algo de diferente, de estranho, que Dona Edith não sabia bem o que era. Então, resolveu que iria gostar de Suzana mesmo assim e que seria muito carinhosa com ela, porque o amor curava tudo. Edith se afeiçoou mais ainda a Suzana quando ela e seu filho ficaram mais próximos. Tinha certeza de que Suzana e seu filho se casariam e seriam muito felizes, porque, no caso deles, assim como no dela com o marido, tinha sido amor à primeira vista. Suzana também gostava muito de Dona Edith e começou a passar muito tempo com ela, na casa de Farias, mesmo quando ele não estava lá. Suzana preferia a casa do namorado à sua, preferia Dona Edith à sua mãe adotiva, e adorava ser tratada e mimada por ela como uma filha única, sem ter que dividir nada, nem carinho, nem atenção, com suas irmãs carentes e sedentas de atenção e amor. E Edith realmente tratava Suzana como se fosse a filha que ela não tivera. Na verdade, logo que se casou, antes de ficar grávida de Gilberto, Edith engravidara, mas, já com a gravidez avançada, teve um aborto espontâneo e perdeu o bebê, a bebê, uma menina. Edith ainda podia se lembrar do sentimento de tristeza, do vazio que sentiu no corpo e, pior ainda, na alma, da solidão que não a deixava mesmo quando estava com o marido, com a família e com os amigos. Só melhorou realmente anos depois, quando engravidou novamente e conseguiu levar a gravidez até o final, para que o filho querido e desejado finalmente nascesse. Depois disso, nunca mais engravidou, e não quis saber o motivo. O filho lhe bastava e era a alegria da sua vida. Quando via Gilberto e Suzana juntos, namorando timidamente na sua frente, pensava como seria feliz quando o filho lhe desse netos, e como seus netos seriam lindos! É lógico que ela achava o filho bonito – que mãe não acha? –, mas sabia que os genes de Suzana – que ela achava linda – elevariam o nível de beleza de seus futuros netos e descendentes. Pensava nisso e sempre sorria, não importando onde e com quem estivesse. Infelizmente, Dona Edith jamais veria seus netos.

Enquanto Farias, o filho, ia se enturmando e fazendo amizades no novo colégio, Edith cuidava do conforto da família, divertia-se e mimava o filho e seus amigos, e trabalhava para a caridade; já Farias, o pai, consolidava seus negócios na cidade. Logo que os membros da associação comercial e industrial souberam que Farias abriria uma concessionária de automóveis no local, ele foi convidado a se associar e a participar das reuniões – normalmente, almoços no clube de tênis, no qual ele foi imediatamente proposto e admitido como sócio –, e expôs seus projetos aos, agora, colegas empresários. Foi lá que conheceu o corretor que o ajudou a comprar o imóvel onde instalaria sua concessionária. Foi lá, também, que conheceu o Dr. Édson, pai de Rodolfo, que lhe ofereceu ajuda para cuidar das suas questões legais, pessoais e da concessionária, e lhe indicou o próprio contador para trabalhar para ele. Farias pai, educadamente, declinou dos serviços oferecidos pelo Dr. Édson, porque já tinha um advogado com quem trabalhava havia muitos anos, mas aceitou a indicação do contador. Declinar os serviços legais do Dr. Édson certamente o ofendeu e criou uma antipatia do advogado em relação a Farias pai, que este, a princípio, não percebeu. Também foi nos almoços da associação comercial e industrial que Farias conheceu a Dra. Rosa, esposa do Dr. Édson, única pessoa que, não sendo empresária e sendo mulher, participava das reuniões de trabalho da associação e nunca pagava seu almoço, porque sempre havia alguém que se oferecia para pagar as despesas da juíza, que nunca recusava a gentileza e, na verdade, parecia contar com isso.

    A família Farias passou a frequentar o clube de tênis, como sócios que se tornaram. Farias pai perguntou se o filho gostaria de aprender tênis, mas Farias filho gostava mesmo era de futebol. O casal Farias participava dos eventos sociais da associação comercial e industrial e do clube de tênis e passou a ser convidado para as reuniões, jantares e festas da alta sociedade de Nova Esperança, porque até mesmo uma cidade pequena tem sua "alta sociedade", sua elite. Por uma única vez Farias aceitou o convite dos colegas da associação e foi a uma "reunião secreta" – era como eles chamavam – na boate, essa, sim, exclusiva para homens. Farias pai percebeu que se tratava de um prostíbulo e, como não gostava desse ambiente – para ele, prostituição sempre atraía outros desvios de conduta e delitos –, nunca mais voltou. Sua recusa aos novos convites para as "reuniões secretas" da associação fez com que ele ficasse malvisto por seus novos pares, mas ele não percebeu, ou, se percebeu, não se importou.

    Três anos depois de instalados em Nova Esperança, a concessionária de veículos de Farias pai ia bem e só uma coisa ainda o preocupava, porque não havia conseguido uma boa casa para comprar, e não queria construir uma casa do chão. Nem Farias, o filho, nem sua mãe, e muito menos Eduardo ou Suzana sabiam dizer como chegou ao conhecimento dele que uma excelente casa, num bairro nobre da cidade, iria a leilão judicial em razão de dívidas de impostos com a prefeitura, e o lance inicial estava fixado num valor muito baixo. Farias pai foi até a casa e, ainda que só a tivesse visto da rua, sem entrar, gostou do que viu. Ficou muito animado com o leilão, porque tinha dinheiro para arrematar a casa até mesmo por seu valor de mercado, mas só contaria à esposa depois que conseguisse, se conseguisse, comprar a casa.

    No dia e horário do leilão, foi até o fórum e se habilitou para participar. Achou estranho que poucas pessoas estivessem presentes – além do próprio leiloeiro, apenas a juíza, cuja presença devia ser obrigatória, ele pensou; o Dr. Édson, que ele soube que estava representando um interessado da capital; dois outros empresários locais que Farias conhecia da associação comercial e industrial; o procurador da prefeitura; e o proprietário do imóvel, este último desacompanhado de advogado e visivelmente transtornado. Farias percebeu que, quando chegou, todos o olharam com estranheza, e que o leiloeiro titubeou ao fazer sua inscrição no leilão. Farias ficou com a impressão de que o leiloeiro havia feito sua inscrição porque tinha recebido, por meio de um aceno discreto, autorização da juíza para ir em frente e atender o recém-chegado.

Quando o leilão começou, um dos empresários deu um lance muito próximo do valor mínimo, e em seguida Dr. Édson aumentou o lance, mas não muito. O outro empresário apresentou um lance um pouco maior, e Dr. Édson cobriu a oferta, por um valor aproximadamente de uma vez e meia o valor do lance mínimo. Foi só então que Farias fez o seu lance, de duas vezes o valor mínimo do imóvel. Todos os presentes o olharam com surpresa, e o proprietário do imóvel leiloado, com certo alívio. Depois de quase um minuto de um silencio constrangedor, o Dr. Édson finalmente fez um lance de um pouco mais de duas vezes e meia o valor mínimo do imóvel, o que não era nem mesmo próximo de seu valor de mercado. Antes de dar seu último lance, Farias pensou em quanto ele queria aquela casa, em como Edith e seu filho ficariam felizes em morar no belo sobrado, cercado por um grande terreno com um jardim de muitas flores e um pomar. Ele podia pagar o valor de mercado, que quitaria a dívida do proprietário com a prefeitura e certamente deixaria um crédito a seu favor. Até aquele momento, os valores que haviam sido oferecidos eram insuficientes para sequer quitar aquela dívida. Então, Farias pai, com a absoluta certeza de que estava sendo justo e correto, além de agir como um bom pai de família – que sempre foi tudo o que mais quis ser, para se afastar do péssimo exemplo do seu pai alcoólatra –, fez o lance, no valor de mercado da casa.

Imediatamente, houve um silêncio ainda maior e mais constrangedor que o anterior, e todos olharam para ele, que, como o proprietário da casa leiloada, tinha um sorriso no rosto.

– O senhor sabe que não precisa oferecer o valor de mercado pela casa? – a juíza lhe perguntou, com muita irritação. – Isso aqui é um leilão! – disse, quase soletrando a última palavra.

– Sim, excelência, eu sei – ele respondeu, o mais educadamente que pôde. – Já tive oportunidade de participar de outros leilões...

– Na capital! – disse o Dr. Édson, como se fosse uma acusação.

– Não creio que lá na capital seja diferente daqui, não é mesmo? – Farias pai argumentou, sempre mantendo a calma e a educação. – Ganha o maior lance, não é assim?

– Claro que é assim! – a juíza disse, perdendo a compostura. – O senhor sabe que tem de pagar agora 5% do seu lance?

– E a minha comissão também – acrescentou o leiloeiro.

– E terá 72 horas para depositar o restante na conta do juízo?

– Sim, excelência, eu sei e estou pronto para fazer todos os pagamentos necessários.

Novamente houve alguns minutos de silêncio no recinto do leilão, agora já com a presença de alguns curiosos que observavam a cena dos corredores adjacentes, já que os leilões eram feitos no corredor do pequeno fórum. Como se o leiloeiro não soubesse o que fazer ou como agir, a juíza lhe ordenou rispidamente:

– Bata o martelo, homem! – Ela se levantou e, antes de voltar para o seu gabinete, gritou-lhe: – E lavre a ata!

O leiloeiro finalmente bateu o martelo.

No caminho até o leiloeiro, Farias pai recebeu um forte e inesperado abraço do ex-proprietário da casa, que parecia estar muito grato, como se não devesse mais nada a ninguém, e talvez fosse isso mesmo. Os empresários e o procurador da prefeitura também o cumprimentaram, mas apenas formalmente. Enquanto ele caminhava até o leiloeiro, Dr. Édson saía apressadamente pelo outro extremo do corredor. Não se deu ao trabalho de cumprimentá-lo. O leiloeiro, que continuava muito nervoso, recolheu seus papéis e o chamou até sua sala no fórum, para fazer os pagamentos e levar os recibos e uma cópia da ata. Demorou um pouco até que as formalidades fossem concluídas, e Farias pai não via a hora de chegar em casa e contar a novidade para Edith e o filho. Foi uma noite de grande alegria e comemoração para a família Farias.

Depois de uma pequena reforma, a família pôde se mudar para a nova casa. Tudo parecia estar indo muito bem, eles estavam felizes e Farias pai estava satisfeito, pois acreditava que havia tomado a decisão correta de se mudar da capital para Nova Esperança. Edith tinha um jardim e rosas para cuidar, Gilberto tinha mais espaço para seus amigos, e todos pareciam felizes.

A princípio, Farias pai não percebeu algumas mudanças, mas logo elas ficaram muito evidentes para serem ignoradas. Nos almoços na associação comercial e industrial, raramente os associados escolhiam sentar-se à mesa com ele, e só o faziam quando não havia mais nenhum lugar disponível nas outras mesas. Quando ia ao clube de tênis com a família, acontecia o mesmo, e, apesar de quase todos os sócios o conhecerem, afinal, ele era o dono de uma das duas concessionárias de veículos, poucos o cumprimentavam. Percebeu também que ele e a esposa deixaram de ser convidados para os eventos sociais nas casas das famílias de Nova Esperança, mas achava que isso se dava porque ele próprio não havia feito uma festa para inaugurar a nova casa. Talvez fizesse, pensou, porém não se preocupou mais com isso, porque Edith e o filho estavam felizes. Gilberto ia bem no colégio, tinha bons amigos e até uma namorada, uma menina linda, de quem ele e Edith gostavam muito.

No entanto, acabou percebendo que a venda de automóveis novos diminuíra e que o faturamento da concessionária começara a cair, mas até isso ele achou normal, afinal, não estava sozinho e tinha a concorrência de uma concessionária de outra marca na cidade. Por outro lado, a venda de caminhões continuava a crescer, já que a outra marca não era forte nesse segmento, e isso era, de certa forma, tranquilizador. Contudo, um comentário feito por um cliente que comprou um caminhão na sua concessionária lhe chamou a atenção e o deixou com a pulga atrás da orelha.

– Eles queriam que eu não comprasse com você – o cliente confidenciou –, mas gosto de você e não confio nos caminhões daquela outra marca.

Farias pai ficou curioso para saber quem seriam "eles", mas não perguntou; talvez não fosse nada de mais, e "eles" seriam os sócios ou mesmo a família do comprador.

Meses depois, recebeu uma comunicação da fábrica alertando-o de que seus números de venda estavam baixos e que ele precisava aumentá-los para manter a exclusividade da concessionária na região. A fábrica também avisou que faria uma grande promoção de fim de ano, dando bons descontos em carros e caminhões novos, e que ele deveria pensar em aproveitar tal promoção. Farias pai considerou as condições do negócio, as achou muito vantajosas e encomendou seis caminhões e dez carros "zero quilômetro". Tudo correu bem, a entrega foi feita no prazo, numa sexta-feira, e, quando recebeu os veículos, pela manhã, Farias ligou e mandou o contador pagar o seguro dos automóveis entregues, pois eles já não estariam cobertos pelo seguro da fábrica nem da transportadora.

– Naquela mesma noite, houve o primeiro incêndio – Eduardo contou a Gabriela.

– Sorte que o pai do Farias mandou pagar o seguro! – ela disse, aliviada.

– Mas o contador não pagou...

– O pai do Farias ficou no prejuízo?

Eduardo fez que sim e foi pegar mais café.

– E isso foi só o começo do fim.

– Mas qual foi a desculpa do contador?

Eduardo disse que não houve desculpa. O pai de Farias procurou o contador, mas não conseguiu encontrá-lo durante semanas. Enquanto ainda tentava se recuperar do golpe de ter perdido os veículos novos, teve outros golpes ainda mais duros: não havia seguro para a sua concessionária, nem para o seu estoque, e ele recebeu notificações cobrando impostos atrasados, que o contador não havia pagado. Todos na cidade acharam que tinha sido apenas azar do Seu Farias, porque o contador nunca mais apareceu, mas a contabilidade e os impostos dos outros clientes de que ele cuidava estavam corretos e em dia.

– Tudo que aconteceu em seguida, aconteceu muito rapidamente – Eduardo prosseguiu. – O pai do Farias perdeu tudo, até a casa em que moravam. O banco não lhe concedeu nenhum crédito, e em pouco tempo ele estava falido e procurando emprego.

Como Farias não conseguia emprego, o filho quis começar a trabalhar, mas a mãe proibiu que ele largasse os estudos e ainda conseguiu uma bolsa com os padres do colégio. Ela própria conseguiu um emprego, de salário-mínimo, numa das instituições de caridade – um dispensário – que costumava ajudar com suas costuras e enxovais. Sem emprego, sem entender e se conformar com o que tinha lhe acontecido, morando numa casa pequena, num bairro miserável, Farias pai começou a beber. Começou bebendo só à noite, para dormir, porque não tinha sono. Depois à tarde, porque não tinha o que fazer. Até que passou a beber desde a manhã, durante todo o dia, e a estar bêbado todo o tempo.

– Um dia, Seu Farias adormeceu durante o dia, bêbado, e deixou o cigarro acesso cair no colchão. Foi o segundo incêndio... – Eduardo fez uma pausa e respirou fundo para continuar. – Nosso amigo e Dona Edith só não morreram porque não estavam em casa, mas perderam tudo o que tinham, que já era muito pouco.

– Que tragédia! – foi tudo o que Gabriela pôde dizer. – Por que eu nunca soube dessa história?

Eduardo deu de ombros, mas ele achava que era porque a família de Farias não era de Nova Esperança, e, como eles vieram de fora, nada do que lhes aconteceu tinha qualquer importância para a cidade.

– Saíram umas notas no jornal local, mas apenas para criticar o pai do Farias. Nenhuma solidariedade. – Eduardo suspirou e continuou: – Só eu e Suzana continuamos próximos do Farias e da Dona

Edith, e tentamos ajudar, da maneira que podíamos, mas não conseguíamos fazer muito. Farias foi morar comigo e Dona Edith foi acolhida no dispensário, onde passou a trabalhar também.

– Por que você não gosta da Suzana, se ela foi solidária e continuou apoiando o Farias?

– É difícil explicar. Eu gostava daquela Suzana – ele disse, com olhar perdido para além de sua janela e quintal. – E não é que eu não goste dela, mas ela mudou muito...

Dois incêndios, duas tragédias que em poucos anos transformaram radicalmente a vida de Farias, o filho. Pouco tempo depois da morte do pai, quando já eram obrigados a viver separados, Dona Edith descobriu que tinha câncer de mama, em estágio avançado, com metástases e sem a menor possibilidade de cura. Um ano depois de ter perdido o pai, Farias perdeu a mãe, que não chegou nem mesmo a ser internada, porque não conseguiram vaga no hospital público da cidade. Ela morreu no dispensário onde trabalhava e foi enterrada no cemitério de lá mesmo, mantido pelas freiras. A família dele passou a ser a família de Eduardo e Suzana. De parente de sangue, tinha apenas um tio, irmão de sua mãe, que era policial, morava na capital, e que Farias não via desde que era criança.

O ano seguinte foi o último de Farias – e também de Eduardo – no colégio. Farias foi expulso porque esvaziou os pneus do carro do professor de matemática, que ele achava que o perseguia – e tinha razão –, e Eduardo perdeu a bolsa porque não queria ir para o seminário, em São Paulo. Havia desistido de ser padre. Sem ter como pagar uma escola particular, sem ter como estudar no colégio estadual – dirigido pelo mesmo professor de matemática que o perseguia e que lhe negou uma vaga –, sem ter trabalho ou dinheiro, Farias não tinha mais o que fazer em Nova Esperança. Escreveu para o tio, que lhe respondeu mandando dinheiro para que ele comprasse a passagem e fosse morar com ele na capital. Farias pediu que Suzana fosse com ele. Ela disse que ia pensar, e realmente pensou. Pensou que não queria uma vida de pobreza, pois bastava a que tinha vivido como criança e na qual ainda vivia com sua família adotiva, o que era um exagero, porque a família adotiva não era pobre, apenas muito grande e simples. Farias não podia esperar mais e comprou sua passagem de ida para a capital. Suzana ficou sabendo quando ele tomaria o ônibus e apareceu na rodoviária antes que ele embarcasse. Farias se encheu de esperança, acreditando que ela iria com ele, mas logo percebeu que ela não carregava nenhuma bagagem. Ela então se aproximou dele, mas se afastou quando ele quis beijá-la, e estendeu a mão para cumprimentá-lo. Desejou-lhe boa viagem e boa sorte, deu meia-volta e foi embora. Farias sentiu um abismo se abrir aos seus pés e teve que se equilibrar para não cair. O mesmo abismo que ele vira de perto quando viu sua casa incendiada com seu pai dentro ou quando olhou de cima para o caixão de sua mãe, no fundo da cova, prestes a ser coberto pela terra. Respirou fundo para não chorar, mas não conseguia tirar os olhos de Suzana indo cada vez mais distante, ficando cada vez mais inalcançável, se tornando um vulto, tão etéreo como num sonho ou num pesadelo. Ele acordou do transe com o chamado do motorista já sentado ao volante do ônibus. "Você vai embarcar?" Ele fez que sim e olhou mais uma vez na direção que Suzana havia tomado, mas não conseguiu vê-la. Antes de subir no ônibus, ele tirou o boné que usava, um daqueles que seu pai mandava fazer para distribuir como brinde da concessionária, e com ele limpou a poeira dos seus tênis surrados; fez como Jesus mandou que seus apóstolos fizessem ao sair das cidades onde fossem maltratados. Sabia que não era nenhum apóstolo e que dificilmente sua praga afetaria Nova Esperança, mas não custava tentar. Já que suas orações para salvar seu pai e depois sua mãe não foram atendidas, quem sabe uma maldição poderia ser? Ele não acreditava em nada daquilo, não era como sua mãe, que morrera sem desistir dos santos e rezando e pedindo misericórdia a Deus, porque, na verdade, ele nunca soube que sua mãe pedia misericórdia não para ela, mas para ele. Farias – agora só ele seria chamado assim, já que não havia mais o pai – entrou no ônibus, entregou a passagem para o motorista e sentou-se no lugar marcado. Por sorte, ninguém se sentou ao seu lado. Da janela do ônibus ele olhava Nova Esperança no que acreditava que seria a última vez. Era essa sua única esperança naquele exato momento.

– E por que ele voltou? – Gabriela perguntou a Eduardo.

– Sinceramente, eu não sei... – ele disse, com o olhar distante. – O que eu acho é que o Farias ainda procura o lugar dele no mundo. Há pessoas que são assim, que passam a vida procurando encontrar e chegar ao seu lugar no mundo, quando, na verdade, deveriam aproveitar mais a viagem.

17

O costume do Rodolfo de se ausentar um ou dois dias por semana, durante alguns meses, para participar de cursos na capital se tornou cada vez mais frequente. Coincidência ou não, as aulas dos cursos sempre eram às sextas e aos sábados, e, por isso, ele precisava viajar na quinta, para já estar na cidade na sexta pela manhã, porque os cursos sempre começavam às nove horas e duravam o dia todo, até as seis da tarde, inclusive aos sábados. Para não viajar à noite, cansado, ele preferia voltar para Nova Esperança no domingo pela manhã, chegando a tempo para o almoço na casa dos pais.

Enquanto arrumava uns objetos na vitrine de sua loja, Suzana lembrou-se das explicações e justificativas que Rodolfo se preocupava em lhe dar, e começou a rir, tanto e tão alto, que chamou a atenção de seus empregados e das pessoas que passavam na rua. E, como se rir fosse contagioso, eles acabaram rindo também, sem saber por quê. Mas ela sabia por que ria. Rodolfo achava que seria capaz de enganá-la, logo ela, que se dedicara a viver uma vida dupla – ela adorava essa expressão – desde praticamente seus vinte e poucos anos. Um mentiroso sabe quando o outro está mentindo. Ele jamais conseguiria enganar uma mestra da dissimulação, como ela se orgulhava de ser, e Suzana se divertia com as tentativas canhestras do marido.

As desculpas eram boas, isso ela tinha que reconhecer. Ele realmente frequentava os cursos, ainda que os horários e os dias não fossem exatamente os que ele alegava, e, ao final, quando os concluía, exibia, orgulhoso, os certificados que recebia, que emoldurava e pendurava na parede do seu consultório.

— Está torto? — ele lhe perguntava sempre que ela o ajudava a colocar os quadros. Nisso ele era fiel, e não mudava nada na decoração da clínica, nem mesmo de seu consultório, sem consultar a esposa.

— Perfeito! — ela dizia, então ele descia da pequena escada de três degraus com um pulinho alegre e ficava admirando, com um enorme sorriso, o certificado emoldurado, agora exibido na parede do consultório — mais um entre muitos! —, enquanto Suzana imaginava os momentos felizes que aqueles pequenos quadros traziam à lembrança do marido. Ela sabia que os certificados eram souvenires de conquistas e de momentos que ele lembrava com alegria e ternura. Também sabia como era guardar souvenires desses momentos íntimos e secretos. Tinha uma — ou seriam duas? — caixa de sapato na qual guardava caixas de fósforos, descansos de copos, guardanapos e outros objetos pequenos com os logotipos dos hotéis e restaurantes que ela frequentara na vida secreta. Neles ela tinha anotado a data e o nome do homem que havia conquistado, mesmo sabendo que os nomes poderiam ser falsos. O que importava se fossem? Uma vez que eles iam para a cama com ela, passavam a fazer parte da sua vida e seriam, para sempre, reais. Quando ela começou a cobrar pelos encontros, passou a anotar o valor cobrado, e ficava satisfeita de ver que, ao longo do tempo, seus honorários sempre aumentaram, nunca diminuíram. Infelizmente, deixou de recolher souvenires quando passou a atender no flat paulista, mas, em compensação, tinha todos os agendamentos e todas as informações dos clientes dessa fase numa área reservada — e também secreta — da sua página na internet. Encerrou as atividades quando ainda estava no auge, como fazem os atletas de alta performance, e passou a ser mulher de um homem só, o que achava um pouco entediante, mas suportável, porque o homem de sua vida era mesmo Gil. Assim que encerrou a primeira fase da vida dupla, pôde fazer a contabilidade – graças à computação e à internet – e ficar orgulhosa de saber que teria tido uma vida muito boa mesmo se não tivesse casado com Rodolfo. Isso porque não tinha aceitado presentes e propostas generosas que muitos homens lhe fizeram! Porém, teria sido apenas uma vida, e não uma vida dupla, e ela achava que ter duas vidas era melhor do que ter uma só.

A internet era uma maravilha, mas também uma desvantagem. É muito difícil ter uma vida dupla na era da internet, por isso ela nunca teve páginas pessoais nas redes sociais, apenas as da loja, nas quais evitava colocar fotos suas e mesmo divulgar seu nome – o verdadeiro. Ainda que tomasse todas as precauções possíveis, sabia que poderia ser descoberta a qualquer momento. Essas coisas acontecem. Algum dos homens com quem ela dormira – sim, porque era ela que dormia com eles, e não o contrário – poderia, num belo dia qualquer, de sol ou de chuva, entrar na sua loja de Nova Esperança, dar de cara com ela e a reconhecer, sem nem mesmo ser reconhecido. Sim, porque eles jamais a esqueceriam; já ela não se lembrava de nenhum deles, exceto do miserável que a estuprara e que ela gostaria de reencontrar apenas para matá-lo. Se algum dos homens a encontrasse e a confrontasse, o que ela faria? Nada. Ou faria aquilo que sempre soube fazer bem: mentir. Mentir para sobreviver, mentir para ter o que queria, conseguir o que precisava e, também, o que não precisava. A despeito de tudo, achava bom que tivesse parado, ainda mais em razão da velocidade com que a internet se espalhara e se popularizara. Era muito difícil ter uma vida secreta quando o mundo tinha se tornado uma cidade pequena e todo mundo passara a saber tudo de todo mundo, mesmo daqueles que não importam.

A internet foi a primeira desvantagem que Rodolfo não soube enfrentar para construir sua vida secreta. Estava tudo lá, para quem quisesse ver (ela, por exemplo): seus namorados, seus encontros, seus almoços e jantares, suas saídas noturnas, suas viagens, tudo documentado com dezenas de fotos. Claro que ele não postava nada nas redes sociais, talvez nem soubesse fazer isso, porque não era afeito a essas tecnologias, mas os outros postavam. Esse era o risco da era da internet, por isso ela sempre exigira que os homens que frequentassem seu flat deixassem os celulares com o segurança dela, do lado de fora do apartamento. Nada de fotos dela; fotos, só as que ela tinha deles e que usaria caso não se comportassem.

A segunda desvantagem de Rodolfo é que ele não sabia mentir. Era esforçado, Suzana reconhecia isso, mas não conseguia enganá-la, e ela tinha certeza de que ele não conseguia enganar a própria mãe. Suzana tinha vontade de, só por curiosidade, perguntar à sua pernóstica e prepotente sogra se ela sabia que o filho era gay. Provavelmente, ela usaria uma palavra mais contundente e preconceituosa para se referir ao marido, mas apenas para agredir a sogra, e não ele. Não tinha raiva dele. Nem mágoa. Suzana não se importava com Rodolfo. Suas vidas eram como uma paródia ao contrário do poema de Carlos Drummond de Andrade*: "Suzana, que não se importava com Rodolfo, que não se importava com Gilberto, que não se importava..." com quem quer que fosse.

* * *

Outro ponto fraco do "handicap" de Rodolfo na competição universal pelo título mundial de maior dissimulador: ele se apaixonava! Suzana sempre acreditara que para ter um caso, uma aventura – sexual –, a pessoa não podia se apaixonar. Tudo tem que ser rápido e superficial, para que se torne uma boa lembrança no futuro, e não um problema. Quem tem essa fraqueza de se apegar às pessoas e aos momentos não pode ter uma vida secreta, uma maravilhosa vida dupla! E Rodolfo era um desses desfavorecidos, capaz de se apegar aos amantes e aos momentos felizes, e, por isso mesmo, acabava se apaixonando. Suzana percebia de longe quando ele estava apaixonado, porque ele ficava mais bem-humorado, mais

---

* "Quadrilha", Carlos Drummond de Andrade.

carinhoso com ela, mais atencioso, como se quisesse compensar alguma coisa, e feliz, é claro, sorrindo para nada e por nada, rindo sem ter por que, certamente apegado e revivendo seus momentos românticos com o amante. Era um bobo, enfim.

    Ele podia se apaixonar, Suzana não se importava ("Suzana, que não se importava com Rodolfo..." etc.), e até tirava alguma vantagem disso, porque ele acabava dando-lhe pequenas compensações em forma de presentes, mimos, joias, viagens (sem ele) e até mesmo dinheiro (e por que não? Com dinheiro se compra qualquer coisa, até a cumplicidade da própria esposa, não é mesmo?). Em segundo lugar, ela não se importava porque ficava livre dele. Podia ser por uns poucos dias, mas ela ficava livre dele e dos sogros insuportáveis, e de seus jantares intermináveis, porque o que Suzana mais prezava era a sua liberdade. Lógico que era a liberdade dispondo de dinheiro, porque ela achava que ninguém podia ser pobre e livre, só os gatos, como diz a música*. Ela era egoísta com tudo, mas seria capaz de dividir um pouco de suas posses – caso fosse extremamente necessário, indispensável mesmo; porém, jamais abriria mão da sua liberdade. Liberdade foi tudo que ela ganhou quando sua mãe a entregou – com as irmãs – para adoção, porque os vínculos familiares se partiram para sempre, e elas não conseguiram reatá-los. Suzana, na verdade, nunca sequer tentou. Na adolescência, quando começou seu namoro com Farias e a mãe dele a cativou, Suzana sentiu que, pela primeira vez na vida, perdia sua liberdade e não se importava com isso. Ela sentia que Dona Edith era sua mãe de verdade e por ela faria qualquer coisa, até perder a liberdade. Nunca tivera um sentimento semelhante por ninguém, nem mesmo por sua mãe adotiva, que a amava de um jeito atrapalhado, dividindo-se entre ela e suas irmãs, mas a amava. Suzana sofreu quando Dona Edith morreu, mas recuperou a liberdade e percebeu que não valia a pena sacrificá-la por ninguém, porque as pessoas ou o entregam para adoção ou morrem

---

* "História de uma gata", Chico Buarque.

– e, de um jeito ou de outro, desaparecem. Cortou seu coração ter de abandonar Farias, mas foi preciso para que pudesse recuperar a liberdade totalmente. Foi preciso que fizesse isso antes que ele deixasse de amá-la e a abandonasse, porque, ela sabia, era isso que os homens faziam o tempo todo, abandonavam as mulheres com as filhas, que elas acabavam tendo de entregar para adoção. Partiu seu coração ver a expressão dele, de alegre surpresa, quando a viu chegar na rodoviária, e, quase no mesmo segundo, de dolorosa decepção, quando ela fugiu do seu abraço, apertou sua mão, dando-lhe as costas e indo embora, no que ambos pensaram que seria para sempre. Era preciso. Amar é perder a liberdade, e ela não podia perdê-la. Também por isso aceitou casar-se com Rodolfo, porque jamais o amaria e jamais teria qualquer vínculo com a família dele, que ela sabia que tinha intencionalmente acabado com a de Farias, tinha matado Dona Edith, a única mulher que ela amara como mãe, ainda que por pouco tempo (mas não por sua culpa). Por isso ela nunca pensou em ter filhos, e foi, de certa forma, um alívio quando soube que tinha ficado estéril. "Ter filhos é como ter um coração fora do corpo", como disse Francesca Moraes, e ninguém pode ser livre se não controla o próprio coração. Se alguém soubesse como ela realmente pensava, a acharia egoísta? E quem se importava? Ela não se importava, porque viver fechada em si mesma era uma maneira de viver tão boa quanto qualquer outra.

Apesar do seu egoísmo, ou talvez por causa dele, Suzana não gostou de saber que Farias passara um dia – o "seu" dia da semana – com Gabriela em Vila Bela. Logo com Gabriela, colega de trabalho dele, que era alta, bonita e jovem, uns dez anos – no mínimo – mais nova do que ela. Já que o marido estaria fora, na capital, naquela noite de sexta-feira, ela teve uma ideia.

O celular de Farias tocou e ele estranhou que fosse Suzana ligando, o que ela raramente fazia, principalmente durante o dia. Pensou que talvez tivesse acontecido alguma coisa e atendeu, um pouco preocupado.

– Alô! Está tudo bem?

– Oi, Gil! Sim, tudo bem. – Ela gostou de saber que ele se preocupava com ela.
– Que bom...
– Você ainda quer passar uma noite inteira comigo? – ela perguntou dissimuladamente.
– Claro que sim! – Sem conseguir disfarçar a surpresa e satisfação, sua resposta saiu em voz alta e o deixou com um enorme sorriso no rosto que chamou a atenção de todos os seus colegas na delegacia. Tanto que ele resolveu continuar a conversa na rua.
– Claro que sim! – continuou, quando chegou na calçada. – Mas como? E o seu marido?
– Não se preocupe com isso. Ele está viajando – Suzana respondeu, casualmente. – Pode ser hoje? – mais uma pergunta provocativa, falsamente inocente, para a qual ela já sabia a resposta.
– Lógico! Hoje e sempre que você quiser! – disse, para logo se arrepender.
Bastava ter dito sim, sem parecer um adolescente boboca.
– Então, nos encontramos às nove da noite. Você pode?
– Claro! – Claro, lógico, sim, certamente e tudo mais que ele pudesse responder, sem conseguir disfarçar o entusiasmo, concordando com absolutamente tudo que ela sugerisse. – Onde? Na sua casa?
– Não. Na minha casa não dá. A gente tem os empregados que moram lá.
– Onde então?
– Na clínica do Rodolfo. – Farias estranhou o local, mas não questionou com medo de que ela mudasse de ideia. – Sabe onde é?
– Sim, claro! – respondeu mais uma vez, como um adolescente embasbacado, o que ele sempre acabava sendo diante dela.
– Pare o seu carro longe da clínica e vá a pé. Meu carro vai estar parado na garagem da clínica.
– Ok.
– Eu vou estar lá dentro esperando e vou deixar você entrar. – "Com duplo sentido", ela pensou, e riu.
– Mas não tem segurança?

– E você não é da polícia? – provocou e riu mais ainda. – Não se preocupe. Vou desligar os alarmes e as câmeras de segurança. Fique tranquilo. Conheço a clínica melhor do que Rodolfo. – E, de fato, conhecia melhor do que ninguém, porque fora ela quem havia feito e executado o projeto. – Nove horas?

– Combinado.

– Beijos – disse, e desligou antes que o embasbacado Farias pudesse dizer qualquer outra coisa ou mesmo se despedir.

Farias sabia que, a partir de então, o mais difícil seria o relógio chegar às nove da noite. Ainda era de tarde, ele tinha acabado de almoçar, e caía aquela chuva fina, um pouco mais do que uma garoa, que era a chuva tradicional de Nova Esperança, que ninguém nunca sabia quando começava e parecia que nunca teria fim, mas, tão sorrateiramente como vinha, acabava.

O delegado lhe mandara as fichas de Olga e Monica, que ele buscara no clube de tênis, aproveitando para filar um almoço cortesia no maravilhoso restaurante do clube, a convite do seu amigo presidente. Mais para passar o tempo do que por outro motivo, Farias resolveu abrir as pastas e examiná-las. O que imediatamente lhe chamou a atenção foram as fotos 3x4 das duas jovens. Farias pegou a foto 3x4 de Hannah, que a mãe dela, Érica, lhe dera, e colocou as três fotos lado a lado, sobre a mesa. A semelhança entre as três jovens era surpreendente, todas loiras, cabelos lisos e compridos, narizes finos e um pouquinho arrebitados e olhos muito azuis. As três eram muito bonitas e facilmente se passariam por irmãs, que não poderiam ser apenas porque tinham praticamente a mesma idade, cerca de vinte anos. Sem sombra de dúvida havia um padrão ali. O assassino – se é que Olga e Monica também tinham sido assassinadas – as escolhera pela aparência, ou talvez elas tivessem sido escolhidas pelo departamento pessoal do restaurante também por conta da aparência. Ele não sabia quem era o assassino, mas deveria ser alguém do restaurante, um empregado, um cliente ou mesmo um sócio do clube.

Não havia ninguém na delegacia com quem Farias pudesse conversar sobre um assassino que escolhia suas vítimas de acordo com um padrão, o que, aliás, era um comportamento típico de assassinos em série, caso se confirmasse que as outras duas jovens também haviam sido assassinadas como Hannah. Como a única nerd que ele conhecia na polícia de Nova Esperança, e que possivelmente estaria disponível, era Gabriela, resolveu enfrentar a chuva fina e ir até o IML conversar com a médica, levando as pastas e as fotos consigo.

– Então, o que você acha? – ele perguntou a Gabriela, que olhava as fotos das jovens colocadas sobre a sua mesa e dispostas lado a lado.

– Nossa! Elas parecem irmãs de tão semelhantes! É claro que há um padrão na escolha das vítimas.

– Se é que as duas desaparecidas foram mortas.

– O que você acha?

Farias deu um longo suspiro, pensou em como naquele momento a mãe de Hannah deveria estar se sentindo sozinha, sem a filha, e admitiu:

– Devem estar mortas também. São jovens. Não seriam capazes de ficar escondidas, sem serem descobertas, tanto tempo assim.

– Que tristeza! Não consigo deixar de pensar nas famílias. Sempre penso nas famílias de todos os mortos que recebo. Penso que já foram filhos, netos, talvez pais, irmãos, enfim, tiveram uma história, e faço meu trabalho com cuidado e com carinho, já que posso ser a última pessoa nesse mundo que vai cuidar do corpo que eles um dia habitaram.

– Você é uma pessoa boa – ele disse, sem tirar os olhos das fotos das jovens. – Eu sempre me lembro dos meus pais quando vejo corpos. Principalmente do meu pai, porque sobrou muito pouco dele para a gente enterrar. Você sabe que ele morreu num incêndio?

– Eu soube.

Farias passou o resto do dia conversando com Gabriela e, quando já eram quase seis da tarde, resolveu ir embora.

— Você vai aonde agora? — ela perguntou, e se arrependeu.

Ele estranhou a pergunta.

— Vou à academia.

— Desculpe a pergunta, mas é porque pensei em chamar você para jantar na minha casa hoje — ela fez o convite e se arrependeu novamente.

— Puxa, que pena! — Farias lamentou com sinceridade. — Hoje não vai dar...

— Fica pra outra hora, então. — Gabriela disfarçou a decepção e a vergonha.

— Sim, vamos combinar. — Farias recolheu as fotos de cima da mesa e guardou numa das pastas. — É bom saber que você sabe cozinhar — disse, e ela sorriu.

— Vamos combinar outra hora então.

— Posso deixar estas pastas com você? — Farias mudou o assunto, para acabar com o constrangimento da amiga. — Não quero voltar à delegacia.

— Claro! — Ela pegou as pastas, e ele, pela primeira vez, se despediu dela com um beijo no rosto.

— Tchau!

— Tchau — Gabriela respondeu, esperando que Farias saísse para enfiar as pastas e sua vergonha na gaveta da mesa, se achando uma idiota por ter feito aquele convite.

O tempo custou a passar, mas passou. O tempo é implacável e sempre passa. Para o bem ou para o mal, ele passa. Farias fez o que pôde para que passasse mais rapidamente, mas o Tempo — com T maiúsculo, essa entidade superior que ele é — não se submete aos caprichos dos homens; aliás, é bem ao contrário, os homens é que estão sujeitos aos comandos dele. E assim, as nove horas daquela noite só chegariam mesmo após as 8h59, nem um segundo antes, nem um segundo depois.

Mas é claro que, quando as nove horas chegaram, Farias já estava na frente da clínica, e Suzana, que de lá de dentro vigiava a rua pela câmera de segurança, imediatamente abriu o portão para que ele entrasse. Assim que entrou e fechou o portão, Farias viu que ela o esperava diante da porta usando um vestido amarelo de alças que lhe fazia parecer bem mais jovem e ainda mais bonita. Eles se abraçaram e se beijaram rapidamente, só um selinho e um meio abraço, porque Farias trazia uma garrafa de vinho numa das mãos. Não entraram pela porta principal, por onde os pacientes – na sua maioria, "as" pacientes – entravam na clínica, que fora originalmente uma casa cuja reforma ela projetara para que o marido pudesse utilizar como consultório e também como clínica para as cirurgias. Suzana guiou Farias por um caminho lateral que levava a um prédio anexo. Já dentro do anexo, eles se abraçaram e se beijaram mais demorada e tranquilamente, Farias sentindo o perfume de Suzana diretamente de seu pescoço, o que causou arrepios nos dois.

– Que bom que você veio! – ela disse, sorrindo.
– Como poderia não vir?

Ela pegou a garrafa de vinho que ele tinha levado, leu o rótulo e concluiu que ele ainda tinha muito que aprender em relação a vinhos... Suzana o conduziu pela mão enquanto explicava que no andar térreo daquele anexo ficavam as salas administrativas – contabilidade, tesouraria etc. – e no andar de cima havia dois apartamentos com sala, uma pequena cozinha aberta e suíte completa, onde as pacientes de fora da cidade podiam se hospedar enquanto aguardavam para serem operadas. Subiram as escadas e, antes que entrassem num dos apartamentos que Suzana havia preparado para passarem a noite, ela mostrou que, no final daquele mesmo corredor, havia uma passarela que ligava o anexo ao segundo andar do prédio principal da clínica, onde ficavam os quartos dos pacientes operados e as salas dos médicos e das enfermeiras. As salas de cirurgia ficavam no andar mais alto, o terceiro, e a recepção e os consultórios de Rodolfo e dos outros médicos ficavam no andar térreo.

Eles entraram no pequeno apartamento, e Suzana trancou a porta. Farias deu uma olhada em volta enquanto jogava o casaco no sofá, e ela foi para a pequena cozinha para servir o jantar.

– Abra o vinho, por favor – pediu enquanto colocava algumas travessas na mesa.

– Está cheirando bem! Não sabia que você cozinhava – comentou.

– Não cozinho, mas sei pedir comida – riu.

Jantaram enquanto ouviam música, aquelas da juventude – as melhores, diriam, Gal, Caetano, Gilberto Gil, Maria Bethânia, Paralamas e outros, só para ficar nos brasileiros –, depois assistiram a um filme abraçados no sofá, como um casal de verdade, e terminaram a garrafa de vinho, que podia estar melhor, ela pensou. Ele tomou um banho e foi esperá-la na cama, enquanto ela também tomava um banho. Veio se deitar com uma camisola tão longa e tão bonita quanto um vestido de baile, porém bem mais transparente. Amaram-se até se cansarem, com muito mais liberdade do que quando se encontravam na casa do padre, em Vila Bela. Talvez por isso Suzana tenha sido mais despreocupadamente ruidosa, e Farias ouviu gemidos e sussurros que ele tinha certeza nunca ter ouvido das outras vezes que fizeram sexo. Até que ela dormiu abraçada a ele, que cochilou, mas logo acordou, se levantou com cuidado para não a acordar e foi até a sala. Voltou e colocou a arma sobre a mesinha de cabeceira. Antes de voltar a se deitar, ficou admirando a beleza dela, lembrando por quanto tempo desejara estar com ela novamente e quanto ainda desejava que ela fosse sua para o resto da vida. Deitou-se ao lado dela na cama e a abraçou, adormecendo cansado e satisfeito pelo sexo, embriagado pelo vinho e pelo perfume de Suzana e, pela primeira vez em muitos anos, em paz.

No dia seguinte, sábado, foi acordado por Suzana, que trouxe uma xícara de café para ele na cama. Já não vestia a camisola transparente, mas uma camisola curta de malha, e era tão desejável como se estivesse nua. Farias tomou o café e a puxou para a cama novamente. Fizeram sexo mais algumas vezes, com os gemidos de Suzana agora sendo abafados pelo som dos carros na rua. Dormiram mais um pouco, sempre abraçados, e quando acordaram a manhã já havia passado. Almoçaram o que sobrara do jantar da véspera. Ele quis lavar a louça, mas Suzana disse que uma faxineira de sua confiança viria mais tarde para limpar e arrumar o apartamento. Vestiram-se e juntaram suas coisas para irem embora. Farias lembrou-se de pegar o revólver e guardou-o no bolso interno da jaqueta de couro. Suzana vestiu uma blusa de malha, uma calça jeans e botas. Adorava usá-las, e o clima chuvoso de Nova Esperança permitia que a moda das botas nunca acabasse.

Não saíram pelo mesmo caminho da noite anterior. Suzana tinha parado o carro na garagem do prédio principal da clínica, e eles atravessaram a passarela que ligava os dois prédios. No segundo andar do prédio principal, Suzana mostrou-lhe onde ficavam os dois quartos para pacientes operados e as salas dos médicos e enfermeiras. Nenhum paciente havia sido operado recentemente, e aquele andar, assim como toda a clínica, estava vazio. No térreo, Suzana quis mostrar o consultório do marido para o amante e abriu a porta francesa para que entrassem.

Era um consultório enorme, com uma grande mesa diante da parede oposta à entrada, na qual havia vários quadros com muitos diplomas e certificados, e uma porta, que Farias imaginou que desse para um lavabo ou mesmo para algum corredor, de modo que o médico pudesse entrar no consultório sem ser visto por quem estivesse na sala de espera. Havia vários objetos sobre a mesa, mas uma placa de bronze com o nome do médico, virada de modo que as pessoas que se sentassem numa das duas poltronas colocadas à frente da mesa pudessem lê-la, se destacava. Na parede lateral com a janela, havia um sofá, mais duas poltronas e uma mesa de café, com livros de fotos, a maioria ilustrada com fotos de modelos femininas. Na parede oposta havia um longo armário da altura de um aparador, ocupando toda a extensão da parede, e vários quadros grandes com diversas fotos cobrindo quase toda a parte superior da parede, mas numa altura em que pudessem ser vistos confortavelmente. Sobre esse armário havia mais objetos de decoração e alguns livros, que também pareciam ser meramente decorativos. Somente quando já estava dentro da sala Farias notou que havia duas grandes pinturas emolduradas, cada uma numa das paredes ao lado da porta de entrada. Pareciam quadros caros. Aliás, tudo naquela sala parecia ser caro, e ele não sabia por que Suzana tinha feito tanta questão de lhe mostrar o ambiente. Para lhe mostrar como eram ricos? Para mostrar que ele jamais estaria no mesmo nível do Dr. Rodolfo? Ele simplesmente não entendia por que estava ali.

– Gostou? – ela perguntou. Ele deu de ombros, enquanto ela rodava no meio da sala, como se quisesse ver todas as paredes ao mesmo tempo. – Fui eu que decorei!

– É bonito... – disse, e foi até a parede com os quadros com as fotos; quando estava mais perto, pôde perceber que eram todas de mulheres. – Que fotos são essas? – perguntou. Suzana se aproximou e começou a explicar as fotos de cada quadro.

– Algumas são pacientes que foram operadas por Rodolfo. – Apontou um quadro.

– São muitas.

– Sim, são. Algumas são fotos de modelos que ele usa para mostrar para suas pacientes, para elas escolherem que mudanças querem fazer em seus rostos e corpos.

– Que doideira – disse ele, se aproximando de um dos quadros para ver melhor.

– Os que mais gosto são esses dois. – Suzana o puxou pela mão e mostrou dois quadros no final da parede. – Peitos e bundas! – começou a rir.

– Pra quê?

– Para que suas pacientes escolham ou ele lhes mostre o que pode fazer por elas. Como modelos. Nesse armário tem uns modelos de gesso de seios, bundas, narizes, orelhas e diversas outras partes de corpos menos divertidas – riu, se achando engraçada.

– Ele tem algum modelo dos seus peitos e da sua bunda?

– Claro que não! – ela caiu na gargalhada. – Eu sou toda original e única! – completou, pensando que, num futuro não tão distante, talvez precisasse de algumas "correções". – Você gostaria de ter o modelo dos meus peitos e da minha bunda?

– Como suvenir? Eu pensei que tivesse os originais...

– Só enquanto eu quiser – disse, sem sorrir ou fazer graça, e ele não argumentou, voltando a examinar o quadro com fotos de mulheres jovens.

– Essas também foram operadas? – Suzana se aproximou para ver as fotos de perto.

– Não, essas são modelos, quer dizer, nem todas são modelos profissionais. Algumas são mulheres que ele encontra por aí e vê alguma caraterística estética que acredita que suas pacientes possam gostar. Aí ele tira fotos das moças ou paga para elas virem aqui tirarem as fotos ou fazerem modelos de gesso...

– Trabalho interessante.

– Normalmente não é ele quem tira as fotos, nem faz os moldes dos corpos delas.

– Eu gostaria de fazer esse trabalho – disse, rindo.

– Tenho certeza que sim, mas acho que você não teria "calma" para tirar as fotos nem para fazer os moldes de peitos e bundas. – Suzana revirava a bolsa procurando as chaves do carro, mas não as encontrou. – Acho que deixei as chaves do carro no apartamento. Você me espera aqui?

Ele acenou que sim sem tirar os olhos das fotos das jovens modelos, e ela saiu. Foi quando viu uma foto e tomou um susto. Ao lado daquela foto, viu mais duas outras e seu coração deu um salto. Então olhou para as três fotos, dispostas lado a lado, de jovens loiras, de cabelos lisos e compridos, narizes finos e um pouquinho arrebitados e olhos muito azuis, e as identificou imediatamente: Olga, Monica e Hannah. Antes que Suzana voltasse, tirou o celular do bolso e fez várias fotos das imagens das jovens.

– Podemos ir? – Suzana voltara com as chaves do carro na mão.

– Sim – ele disse, com o celular já guardado no bolso da calça.

Desceram por uma escada interna até a garagem, entraram no carro de Suzana, que abriu e fechou o portão automático com o controle, e saíram. Duas quadras depois da rua da clínica, Suzana parou o carro para Farias descer. Despediram-se com beijos, sem se preocuparem em ser vistos naquela rua vazia, ela ainda bastante fogosa, Farias distraído com outros pensamentos que tomavam conta da sua cabeça desde que vira as fotos. Ele saiu do carro, bateu a porta, e ela partiu. Farias pegou seu carro mais à frente e logo estava em casa.

– Você pode vir jantar aqui em casa hoje? – ele perguntou logo, assim que Gabriela atendeu a ligação.

– Sim, posso – concordou, sem entender bem o convite, mas podia ser que ele só quisesse retribuir.

– Já chamei o Eduardo. – Então não era um jantar romântico, ela pensou. – Preciso falar como vocês sobre o caso da jovem morta e das desaparecidas.

Foi quando Gabriela soube que, definitivamente, não seria um encontro romântico.

18

Mesmo bastante tempo depois que Gabriela e Eduardo já tinham ido embora, Farias sabia que não conseguiria dormir. Tinha muita coisa na cabeça, muito no que pensar.

Foi difícil para ele explicar para os amigos o que ele tinha ido fazer na clínica de Rodolfo e, embora confiasse em Eduardo e Gabriela, preferiu não mencionar que passara a noite lá, com Suzana. Simplesmente disse que Suzana quisera lhe mostrar a clínica. "Por quê?", eles perguntaram. Não havia um porquê. Então por que ele tinha aceitado ir até lá? Por que não aceitaria? Embora soubesse exatamente o que tinha ido fazer na clínica, também se perguntava por que Suzana fizera tanta questão de que ele conhecesse o consultório de Rodolfo.

Não havia motivo para Suzana ter convidado Farias, não havia motivo para ele ter aceitado, mas, mesmo sem todas as explicações, eles concordavam que o policial tinha feito uma descoberta muito importante e concordavam, também, que o Dr. Rodolfo passara a ser o principal suspeito, na verdade o único, do assassinato de Hannah e pelo desaparecimento das outras duas jovens. Por isso mesmo, Farias havia chamado Gabriela e Eduardo para falar sobre sua descoberta. Não confiava que seus colegas policiais fossem capazes de guardar segredo, e, se a família de Rodolfo soubesse da suspeita, eles eram suficientemente poderosos e importantes na cidade para acabar com a investigação. O delegado, assim que pressionado, certamente encerraria o caso.

Uma preocupação do policial é se ele seria capaz de continuar com a investigação sem despertar a atenção dos envolvidos, pelo menos enquanto não tivesse provas mais concretas. Só teria condições de confrontar Rodolfo e sua família depois que tivesse essas provas, quando, então, tinha certeza de que gostaria de confrontá-los. Mas a sua maior preocupação era ter que conversar com Suzana sobre o que havia descoberto na clínica e não ter certeza de como ela reagiria. Essas duas preocupações o deixaram ansioso e atrasaram seu sono, mas ele acabou adormecendo.

A noite maldormida deu a Farias mais do que a simples certeza de que teria que contar a Suzana sobre a sua descoberta, mas também de que precisaria da ajuda dela para investigar Rodolfo sem despertar a atenção dele próprio, de seu pai advogado e de sua mãe juíza. Como não imaginava qual seria a reação de Suzana, não sabia nem como tocar no assunto com ela. E isso só aconteceria na quinta, quando os dois se encontrariam em Vila Bela. Ele já havia se convencido de que não era assunto para ser tratado por telefone, e, mesmo quando estivessem em Vila Bela, não poderiam conversar na casa do amigo padre. Teriam que conversar em outro lugar.

A quinta-feira daquela semana custaria a chegar. Farias não contou para Gabriela nem para Eduardo que planejava conversar com Suzana. Para todos os efeitos, ninguém sabia que eles se encontravam todas as quintas-feiras em Vila Bela. Para passar o tempo e em busca de alguma prova que confirmasse suas suspeitas ou que confirmasse o médico como suspeito, Farias investigou um pouco mais, principalmente em relação às duas jovens desaparecidas. Tudo que conseguiu descobrir foi que ambas as famílias não tinham recebido qualquer notícia delas desde que foram vistas pela última vez. As últimas postagens de Olga e Monica nas suas páginas numa rede social eram de um pouco antes de terem desaparecido. Farias duvidava de que, se estivessem vivas e bem, elas pudessem ficar tanto tempo longe das redes sociais. A maioria das pessoas era descuidada com suas vidas reais, mas jamais descuidava da vida virtual, e, até desaparecerem, as moças eram muito ativas nas redes.

    Já se disse aqui que, para o bem ou para o mal, o tempo passa, e nada, nem ninguém, é capaz de pará-lo, e, por isso mesmo, a quinta-feira chegou. Farias não esperou sequer o dia começar para acordar e tomar um banho, enquanto a cafeteira fazia o café. Partiu no seu carro para Vila Bela, mal eram cinco horas da manhã, e dirigiu sem pressa pela estrada estreita e tortuosa, com seus barrancos e precipícios mal acordados, mas já lhe chamando para suas entranhas. O orvalho da noite lutava para não ir embora e se transformava numa criatura etérea, um pouco neblina e um pouco reflexo da luz do sol nas folhas da grama dos pastos e das árvores. A escuridão da madrugada resistia, lutando contra a luz do sol, prolongando a penumbra do amanhecer além do necessário e lembrando-o da luta que havia dentro de si, entre a escuridão de não saber a verdade e a luz que só essa mesma verdade revelaria. As sombras dos cupinzeiros se projetavam nos pastos, e a pouca luz fazia que parecessem fantasmas longilíneos dominando os campos, com as árvores e as cercas sendo incapazes de impedir que aumentassem seus domínios, até que a luz do sol tivesse força suficiente para os eliminar.

    Porque havia chegado muito cedo em Vila Bela, Farias preferiu passar direto pela rua principal e parar o carro numa das ruas mais altas, de onde podia ver todo o centro da cidade, com a praça e a igreja, a delegacia, o restaurante, a loja da cooperativa dos artesãos e as casas desbotadas, como se fossem pintadas numa aquarela suja. Sem ter o que fazer para esperar o tempo passar, sentou-se no capô do carro e ficou vigiando o dia acabar de nascer sobre o vilarejo.

    Enquanto Farias aguardava Vila Bela despertar, Gabriela e Suzana, em suas casas em Nova Esperança, também despertavam, com diferentes expectativas e pensamentos para aquele dia, dos quais Farias, sabendo ou não, fazia parte. Suzana dirigiria até Vila

Bela para se encontrar com ele, antecipando que fariam sexo no quarto de hóspedes da casa paroquial. Já era uma rotina na vida dela, mas ela tinha grandes expectativas depois da noite que passaram juntos no apartamento da clínica. Gabriela não tinha expectativas que envolvessem o colega; na verdade, era mais um sentimento e uma constatação que a afligiam. A todo momento ela se pegava pensando nele, preocupando-se porque não tinha encontrado com ele naquela semana – ou seria saudade? –, porque não o via desde sábado à noite, quando jantaram com Eduardo e Farias lhes contou sobre a descoberta das fotos das jovens no consultório do Dr. Rodolfo. Gabriela não conseguia parar de pensar nele, sempre com um aperto no coração, como se já fizesse muito tempo que o vira pela última vez ou, pior, como se nunca mais fosse vê-lo novamente. Sabia que naquele dia ele estaria em Vila Bela, provavelmente encontrando-se com Suzana, e esse pensamento a fez sentir borboletas no estômago e desejar que pudesse estar lá com ele, no lugar de Suzana. Gabriela era uma nerd, mas não era tão jovem assim e sabia exatamente o que estava sentindo, embora não soubesse quando nem como havia começado. Estava apaixonada por Farias, porque os nerds também amam.

 O dia amanheceu, e o sol finalmente venceu e se levantou totalmente. Farias permanecia no mesmo lugar, de onde tinha uma ampla visão da entrada da cidade e da frente do prédio da cooperativa, onde Suzana certamente estacionaria seu carro. Por volta das nove horas, ele viu a picape de Suzana se aproximando da entrada de Vila Bela e entrou no carro para ir encontrá-la, antes mesmo que ela entrasse na cooperativa. Chegaram praticamente juntos à frente do prédio, estacionaram e desceram dos seus carros.

 – Oi, tudo bem? – ela o cumprimentou sem disfarçar a surpresa de encontrá-lo ali tão cedo. – Pensei que a gente fosse se encontrar mais tarde.

 – Oi, tudo bem. Fez boa viagem? – Ela assentiu, e ele continuou: – Preciso conversar com você, e não dá pra ser na casa do padre, nem mais tarde.

– Ok – ela disse, ainda mais surpresa e intrigada. – Vou só avisar ao pessoal da cooperativa que já cheguei e que volto mais tarde, então.

– Tá certo. Mas então me encontre na praça, em frente à igreja.

Suzana concordou. Farias foi até o bar da praça e comprou dois cafezinhos que levou consigo. Sentou-se no banco da praça, bem em frente à igreja. Suzana o avistou, caminhou até ele e sentou-se ao seu lado. Ele lhe ofereceu um dos cafezinhos, e ela aceitou.

– O que está acontecendo? Você está bem? – ela perguntou mesmo antes de tomar o café.

– Precisamos conversar. Tem algo que eu preciso lhe contar.

– Sou toda ouvidos – ela disse e sorriu, mas ele não retribuiu, apenas acabou de tomar o café, amassou o copinho plástico e o jogou no cesto de lixo mais próximo ao banco em que estavam.

– Não sei se você sabe, mas estou investigando o assassinato de uma mulher jovem, que foi encontrada nos bambuzais do clube de tênis.

– Sim, eu soube do caso.

Farias deu um longo suspiro, como se estivesse decepcionado por ela ter respondido a uma pergunta que era evidentemente retórica.

– Além desse assassinato, também estou investigando o desaparecimento de duas jovens, mais ou menos da mesma idade.

– Elas também foram assassinadas?

– Um empregado do clube de tênis pensou ter visto dois corpos na divisa do clube com o parque há algum tempo, mas não achamos os corpos. Porém, acredito que sim, que elas também foram assassinadas.

– Que triste... – disse por dizer, sem realmente se importar. – Não sabia que Nova Esperança era tão violenta assim.

– As três jovens, além de serem praticamente da mesma idade, eram muito parecidas e facilmente passariam por irmãs, todas louras, de olhos azuis... – Suzana também havia acabado de tomar o café e o estava encarando, sem entender aonde ele queria chegar. Farias deu mais um longo suspiro antes de continuar. – Descobrimos que as três trabalharam no restaurante do clube. Também descobrimos que uma delas estava apaixonada por um homem casado e acreditava que ele largaria a mulher para ficar com ela...

– Coitada. É muita ingenuidade acreditar nisso...

– Eram jovens, como eu disse para você. – Suzana deu de ombros, e Farias deu mais um longo suspiro e fez uma pausa, como se estivesse considerando se deveria ou não continuar. – Tudo o que eu lhe contei até agora não é segredo.

– Tudo bem – ela disse casualmente. – Mesmo que fosse, eu não ia contar a ninguém.

– Mas o que eu vou lhe contar agora é segredo. Mais ninguém sabe, e só vou lhe contar porque acho que você precisa saber e porque vou precisar que você me ajude – foram as últimas palavras dele que chamaram a atenção de Suzana. – Encontrei as fotos das jovens no consultório do seu marido.

– Como assim?

– Encontrei as fotos das três num daqueles quadros de fotos no consultório do Rodolfo. No quadro que tem as fotos das modelos.

Farias fez silêncio, avaliando a reação de Suzana e esperando que ela dissesse alguma coisa.

– E daí? – ela perguntou. Farias pensou que fosse uma pergunta retórica, e não respondeu. – Isso não quer dizer nada. Quer dizer que elas posaram de modelo para ele. Ele deve ter visto algum valor estético nos rostos ou corpos delas. Eu lhe disse que ele às vezes usa mulheres comuns como modelos...

– As três trabalharam no restaurante do clube. Isso não é suspeito? – Farias não conseguiu disfarçar a irritação com a reação de Suzana. Ele aumentou o tom de voz, e ela também.

– Não! Não mesmo! Muito pelo contrário.

– Como assim? – Já estavam discutindo, e foi bom que estivessem na praça, porque já começavam a chamar a atenção das poucas pessoas que passavam por ali.

– O Rodolfo é sócio e frequenta o restaurante do clube. Inclusive ele almoça lá todas as quartas-feiras, com a insuportável da mãe dele. Deve ter visto as moças lá e as convidou para servirem de modelos. Ele faz isso. Eu lhe contei. E ele paga para elas servirem como modelo.

– Então, você não vê nada de mais?

– Não.

– Uma delas está morta e as outras duas desaparecidas, e você não vê nada de mais?

– Não, eu não...

– Você não entende... – Ele se levantou e ficou andando de um lado para o outro em frente ao banco onde ela estava sentada. – O corpo da moça que encontramos não tinha cabelos, pelos e nenhuma gota de sangue!

– E daí? O que isso tem a ver com o Rodolfo?

– O sangue foi retirado por um corte feito com precisão cirúrgica na artéria femoral dela...

– Qualquer médico ou enfermeiro pode fazer isso, não pode?

– Farias não conseguia acreditar na reação de Suzana; por que ela estava fazendo tudo ficar ainda mais difícil? – A mulher foi estuprada? Tinha sinais de violência sexual?

– Não.

– Então pode ter sido um homem ou mesmo uma mulher... – deu de ombros. – Pode ter sido qualquer um.

– E o fato de que ela estava tendo um caso com um homem casado?

– Você está tendo um caso com uma mulher casada... e isso não lhe torna um assassino, nem uma vítima. – Talvez uma vítima, ela pensou e sorriu, mas ele não.

– Não podia ser o Rodolfo? O tal homem casado e "muito" rico? – Suzana novamente deu de ombros e se perguntou se alguma vez ela já tinha contado a ele que sabia que a sogra queria que o filho tivesse uma amante para ter um filho com ela. Ela achava que não, mas Farias sabia – aliás, como toda a Nova Esperança devia saber – que ela era estéril. Não sabia o motivo, o real motivo, mas sabia que ela não podia engravidar.

– Não, não poderia ser o Rodolfo – ela disse com firmeza.

– Como você pode ter tanta certeza? – ele perguntou, e Suzana o encarou com os olhos cor de mel, brilhando como olhos de gato quando refletem a luz.

– Ele é gay! – ela praticamente gritou para ele, e suspirou. – Gay! – repetiu, para que ele tivesse certeza. – E você pode guardar esse segredo ou contar para todo mundo, se quiser, eu não me importo... e acho que ele também não se importa mais.

Farias ficou em silêncio absorvendo a revelação, aquele segredo que respondia muitas dúvidas que ele sempre tivera, mas sem coragem de perguntar sobre elas para Suzana.

– E por que ele se casou com você? – a pergunta lhe escapou, e Suzana deu de ombros, com o olhar perdido, atravessando toda a praça, passando através de árvores, bancos e pessoas, indo muito longe, como se tudo fosse invisível.

– Talvez porque ele precisasse. Eu sou uma mulher "troféu" – disse, e riu-se com a expressão que achava ridícula – que ele pode mostrar para toda a cidade. Na verdade, quem me escolheu foram os pais dele.

– Mas por quê?

– Sei lá por quê! Por que eu estava sozinha? Por que eu era suficientemente bonita para lhes dar netos saudáveis? Não sabiam que eu não posso engravidar... – Farias tentou se aproximar dela, como que para consolá-la, mas ela se afastou abruptamente. – Por que eu estava disponível e aceitaria a vida boa que eles iam me dar?

– Não diga isso. Isso não é verdade!

– Você sabe muito pouco de mim, Farias. – Ele percebeu que ela o chamara de Farias e estranhou. – Muito pouco.

Ficaram em silêncio, ela refletindo sobre o que ele lhe dissera, ele pensando no que ela queria dizer quando o acusou de não a conhecer ou de conhecê-la muito pouco. Lembrou-se do que Eduardo sempre lhe dizia a respeito dela.

– Preciso que você me ajude a investigar Rodolfo e conseguir provas...

– Não vou fazer isso – disse, com firmeza. – Não acredito que ele tenha alguma coisa a ver com esse assassinato e com os desaparecimentos. Rodolfo não é mau. Ele é uma boa pessoa. Não temos um relacionamento sexual – "o que é bom para você", ela pensou, mas não disse –, mas somos amigos, companheiros... Ele é uma boa pessoa, diferente dos pais.

– Eu preciso muito que você me ajude.

– Não vou ajudar a envolver o Rodolfo nisso! – disse, quase gritando. – Pode esquecer! Se ainda fosse contra os pais dele... Sei de muita coisa dos pais dele. Muita coisa muito errada. Mas contra ele não vou fazer nada...

– Não é questão de fazer nada contra ele, mas descobrir a verdade. As famílias dessas moças têm o direito de saber a verdade. – Era visível que ela continuava irredutível.

– Você quer se vingar porque acabei me casando com ele.

– Que ideia é essa? Você tá maluca? Não quero me vingar de ninguém, nem dele, nem da família dele...

– Mas devia...

– Devia o quê, Suzana? Me vingar dele porque se casou com você? Fala sério! É só você se divorciar dele e a gente...

– Não dele! Da família dele! – Farias olhou para ela, surpreso.

– O que você sabe que eu não sei, Suzana?

– Você não sabe mesmo o que eles fizeram? – Ela o encarou e só então percebeu que ele realmente não tinha ideia do que ela falava. – Você não sabe mesmo o que eles fizerem, não é?

Suzana esperou que Farias respondesse, mas ele continuou em silêncio; então, ela resolveu contar o que sabia.

– Eles são a causa da destruição da sua família. – Farias não conseguiu disfarçar que não estava entendendo nada. – Vou lhe contar tudo o que sei – ela disse.

* * *

A história dos pais de Rodolfo, o advogado Dr. Édson e a juíza Dra. Rosa, começara cedo. Eles nasceram em Nova Esperança e se orgulhavam de ser descendentes diretos das primeiras famílias de suíços que vieram para o vale. Os historiadores da cidade calculavam que os primeiros colonizadores – prefeririam usar "colonizadores" a "colonos" – eram aproximadamente em número de duzentos, entre homens e mulheres adultos, jovens e crianças, pertencentes a mais de duzentas famílias, cujos patronímicos, que, no futuro, seriam estropiados com as grafias erradas adotadas pelos cartorários da cidade ao escrevê-los, foram bem documentados. Édson e Rosa descendiam dessas famílias, talvez até da mesma família, o que talvez explicasse algumas das suas demências e desvios de caráter.

Os dois estudaram em colégios separados em Nova Esperança, ela no colégio das freiras, ele no colégio dos padres, numa época em que colégios segregados por sexo eram comuns. Casaram-se e se mudaram para a capital, para cursarem a faculdade de Direito. Naquela época não era nada comum que as mulheres, ainda mais aquelas do interior e casadas, cursassem uma faculdade, mas, como Édson logo ficaria sabendo, Rosa não era uma mulher comum, nem mesmo uma flor, como seu nome sugeria.

Nem a família de Édson nem a família de Rosa eram famílias ricas, muito pelo contrário, eram famílias de agricultores, proprietários de pequenas plantações e poucas terras. Ambas eram numerosas, e Édson e Rosa tinham muitos irmãos. Apesar de serem os filhos mais velhos, aqueles que puderam estudar, os únicos que puderam ir estudar na capital, nunca se preocuparam com os estudos dos irmãos, mas, assim que melhoraram de vida, deram a cada um deles uma propriedade para plantarem, tirarem seu sustento e viverem suas vidas. Na verdade, os irmãos e os cunhados tiveram que trabalhar para receber suas propriedades, fazendo parte de um esquema montado por Édson, graças ao qual o casal conseguiu melhorar de vida já nos primeiros anos do casamento, quando voltaram a viver em Nova Esperança, com aquele que seria o primeiro e único filho do casal, porque a maternidade não era uma atividade que interessava a Rosa.

Enquanto Rosa estudava para prestar concurso para juíza estadual, Édson abriu um escritório de advocacia na cidade e, quase por acaso, descobriu uma maneira fácil de enriquecer. Foi um de seus primeiros clientes que lhe apresentou os segredos da grilagem de terras, e, tendo tantos irmãos e cunhados, logo ele conseguiu se apropriar de muitas. À medida que se tornava um advogado reconhecido na região, seus negócios aumentavam, sempre ligados à terra, numa época em que ele já vinha se apropriando de fazendas, sítios e chácaras. Os negócios cresceram e se tornaram lucrativos, e logo ele teria como sócios industriais, comerciantes e gerentes de banco, estes últimos facilitando muito a execução de hipotecas e os leilões de propriedades de devedores. Não demorou para que Rosa fosse aprovada num concurso e tomasse posse como juíza; com a ajuda de um dos sócios do marido, assim que o juiz da comarca se aposentou – também convencido a fazê-lo por outro sócio de Édson –, ela foi nomeada juíza em Nova Esperança, numa época em que a comarca tinha uma vara única e sua titular atendia, ainda, às comarcas menores da região.

Com a esposa como juíza, os negócios do Dr. Édson e da sua família cresceram, até que seus sócios não originais não eram mais necessários e se tornaram, quando muito, parceiros remunerados. Tudo isso porque a Dra. Rosa, a juíza, tinha uma maneira diferente de administrar os "seus" negócios, e não era generosa ou grata como o marido. Alguns dos ex-sócios não gostaram de ser descartados, mas quem iria comprar briga com a Dra. Rosa, a juíza da cidade? Além disso, todos os irmãos e cunhados do casal haviam se tornado parte do esquema e eram muito bem pagos e recompensados para os livrarem de qualquer problema e para afastarem seus inimigos. Com esse esquema, o casal enriqueceu rapidamente, e Dr. Édson se tornou advogado de todas as pessoas mais importantes e ricas de Nova Esperança e das cidades vizinhas. Dra. Rosa continuaria como juíza até quando resolvesse se aposentar, tendo dispensado promoção e aposentadoria no cargo de desembargadora.

Mesmo quando foram criadas novas varas nas comarcas vizinhas e Nova Esperança deixou de ter uma vara única, ela manteve a importância e a influência. Parecia que não iria se aposentar nunca e acreditava ser eterna.

Quando eles queriam uma propriedade, um imóvel ou um negócio, mandavam os amigos criarem dificuldades financeiras para o dono. Se o proprietário era um comerciante ou empresário, eles criavam problemas com os fornecedores, afastavam os clientes e pagavam os contadores para não recolherem impostos ou não pagarem as contas. Os bancos ofereciam crédito aos que ficavam em dificuldades e tomavam seus bens como garantia. Quando a vítima não conseguia pagar os empréstimos, os bancos executavam as garantias, e os bens eram vendidos em leilão judicial. Os leilões eram sempre armados, e os clientes do Dr. Édson não existiam, eram todos laranjas, normalmente seus irmãos, cunhados e até mesmo sobrinhos. Tudo era adquirido por um valor muito abaixo do preço de mercado, e foi assim que os pais de Rodolfo ficaram cada vez mais ricos e poderosos.

Suzana continuava a contar enquanto roía as unhas:

– Era com esse esquema que eles planejavam ficar com a casa que seu pai acabou comprando para vocês morarem. Aquele leilão, como todos os outros, era armado, mas aí seu pai apareceu e acabou ficando com a casa... – Suzana respirou fundo, fez uma pausa para tirar um pedaço de esmalte da boca, e prosseguiu: – A partir daquele dia, eles passaram a considerar seu pai um inimigo. Pensavam que seu pai tinha descoberto o esquema deles e que queria se aproveitar do esquema sem lhes dar a parte deles.

– Meu pai nunca soube de nada disso. Ele quis comprar a casa porque achou que seria bom para minha mãe, para nós, e pagou o valor de mercado porque meu pai era justo.

– Eu sei, eu sei... Seu pai era um homem honesto, e a sua mãe...
– Ela teve que parar e respirar fundo antes de continuar. – Eu amava muito a Dona Edith.

Ficaram em silêncio, Farias lembrando-se dos pais e Suzana sentindo muita falta do abraço carinhoso de Dona Edith.

– Eles fizeram alguma coisa contra meu pai? – ele perguntou, e Suzana demorou a assentir. – O que eles fizeram?

– O incêndio da concessionária não foi um acidente. Foi proposital.

– Criminoso?

– Eles pagaram alguém para colocar fogo na concessionária do seu pai.

– Quem?

– Isso eu não sei... – Ela o encarou, tentando avaliar se podia lhe contar mais. – Mas sei que o contador do seu pai não pagou o seguro de propósito. Foi tudo armado para acabar com o seu pai.

Farias sentiu o sangue sumir do rosto, e Suzana viu como ele estava pálido. Apesar de sentir o sangue gelar, antes de parecer sumir do corpo, Farias sentiu o coração acelerar, a cabeça rodar, ficou tonto e pensou que ia desmaiar. Suzana perguntou se ele estava bem, ele disse que sim, e ela terminou de tirar o esmalte das unhas, o que começara a fazer apenas para aliviar o nervosismo.

Ele não esperou que ela lhe contasse o resto da história. O resto ele sabia: o pai perdera tudo, não conseguira emprego em nenhum lugar – certamente porque Dr. Édson e Dra. Rosa tinham proibido os amigos de contratá-lo –, começou a beber como o seu próprio pai e se viciou – a genética às vezes é implacável –, até que dormiu bêbado, com um cigarro aceso na mão, e colocou fogo na casa e em si mesmo. Dali para a frente, ele e a mãe tiveram que se separar, ela descobriu que estava muito doente e era muito tarde para se curar. Ela morreu, ele ficou duplamente órfão, perdeu a bolsa do colégio dos padres, não conseguiu se matricular no colégio estadual – será que o diretor lhe negou a vaga por ordem dos pais de Rodolfo? –, resolveu ir morar com o tio na capital, e Suzana não foi com ele. Nunca mais foi feliz, nunca mais nada deu certo na sua vida, e mesmo ali, sentado ao lado dela, a quem ele pensara que amaria para sempre, se sentia vazio, incompleto, inútil e impotente.

– Como você sabe disso tudo? – ele finalmente conseguiu perguntar.

Ela parou de roer as unhas e deu um longo suspiro. Não era nada de que se orgulhasse, mas iria lhe contar mesmo assim.

– Um tempo depois que você foi embora – na verdade, ela deveria ter dito "logo depois" que ele tinha ido embora –, comecei a namorar um cara chamado Paulo. O pai dele tinha sido gerente de banco em Nova Esperança e sabia do esquema dos pais do Rodolfo. Na verdade, tenho certeza de que ele fez parte do esquema e lucrou com os golpes. Terminei com o Paulo para começar a namorar Rodolfo, e ele não se conformou. Como sabia que eu gostava muito da sua mãe, me contou tudo, porque achou que, se eu soubesse, não ficaria com Rodolfo.

– Realmente, o normal seria que você não tivesse ficado com ele...

– Você não pode me criticar, nem me julgar! – disse, quase gritando. – Eu fui pobre a vida toda, fui dada para adoção pela minha mãe, junto das minhas irmãs! Nunca tive nada só meu! Nunca tive nada de valor...

– Bobagem, Suzana! Você nunca foi pobre!

– Isso não interessa! Eu não queria acabar como a sua mãe, largada num dispensário, sem nenhum recurso...

– Eu não admito que você fale assim da minha mãe! – ele gritou, levantando-se num pulo.

– Eu a amava tanto quanto você!

– Eu não sei se acredito nisso, e quer saber? Não me interessa! Minha mãe está morta e não posso ajudá-la, nem você pode. Mas posso tentar prender o assassino que matou aquelas jovens e tirou um pouco da vida das mães delas. – Suzana deu de ombros. – Você vai me ajudar a investigar o seu marido gay, o filho dos seus sogros corruptos?

– Já disse que não! Ele não tem nada a ver com isso, nem com as falcatruas dos pais...

– Então, você que fique com ele... com eles, porque vocês bem que se merecem!

Farias virou as costas para Suzana e foi para a subdelegacia fazer a inspeção semanal. Assim que terminasse, iria embora dali. Por ele, Suzana podia ficar sentada naquele banco de praça pelo resto da vida, mas ele sabia que ela iria se levantar e que a sombra dela continuaria a encobrir sua vida por muito tempo, talvez para sempre.

19

Era sexta-feira à tarde, e, desde que Farias deixara Suzana sentada no banco da praça de Vila Bela, eles não se viram, nem se falaram mais. Por acaso, Eduardo o convidou para almoçar, como se soubesse que ele estava se sentindo sozinho e precisava conversar. Encontraram-se no escritório de Eduardo e almoçaram num pequeno restaurante próximo, com comida honesta e preço justo. Eduardo fez questão de pagar o almoço do amigo, porque o convidara, mas, como ele não fazia parte do grupo dos advogados ricos, com clientes ricos – muito pelo contrário, poucos de seus clientes podiam realmente lhe pagar –, então o restaurante escolhido tinha que ser acessível. Não que Farias se importasse com isso. Não era esnobe e talvez sua situação financeira fosse igual ou pior que a do amigo, mas o que importava mesmo era que ali a comida era boa e que podia conversar com Eduardo com tranquilidade.

Farias começou contando que encontrara Suzana em Vila Bela, depois contou o que os dois conversaram e que ela não quis ajudá-lo a investigar Rodolfo.

– Isso já era de se esperar – foi tudo o que Eduardo comentou.

Farias continuou e lhe contou o que Suzana falara a respeito dos sogros, de como eles enriqueceram usando um esquema de fraudes e de tráfico de influência e que muito provavelmente haviam prejudicado seu pai e destruído sua família.

— Não tenho certeza de nada disso, mas é bem possível — Eduardo comentou. — Como advogado, já ouvi muitas histórias a respeito daqueles dois e da quadrilha que formaram com os parentes. Conheço muita gente que perdeu terras, imóveis e muitos bens para eles.

— Então você acha possível que eles realmente tenham prejudicado meu pai?

— Sim, acho que é até muito provável.

Ficaram em silêncio. Farias tinha o olhar vazio, mas a cabeça cheia, sem saber exatamente o que fazer ou no que pensar, enquanto Eduardo também procurava alguma coisa para dizer, a coisa certa para confortar o amigo. Não encontrou nada.

— Não interessa — Farias disse, finalmente. — Não que eu não me importe, mas não há nada que eu possa fazer.

— Não pense em se vingar — recomendou ao amigo.

— Não acredito em vingança, Eduardo. Pode parecer bobagem, mas acredito em justiça.

— Faz bem...

— E no destino... — Eduardo sorriu, porque ele certamente acreditava mais no destino do que o amigo, porque ele, muitas vezes, podia ver adiante e podia ver o destino de determinadas pessoas. — Algumas pessoas são predestinadas, e nada pode afastá-las do seu destino.

— Você é predestinado a fazer justiça.

— Você acha mesmo?

— Eu sei — disse, com um sorriso.

— Eu preciso descobrir quem matou aquelas jovens. Se é que todas estão mortas.

— Sim, estão — Eduardo afirmou, e Farias não perguntou como ele sabia, porque tinha certeza de que o amigo sabia.

— Preciso descobrir o assassino, meu prazo está acabando, e daqui a pouco o delegado vai mandar arquivar o caso, vou ter que voltar a fazer plantões, e ninguém nunca vai fazer justiça para aquelas moças e suas famílias.

* * *

Depois do almoço, Farias voltou para a delegacia, mas antes passou no IML para ver Gabriela. Ele a encontrou na sala dela. Gabriela ficou feliz em vê-lo, e ele também ficou feliz em encontrá-la, até mais do que esperava.

– Olá, queridão! – disse-lhe com um enorme sorriso. – Veio para uma consulta?

– Ainda não... – Farias sorriu. – Tudo bem com você?

– Sim. E com você?

– Estou bem, eu acho. – Sentou-se na cadeira em frente à mesa dela. – Não quero falar de trabalho.

– Ok.

– Vim fazer um convite.

– Ok.

– Quer jantar comigo hoje? – perguntou, e soube que ela aceitaria, porque ela sorriu abertamente, sem procurar esconder que gostara do convite.

– Claro! – disse, ainda sorrindo. – Mas só se for na minha casa.

– Não quero lhe dar trabalho... Podemos ir a um restaurante.

– Me deixa cozinhar pra você?

Ele sorriu e assentiu.

– Do que você gosta?

– Praticamente de tudo...

– Mais fácil. Então, deixa comigo!

– Que horas?

– Oito?

– Ótimo!

– Sabe onde eu moro?

– Claro – ele riu. – Se não soubesse, que espécie de policial eu seria?

Ela riu, eles se despediram, Farias foi embora e Gabriela ficou pensando no que fazer para o jantar, cheia de planos.

* * *

Às oito horas em ponto, ele tocou a campainha do apartamento dela. Não foi surpresa, porque o porteiro já havia avisado que ele tinha chegado, e ela autorizou que subisse. Deu tempo para ir ao banheiro ajeitar o cabelo para que desse a impressão de naturalmente despenteado, e borrifar um pouquinho mais de perfume. Não fazia o estilo exuberante, mas era bonita.

Ela abriu a porta e viu Farias segurando uma garrafa de vinho numa das mãos e flores na outra. Ela gostou do que viu: um cavalheiro. Ele gostou do que viu: uma mulher muito bonita, naturalmente bonita, surpreendentemente bonita e perfumada.

– Obrigada pelas flores! – disse, depois de abrir a porta e tirar o buquê das mãos dele.

Cumprimentaram-se com beijos no rosto.

– Bem, acho que estou no apartamento errado... É aqui que mora a Gabriela?

Ela o puxou para dentro e fechou a porta, rindo.

– Vou considerar um elogio – disse, procurando um jarro para as flores. – E, daquela porta para dentro, pode me chamar de Gabi. Eu prefiro. – Ele sorriu. – Entre e fique à vontade.

Ela achou um jarro para as flores, e ele deixou o vinho sobre a mesa e sentou-se no sofá. Deu uma olhada em volta e gostou do que viu. Não que entendesse de decoração – pensou, e imediatamente se lembrou de Suzana –, mas era tudo claro, organizado e limpo. Achava que chamavam esse estilo de "clean". A própria Gabriela fazia um estilo "clean", ele pensou, já que vestia uma calça jeans, uma blusa de malha de alça, e estava descalça. Seus pés eram branquinhos e delicados, ele pensou. Ela veio para a pequena sala, colocou uma música para ouvirem – não perguntou o que ele queria ouvir, escolheu Sade, e ele gostou – e se sentou ao lado dele. Conversaram um pouco antes do jantar. Lá pelas nove horas, sentaram-se para jantar e comeram a massa que ela havia preparado, merecedora de elogios. Ela disse que o vinho que ele trouxera combinava, e eles terminaram a garrafa já sentados no sofá e de volta a conversar.

Farias lhe falou um pouco da sua vida na capital, e ela lhe contou que era nascida em Nova Esperança, morara na capital quando foi estudar medicina e voltara para a cidade quando passou no concurso para a polícia, como perita legista. Seus pais eram filhos de italianos. E não tinha nada a ver com os suíços e alemães de Nova Esperança.

Conversaram mais, se aproximaram no pequeno sofá, até que ficou difícil escolherem sobre o que falar, as palavras faltaram. Gabriela tirou os óculos – e ele reparou, pela primeira vez, que ela tinha olhos grandes e bem azuis, que estavam brilhando encantadoramente, talvez pela bebida, talvez por ele – e o beijou. Ele gostou do sabor do beijo dela. Gostou porque foi um beijo carinhoso, quase refrescante, que o levou para um lugar tranquilo. Ela o beijou novamente, dessa vez com o corpo mais perto do corpo dele, e ele pôde sentir seu calor, que era acolhedor, algo que lhe dava conforto. Ela o beijou mais uma vez, e dessa vez ele a puxou e a abraçou com um pouco mais de força, e sentiu como ela era leve, macia, frágil. Terminaram aquele beijo e ela ficou olhando para ele com seus grandes olhos brilhantemente azuis. Para ele, parecia que ela toda irradiava uma luz quente, acolhedora, reconfortante. Ela se levantou e o puxou pela mão para que ele se levantasse e a acompanhasse.

– Você tem certeza? – Sem saber por que ele perguntou, e logo se arrependeu, porque queria muito o que estava para acontecer.

Ela apenas fez que sim, o beijou mais uma vez e o levou para seu quarto.

Na manhã seguinte, ele acordou antes dela, mas ficou deitado ao seu lado. Ela dormia abraçada a ele e continuava leve, acolhedora, reconfortante e tranquila, enquanto seus seios subiam e desciam conforme sua respiração suave e ritmada. Farias achou que todas as sensações que tivera na véspera, desde que ela o beijara pela primeira vez, seriam efeito do vinho, mas agora sabia que não. O sexo com ela fora diferente de tudo o que ele já experimentara, e parecia simplesmente incrível que, para um homem da sua idade, ainda pudesse haver alguma novidade em relação a sexo. Foi leve, foi suave, foi reconfortante, e o levou a um lugar de paz, com uma satisfação que ele nunca sentira antes. Só então ele pensou que, talvez, na realidade, eles tivessem feito amor, e não simplesmente sexo. Era impossível não comparar o que ele e Gabriela tiveram com o que ele e Suzana costumavam ter, mas o que parecia mais improvável e surpreendente, para ele, era que Gabriela o fizera se sentir muito melhor. Ela não competiu com ele, nem ele com ela, eles simplesmente se completaram. Parecia que eram duas peças de quebra-cabeça que se encaixavam perfeitamente, não só fisicamente, mas também em relação à imagem e às cores que cada um carregava dentro de si. Havia um vazio no peito dele que ela completou. Havia um abismo em sua alma que ela preencheu. Isso não era surpreendente? Será que ela se sentira como ele? Ele queria que sim. Queria muito poder completá-la, no corpo e na alma.

Farias resolveu que era cedo para se levantar, puxou Gabriela mais para perto de si e adormeceu novamente. Acordou com o cheiro gostoso de café fresco e lembrou-se do tempo em que sua mãe ainda era viva e o acordava com uma xícara matinal. Vestiu a calça, mas ficou sem camisa e descalço, e foi até a cozinha, onde encontrou Gabi com uma camisola curta de malha, que a luz que entrava pela janela deixava transparente e fazia com que ela parecesse uma sombra, e não uma mulher de carne e osso.

– Bom dia! – disse, e sentou-se na cadeira do balcão da cozinha, olhando diretamente para ela.

Ela sorriu, respondeu o cumprimento e lhe deu uma xícara de café, que ele aceitou, cheirando antes de beber. Ela também segurava uma xícara, e os dois beberam enquanto se olhavam em silêncio.

– O que aconteceu ontem faz de nós o quê? – ele perguntou, e ela considerou a pergunta por um tempo, antes de responder.

– Amantes... – disse, com simplicidade. – Ou o que quisermos. O que você quer fazer com o que aconteceu ontem?

– Não sei... – ele disse, e tomou um grande gole do café. – Mas não quero perder o que aconteceu ontem – disse, e ela sorriu. – Quero que o que aconteceu ontem se repita.

– Então, não tem jeito... – ela sorriu, e ele ficou apreensivo, sem entender o que ela queria dizer.

– Como assim?

– Você vai ter que pedir para me namorar – ela falou, e ele deu uma gargalhada.

– Você quer me namorar? – perguntou.

– Não, não... não é assim!

– Não?

– Não. Você vai ter que pedir para o meu pai!

– Mesmo que seja só para namorar?

– Sim, se quiser um namoro "com benefícios"...

– Entendi. E como faço para falar com seu pai.

– Ora, é fácil. Vamos marcar de ir até a casa dos meus pais.

– Combinado – disse, rindo. – E você acha que ele vai deixar que eu namore você?

– Não sei... Você vai ter que convencê-lo de que serve para mim. Mas vou ajudar.

– E o fato de que sou bem mais velho do que você?

– Não vai atrapalhar... meu pai é treze anos mais velho que a minha mãe, e você, pelo que sei, é só doze anos mais velho que eu.

– E como você sabe disso?

– Não é só você que é da polícia, não é mesmo?

Naquele momento, Farias achou que ela era a mulher mais adorável do mundo e a desejou muito. Ele terminou de beber o café, tirou a xícara da mão dela, pegou-a no colo – ela era mesmo leve! – e carregou-a de volta para o quarto, onde eles se amaram mais e mais, com muita calma, durante toda a manhã.

* * *

Eles conseguiram passar o sábado e o domingo sossegados, sem qualquer preocupação que viesse de fora do mundo, das suas vidas além daquele apartamento. No sábado, não saíram para almoçar e comeram no apartamento algo que ela preparou rapidamente, que cheirava muito bem e que ficou muito saboroso. Ela realmente sabia cozinhar bem. Não saíram para a rua, porque a garoa fina e tradicional de Nova Esperança dominara o dia. Assistiram a filmes, ouviram música e jantaram pizza. À noite, se amaram muitas vezes mais e dormiram abraçados. Farias dormiu um sono pesado, mas tranquilo, como havia muito tempo não dormia, e no domingo acordou depois dela, novamente sentindo o cheiro do café que ela passara e com as reminiscências de sua infância na casa dos pais. Gabriela e seu apartamento tinham perfumes e cheiros que o faziam viajar de volta no tempo, para uma vida e uma época em que ele fora feliz, e o faziam acreditar que a felicidade ainda existia, ao menos como possibilidade. "Aproveite, aproveite", ele dizia para si mesmo, "porque a felicidade não está na chegada, está no caminho", como alguém já dissera.

Naquele mesmo domingo, a garoa resolveu deixar Nova Esperança e o sol reapareceu, a princípio fraco e tímido, mas se tornando mais forte e onipresente à medida que as horas passavam e as pessoas iam para as ruas e praças. Gabriela e Farias deixaram o apartamento e foram passear na grande praça da cidade, cercada por muitos eucaliptos e canteiros de hortênsias, e apinhada de gente e de crianças barulhentas, felizes apenas por serem crianças num domingo de sol. Gabi caminhava um pouco distante dele, como se tivesse receio de que fossem vistos juntos, mas Farias a puxou para si e a abraçou com força. Ela o olhou como quem pergunta se estava tudo bem, se ele tinha certeza de que podiam caminhar assim, tão juntos, como namorados, e ele a beijou rapidamente.

– Somos namorados! – Apertou-a mais no seu abraço, e ela sorriu.

– E o trabalho?

– Tecnicamente, não trabalhamos no mesmo lugar – ele disse, e continuaram a caminhar abraçados.

Almoçaram comida caseira num restaurante pequeno e próximo ao apartamento dela. Ela voltou para o apartamento enquanto ele foi em casa buscar algumas roupas limpas. Mais tarde, ele voltou para o apartamento dela para passarem o resto do domingo juntos, como se o mundo lá fora não importasse. Mas importava.

Mesmo não querendo, acabaram falando do caso das jovens. Agora Farias tinha certeza de que estavam mortas, porque Eduardo lhe dissera, e, mesmo que os corpos nunca fossem encontrados, Eduardo sabia. Ele também contou que conversara com Suzana, não mencionou as circunstâncias do encontro, e que ela se negara a ajudá-lo a investigar o marido.

– Não sei como vou poder continuar com a investigação.

– Fale com o Dr. Oliveira.

Dr. Oliveira era o delegado, e a ideia de ter que revelar a ele os detalhes e descobertas da investigação não lhe agradava, apesar de saber que isso seria inevitável e que, mais cedo ou mais tarde, teria que fazê-lo.

– Não confio nele.

– Mas vai ter que confiar – Gabriela insistiu. – E ele não é má pessoa.

– Ele vai querer brigar com os "poderosos"?

– Ele não é corrupto, se é nisso que você está pensando – afirmou com convicção. – Gosta de uma facilidade aqui, outra ali, um jantar, um almoço, mas não passa disso. Ele é um bom policial.

– Como você pode ter tanta certeza?

– Ele é amigo de infância do meu pai. A gente se conhece desde sempre. Sei do que estou falando.

Farias não estava convencido, mas sabia que não tinha outra alternativa. Ele também falou para Gabriela o que Suzana lhe contara sobre os sogros e como eles tinham prejudicado seus pais. Gabriela não duvidou que fosse verdade. Qualquer pessoa nascida e criada em Nova Esperança, ou mesmo que morasse ali há mais tempo, não duvidaria do que aquele casal era capaz.

Gabriela aproveitou que ele mencionara o nome de Suzana na conversa para lhe dizer, calmamente, sem qualquer agressividade:

– Não quero saber o que você teve ou tem com Suzana, não me importa. Mas, se quer mesmo ficar comigo, por favor, acabe o que quer que tenha com ela.

Ele concordou, e ela completou:

– Se a gente não puder ficar junto, prefiro saber logo...

– Vou resolver minhas pendências com ela. – E isso foi o mais perto que ele chegou de admitir que tinha "algo" a resolver com Suzana.

Ainda que não quisessem, tinham que se importar com o mundo lá fora, com suas vidas e seus pequenos problemas para além das paredes do apartamento de Gabriela.

20

Na manhã de segunda-feira, ainda bem cedo, Farias deixou o apartamento de Gabriela pensando nos assuntos urgentes que tinha para resolver: fazer o relatório da investigação para o delegado e terminar seu caso com Suzana, ainda que não necessariamente nessa ordem. Estava totalmente convencido de que essas duas providências eram necessárias, urgentes e indispensáveis. Quando se encontrasse novamente com Gabi, queria poder dizer que estava livre para que pudessem ficar juntos, que não tinha pendências, que não havia pontas soltas. Além disso, queria conversar com o delegado o quanto antes, porque precisava dividir a responsabilidade pelo caso, que se tornara grande demais para que ele conduzisse sozinho. Esses pensamentos não paravam de martelar na sua cabeça, nem mesmo quando ele chegou à delegacia. A primeira coisa que pensou foi em pedir para falar com o delegado, mas ainda era cedo, e Dr. Oliveira costumava chegar mais tarde. Resolveu telefonar para Suzana, para marcarem um encontro a fim de conversarem. No mesmo instante em que tirou o celular do bolso da jaqueta, seu telefone tocou:

— Gil? — Só duas mulheres o chamavam de Gil, Suzana e a viúva de seu tio, Eliana. — Oi! Tudo bem?

— Oi, Eli! Tudo bem? — Ele imediatamente reconheceu a voz de Eliana e ficou preocupado, porque ela quase nunca ligava para ele. — Você está bem? Os meninos estão bem?

– Sim, estamos bem. Está tudo bem.
– Que bom! Fico mais tranquilo.
– Na verdade, estou ligando porque preciso de um favor seu.
– Pode dizer.
– Estou alugando um apartamento novo, mais perto do colégio dos meninos, e, você sabe, precisa de fiador, e eu queria saber se você pode ser meu fiador.
– Claro que posso!
– Você topa ser meu fiador?
– Lógico! Sem problemas... Preciso ir aí assinar o contrato?
– Na verdade, posso lhe mandar o contrato por correio para você assinar, e depois você me manda de volta, mas eles só vão liberar o apartamento para eu me mudar quando o contrato estiver assinado...
– Então vou até aí assinar.
– Você pode fazer isso? Poxa, ia ser muito bom resolver isso logo.
– Sem problema. Aproveito e vejo você e os meninos. Estão grandes, né?
– Enormes...
– Pode ser nesta quarta?
– Quarta está ótimo!
– Então está combinado. Chego aí na quarta, ok?
– Muito obrigada! Você vai me quebrar um galhão!
– Eli, não tem do que agradecer. Somos família.
– Obrigada! Até quarta, então!
– Até! Beijos.
– Beijos.

Depois do telefonema de Eliana, ele passou a ter três prioridades: conversar com o delegado, terminar com Suzana e antecipar sua ida até Vila Bela, para a inspeção semanal da subdelegacia, para poder viajar até a capital. Ligou para Suzana, mas ela não atendeu. Resolveu que ligaria mais tarde. Ligou para a sala do delegado, e ele já havia chegado. Disse que precisava falar com ele sobre a investigação, e o delegado pediu para que ele subisse em dez ou quinze minutos, que ele o estaria esperando. Antes de subir, ligou para Suzana mais uma vez e novamente não conseguiu falar com ela. Decidiu que passaria na loja na hora do almoço e foi para a reunião com o delegado.

A reunião com o Dr. Oliveira começou num clima de animosidade, porque o delegado não gostava dos policiais da capital, e, para ele, Farias sempre seria um policial da capital. Mas Farias confiou na opinião de Gabriela a respeito dele e lhe contou tudo o que havia descoberto. O delegado ouviu com muita atenção e poucas interrupções. Ao final, perguntou se Farias havia compartilhado aquelas informações com mais alguém na delegacia, e ele respondeu que não, que apenas Gabriela sabia.

– A Gabi é filha de um grande amigo meu, amigo de infância – o delegado confirmou o que ela dissera a Farias. – Gosto dela como se fosse uma filha. Eu a vi crescer – disse com um sorriso paternal, e Farias ficou mais tranquilo ao saber que o delegado gostava dela. – Não fale com mais ninguém sobre o que você já descobriu. – Era mais um pedido do que uma ordem. – Precisamos pensar e agir com cautela. – Farias concordou em silêncio. – Os pais do Dr. Rodolfo são ricos e poderosos.

– A gente precisava fazer uma busca e apreensão na clínica e outra na casa do Dr. Rodolfo.

– Para isso, vamos precisar de uma ordem judicial, e temos que ter cuidado, porque a Dra. Rosa ainda é juíza aqui na cidade. Precisamos de alguém que possa nos ajudar. Há alguém na clínica ou na casa dele que possa nos ajudar a procurar provas do envolvimento dele com essas moças?

Farias achou melhor contar ao delegado que tinha pedido ajuda a Suzana, mas que ela tinha se recusado a ajudá-lo.

– Você acha que pode confiar nela? Será que ela vai contar a ele que você pediu ajuda?

Farias gostaria de poder dizer que confiava nela, mas não confiava mais. Não acreditava que contaria para o marido, mas não tinha certeza. Foi isso que, com sinceridade, ele respondeu ao delegado.

– Afaste-se dela – o delegado recomendou.

– Já ia fazer isso mesmo, por outros motivos.

– Vou pensar no que fazer. Vou conversar com a Dra. Elisa sobre os mandados de busca e apreensão. – Dra. Elisa era uma das juízas criminais de Nova Esperança. – Ela é confiável. Vamos ver o que ela diz.

Farias aproveitou a reunião para informar que precisava tratar de uma questão de família na capital e precisaria antecipar a inspeção na subdelegacia de Vila Bela para o dia seguinte. Dr. Oliveira disse que, por ele, estava tudo bem, e se despediram.

Farias voltou para a sua sala no andar térreo da delegacia satisfeito com a conversa que tivera com o delegado e pensou em ligar novamente para Suzana. Ligou, porém, mais uma vez, ela não atendeu, e ele se convenceu de que, na verdade, ela não queria falar com ele. O telefone dela não tinha caixa postal, mas ele enviou uma mensagem avisando que passaria na loja, na hora do almoço, porque precisava "muito" – assim mesmo, com ênfase – falar com ela. Aparentemente, ela recebeu a mensagem e ignorou o recado. Ele saiu um pouco antes da hora do almoço, para passar no IML e ver Gabi. Queria lhe contar que já havia conversado com o delegado e que a conversa tinha sido boa. Estava animado e mais leve depois que dividira a responsabilidade das investigações com o Dr. Oliveira. Ele e Gabriela se encontraram quando ela já saía do prédio para ir almoçar com alguns colegas. Não se beijaram, porque os dois concordavam que ainda não convinha que seus colegas soubessem que estavam juntos, mas o sorriso dela foi tão espontâneo e tão carinhoso quanto um beijo. Trocaram algumas palavras rapidamente, o suficiente para ele lhe dizer que falara com o delegado e que tinha gostado da conversa. Começou a explicar que tentara falar com Suzana, mas ela o interrompeu.

– Passa lá em casa de noite e a gente conversa – disse, piscou o olho para ele e se despediu com um sorriso.

Mesmo antes de ir almoçar, ele resolveu passar na loja de Suzana, mas não a encontrou lá. As vendedoras lhe disseram que a patroa não iria à loja naquele dia. Tinha avisado que não estava se sentindo bem. Ele não acreditou que ela não estivesse na loja, provavelmente estava escondida na sua sala, no depósito ou no mezanino, mas acatou a resposta e foi almoçar. Pensou em convidar Eduardo, mas decidiu ficar só, para colocar os pensamentos no lugar.

À tarde, na delegacia, ajudou alguns colegas com os inquéritos e investigações que eles conduziam, já que ele mesmo só estava com o caso da jovem assassinada e alguns casos "frios" para rever e achar pistas dentro dos próprios arquivos, o que sempre era muito improvável que acontecesse. Tentou mais uma vez falar com Suzana, mas ela não atendeu. Se fosse uma semana antes, ele ficaria preocupado com ela, mas agora sabia que não havia nada com o que se preocupar e que ela simplesmente não queria falar com ele, por isso não atendia suas ligações.

Antes de ir se encontrar com Gabi, passou em casa, tomou banho e se trocou. Jantou com ela no apartamento e lhe contou sobre a conversa que havia tido com o delegado. Disse que tentou falar com Suzana durante todo o dia, mas não conseguira, e ela disse que não tinha problema e pareceu não dar importância. Sua reação significava que ela ainda podia esperar. Dormiram juntos, e ele se despediu dela na manhã seguinte, bem cedo, porque precisava ir a Vila Bela e, de lá, direto para a capital, uma viagem de quase cinco horas. Só se veriam novamente na quinta à noite ou mesmo na sexta pela manhã, quando ele estaria de volta a Nova Esperança.

Chegou a Vila Bela quando a subdelegacia já estava aberta. Como avisara que iria fazer a inspeção semanal na terça, e não na quinta, os colegas não ficaram surpresos ao vê-lo e não pensaram que ele estava querendo dar uma "incerta". De certa forma, ficaram até aliviados em saber que estava tudo bem, porque na semana anterior ele não fizera a inspeção. Foi tudo rápido e tranquilo, mais burocracia do que qualquer outra coisa. Farias queria sair de Vila Bela antes do meio-dia e, para isso, não poderia nem mesmo almoçar por lá, mas, ainda assim, precisava falar com o amigo, o Padre Joaquim.

Encontrou o amigo preparando-se para a missa do meio-dia, mas puderam conversar com certa tranquilidade. O padre o escutava como se ouvisse uma confissão, e Farias lhe contava tudo que se passara entre ele e Suzana, desde a última vez que o encontraram na casa paroquial. Também contou, repetindo mais uma vez, o que ela lhe falara sobre os sogros e como eles teriam prejudicado sua família propositalmente.

– Não são boas pessoas – foi tudo o que o padre disse, interrompendo o clima de confissão. – Conheço os parentes deles que moram aqui pela região. Não são bons cristãos.

– Sei que é lhe pedir muito, meu amigo, mas se importa de dar um recado para Suzana?

– Claro que não! A maior parte da minha vida se resume a passar os recados dos fiéis para Deus... – disse, em tom de brincadeira, e sorriu. – Pode falar!

– Por favor, diga a ela que não vou me encontrar com ela na quinta-feira. Tenho tentado falar com ela, mas ela não me atende.

– Pode deixar que falo com ela, se ela aparecer por aqui.

– Vou terminar esse caso com ela. Não quero mais continuar...

– Faz bem, meu amigo, faz bem. Não é certo. Vocês vivem em pecado, e eu também, por ajudá-los.

– Nunca lhe perguntei, mas por que sempre nos ajudou?

– Por quê? – Ele sorriu antes de responder. – Porque eu não julgo ninguém, acredito no amor e sempre acreditei que vocês se amavam. – E, no final, não era verdade, Farias pensou.

– Obrigado por tudo. – Farias levantou-se e se despediu do padre com um aperto de mão e um forte abraço.

– Vá em paz, não peque mais, e que o Senhor o acompanhe... – disse, e continuou a se vestir para a missa.

***

Farias almoçou na estrada e acabou demorando mais do que esperava, chegando à capital bem na hora do rush, quando o trânsito estava mais engarrafado. Tinha se esquecido de como o trânsito da capital podia ser cruelmente caótico e demorado. Foi para o hotel que havia reservado, um hotel simples, na zona sul da cidade, porque preferia não passar a noite na casa de Eliana. Ela era uma mulher viúva que morava sozinha com os filhos pequenos, e ele não queria ser inconveniente, muito menos dar trabalho, porque tinha certeza de que ela iria querer lhe oferecer um jantar caprichado. Enfim, não queria atrapalhar a rotina da casa e, além disso, queria rever a praia. Planejou passar no hotel, tomar um banho, trocar de roupa e sair para comer uma pizza ou mesmo jantar num dos restaurantes da orla, num daqueles para turista, que, agora, era exatamente como ele se sentia na cidade onde nascera.

Antes de sair, ligou para Eliana apenas para avisar que já estava na cidade e combinar o encontro com ela no dia seguinte. Ela insistiu que ele ficasse no apartamento dela, mas ele explicou que já estava num hotel. Tentou mais uma vez o telefone de Suzana e mais uma vez não teve retorno. Se ela continuasse a evitá-lo, teria que confrontá-la na loja ou mesmo na casa dela. Paciência. Por fim, ligou para Gabriela, que atendeu, e o telefonema demorou mais do que ele esperava, mas a conversa foi tão boa que ele aproveitou cada minuto e cada palavra. Ele se esquecera de como era bom ter uma namorada e como era bom namorar, mesmo que – ou ainda mais – por telefone. Antes de desligar, ela recomendou que ele tivesse cuidado e que não se engraçasse com nenhuma "periguete" da capital. Farias riu, se despediu e saiu para jantar. Aproveitou e matou um pouco da saudade do mar, ainda que o visse de longe e à noite, e da agitação da orla. Gostava daquele cheiro de maresia, que se misturava com o odor do escapamento dos carros e ônibus.

No dia seguinte, passou no apartamento de Eliana, para se encontrar com ela. Os meninos tinham crescido bastante e gostaram de ver o "tio" Gil. Ele e Eli foram até a imobiliária e assinaram as fichas de cadastro de crédito e o contrato. Assim que ele fosse aprovado como fiador, Eliana poderia pegar as chaves e se mudar. Saíram da imobiliária, e Eliana quis que ele passasse pelo prédio "novo", para ver como era perto do colégio dos meninos.

De volta ao apartamento dela, ele jogou videogame com os garotos, que estavam de férias, enquanto Eliana preparava o almoço. Almoçaram, descansaram um pouco, o que era muito difícil para os meninos, e gastaram o resto da tarde jogando futebol na quadra do prédio com as outras crianças, também de férias. Antes de ir embora, ele pediu para tomar um banho, e Eliana lhe entregou uma toalha felpuda, com um perfume suave de amaciante de roupas. Eliana só o deixou ir embora depois que ele lanchou com ela e os meninos e alguns dos seus amigos do prédio que tinham jogado futebol com eles. Já passava das sete horas quando ele se despediu, prometendo voltar, e fez Eliana jurar que o avisaria se precisasse de mais alguma coisa.

Antes de começar a viagem de volta a Nova Esperança, que deveria demorar pouco mais de três horas, ligou e avisou a Gabriela que estava voltando. Ela desejou boa viagem, e ele ficou feliz de ter alguém para quem ligar e ouvir a voz. Teve que enfrentar muito engarrafamento enquanto saía da capital e também nas cidades por onde a estrada cruzava, e calculou que chegaria mais tarde do que previra. Mas estava feliz por ter ajudado Eliana e os "sobrinhos", e feliz porque iria reencontrar Gabi.

Eram nove e meia da noite e ainda faltava muito para chegar a Nova Esperança, quando seu celular tocou e ele viu que era uma chamada de Suzana. Não atendeu, porque não quis parar de dirigir, e a ligação foi encerrada. Tantos momentos para ligar, e ela tinha que ligar logo quando ele estava dirigindo? Ela tornou a ligar, e ele novamente não atendeu. Da terceira vez que ela ligou, ele parou o carro no acostamento e finalmente atendeu.

– Alô... – começou a dizer, mas, do outro lado da linha, ela falava afobadamente e parecia que não o ouvia.

– Socorro! Socorro, Gil! Socorro! – ela estava nervosa, mas falava baixo, abafando a voz como se não quisesse que alguém a ouvisse.

– O que está... – Não conseguiu terminar a pergunta, porque ela falava desesperadamente.

— Ele quer me matar! — agora ela chorava e falava com dificuldade. — Ele vai me matar!

— O que está acontecendo, Suzana? — ele gritou, para que ela o ouvisse.

— O Rodolfo me prendeu na clínica! Ele vai me matar! Você precisa me ajudar! Por favor, me ajude! — A cada segundo que passava, ela ficava mais nervosa e desesperada.

Farias ouviu passos, Suzana deu um grito e alguém desligou o aparelho, cortando a ligação. Sem perceber que a ligação tinha sido terminada, ele gritou alô algumas vezes, mas não ouviu nenhuma resposta. Ligou novamente para ela, mas ninguém atendeu. Juntou mentalmente o que ela lhe dissera: Rodolfo a prendera na clínica e iria matá-la. Ele estava longe de Nova Esperança e não poderia ajudá-la. Acalmou-se, lembrou que tinha o número do celular do delegado na memória do aparelho e ligou para ele. Por sorte, o delegado atendeu logo depois do primeiro toque. Farias explicou que Suzana tinha ligado para ele pedindo socorro, porque Rodolfo a prendera na clínica e estava ameaçando matá-la. O delegado disse que ia mandar socorro imediatamente, mas, antes de desligar, perguntou onde ele estava, e Farias respondeu. Sabia que tinha de confiar no delegado e nos seus colegas policiais de Nova Esperança, já que ele não chegaria a tempo. Iria o mais rapidamente que pudesse, mas não podia se arriscar na serra. Mesmo dirigindo acima do limite de velocidade, ainda levaria mais de quarenta minutos para chegar a Nova Esperança.

Uns vinte e poucos minutos depois de falar com o delegado, seu celular tocou, e ele viu que era o delegado que ligava de volta. Novamente, parou o carro no acostamento para atender a ligação. No local onde estava, o sinal era ruim, mas ele conseguiu ouvir o delegado dizer:

— Ela está bem... um pouco traumatizada, mas está bem. Está no hospital, e os médicos deram uns calmantes para ela. A Gabi vai fazer o exame de corpo de delito.

— E o Rodolfo?

— Ele conseguiu fugir, mas já expedimos um alerta. Parece que realmente tentou matá-la – disse. – Venha direto para o hospital quando chegar na cidade, ok?

— Positivo – disse, e desligou.

***

Levou mais uns vinte minutos até que Farias chegasse ao hospital.

— Quarto 202 – a recepcionista informou quando ele perguntou onde Suzana estava.

Já no corredor do andar, ele avistou o delegado, alguns policiais civis e militares e Gabriela, que veio quase correndo na sua direção. Ela o cumprimentou com um sorriso apreensivo.

— Oi – disse.

— Oi – ele respondeu, enquanto caminhavam lado a lado na direção do quarto.

— Preciso falar com você – ela disse, e pararam no meio do corredor.

— Diga.

— Ela foi encontrada nua, deitada numa cama de metal, com os braços e pernas presos na cama por correias. – Ela fez uma pausa, e ele gesticulou que tinha compreendido. – Aparentemente, ele raspou todos os pelos do corpo dela e ia raspar os cabelos também. Você entende o que isso quer dizer?

— Quer dizer que ele ia matá-la do mesmo modo que matou Hannah. – Gabriela fez um gesto assentindo, e voltaram a caminhar, entrando no quarto seguidos pelo delegado.

Assim que Suzana viu Farias entrar, levantou-se do sofá onde estava sentada e era interrogada pela policial Jane, correu na direção dele, abraçou-o e recomeçou a chorar convulsivamente. Vestia um roupão do hospital que deixava as costas nuas e à mostra. Assistir àquela cena foi demais para Gabriela, que entregou a prancheta com suas anotações para Luiz Carlos, seu assistente, e saiu do quarto. Farias esperou que Suzana se acalmasse, perguntou se ela estava bem, ela fez que sim, e a sentou novamente no sofá. Um médico entrou no quarto e pediu que todos saíssem, porque a paciente precisava descansar. Antes que todos se retirassem, Suzana fez questão de se despedir dele com mais um abraço, e Farias reparou que ela tinha uma parte da cabeça raspada, sem nenhum cabelo, como uma grande falha. Imaginou que devia ser por onde Rodolfo começara a raspar seu cabelo, mas não tivera tempo para terminar.

No saguão do hospital, o delegado disse a Farias que no dia seguinte pediria à juíza, Dra. Elisa, os mandados de busca e apreensão para procurarem por provas na clínica e na casa de Rodolfo. Antes que o delegado fosse embora, um policial veio avisá-lo de que o carro do Dr. Édson havia sido parado na estrada para Vila Bela, mas Dra. Rosa, que estava com ele, dera uma "carteirada", e o policial do bloqueio os liberou, mas tirou uma foto do documento dela e da placa do carro. O policial que os parou tinha certeza de que eles escondiam alguém.

— Certamente estavam com o Dr. Rodolfo — o delegado constatou em voz alta e com desânimo, se despediu de todos e se foi.

Farias ficou um pouco mais para conversar com Jane, a policial que fora uma das primeiras a chegar à clínica e que socorreu e interrogou Suzana.

— Foi estranho, sabe? — ela começou dizendo. — Parecia que o tal do médico tinha acabado de chegar. Ele parecia tão surpreso quanto a gente. Quando ele tentou fugir, parecia que não sabia onde estava, que não sabia por onde sair...

— Era mesmo ele? Vocês têm certeza?

— Ah, sim, era! Vi uma foto dele depois. Era ele, sim, mas estava muito estranho, parecia desorientado...

— De certa forma, isso é normal — disse Luiz Carlos, que também era médico. — Ele devia estar excitado e, com o nível de adrenalina alto, é possível que ele estivesse confuso mesmo.

— Não sei... Ele não parecia excitado. Parecia surpreso, assustado e, como eu disse, desorientado... — Ela fez uma pausa antes de continuar: — Enquanto os rapazes tentavam prender o médico, achei um lençol e cobri a mulher, porque ela estava totalmente nua. Foi quando reparei que ela estava sem pelos e com uma parte do cabelo raspado. Ela gritava muito. Achei que devia estar muito machucada, mas não estava, não. Depois que a cobri com o lençol, comecei a desamarrá-la da cama. Todas as correias que prendiam os braços e as pernas dela na cama eram como cintos, sabe? Tirei umas fotos com o celular – disse, e as mostrou para eles. – Todas as correias estavam bem apertadas, menos a do braço esquerdo. Vejam a foto. – Eles olharam para a tela do celular. – Viram? Precisei soltar todas as correias, menos a do braço esquerdo, porque ela livrou a mão antes que eu soltasse. Foi como se ela tivesse achado que eu já tinha soltado a correia, mas ela soltou a mão da correia sem minha ajuda. Enfim, foi tudo muito estranho.

– Mais estranho ainda, porque ela é canhota.

– E ela não parecia nervosa, sabe? – Jane continuou. – Ela parou de gritar, começou a chorar, mas não parecia estar em choque. Não parecia que tinha sido atacada...

– Nem todas as pessoas reagem do mesmo jeito – Luiz Carlos comentou.

– É, eu sei... Não sou médica, mas fui treinada para atender mulheres que sofrem violência, e as reações dela foram muito diferentes das que me ensinaram e das que já vi na carreira...

Farias agradeceu a ajuda de Jane e Luiz Carlos, eles se despediram com um boa-noite e se foram. Apenas um policial militar ficaria no hospital, vigiando o quarto de Suzana, caso o marido resolvesse vir atacá-la.

Do lado de fora, Farias encontrou Gabriela sentada num dos bancos do pequeno jardim da entrada do hospital. Ele foi até ela e sentou-se ao seu lado.

– Desculpe-me pela cena lá dentro – ela disse.

– Você não tem do que se desculpar.

– Acho melhor você... – começou a dizer, mas Farias a puxou para si e a beijou.

– O que aconteceu lá dentro não muda nada. Ainda quero pedir permissão ao seu pai para namorar você, ok? – falou, ela sorriu, e eles se beijaram novamente. Farias se levantou e a puxou pela mão. – Quer conhecer a minha casa? – perguntou, e ela concordou. – Vem, dou uma carona pra você – disse, e caminharam abraçados.

— Não pare o carro! Não pare o carro! – a juíza Rosa gritou histericamente para o marido.

Dr. Édson não respondeu, não argumentou, nem discutiu, porque não havia como não parar o carro. Havia um bloqueio policial na estrada, e um policial militar estava de pé no meio da pista, sinalizando para que parassem no acostamento.

– Por que você parou, seu imbecil? – ela gritou. Édson não respondeu e simplesmente parou o carro. Sabia que não adiantava argumentar quando a esposa estava num daqueles seus acessos de cólera. – Fique abaixado! – gritou para o filho, que estava deitado no assoalho do carro, entre os bancos dianteiros e o banco traseiro.

Dr. Édson baixou o vidro enquanto o policial se aproximava.

– Boa noite!

– Boa noite, seu guarda.

– Posso ver sua carteira e o documento do carro, por favor?

– Mas por que isso agora? – a juíza gritou para o policial, enquanto o marido lhe entregava os documentos. – Estamos com pressa!

– Desculpe, senhora – o policial disse, recolhendo os documentos –, mas temos ordens de parar os carros iguais ao de vocês.

O policial foi até a traseira do veículo para confirmar a placa. A pretexto de iluminar os documentos com o celular para poder lê-los, tirou fotos deles.

– Muito obrigado – disse, devolvendo os documentos ao motorista. – Mas vamos precisar revistar o automóvel.

– Mas que palhaçada é essa? – a juíza gritou tão alto que o policial chegou a se assustar.

– São ordens...

– São ordens porra nenhuma! – ela continuava a gritar enquanto procurava alguma coisa na bolsa. O policial chegou a colocar a mão na sua arma no coldre, com medo de que ela tirasse uma arma da bolsa, mas ela puxou uma carteira que jogou por cima do marido. – Você sabe com quem está falando?

O PM preferiu não responder e apenas pegou a carteira que o motorista lhe entregou.

– Sabe ler? – ela continuava enfurecida. – Eu sou JU-Í-ZA!!! Entendeu? JU-Í-ZA!

– Sim, senhora – o PM respondeu, e ela ficou sem saber se ele tinha afirmado que sabia ler ou que compreendia que ela era "ju-í-za", mas ela não se importava.

– Agora, deixa a gente ir embora! – berrou, esticando a mão para reaver a carteira.

– Só um minuto, madame – o PM disse, e se afastou para falar com o oficial que comandava o bloqueio.

– Pode liberar! – o comandante falou depois que ouviu as explicações do subalterno. – Mas tire uma foto da carteira da velha. – E o policial obedeceu.

– Tenham uma boa viagem – o PM disse educada e calmamente, e devolveu a carteira da juíza para o Dr. Édson, que a jogou no colo da esposa, como pequena vingança.

Assim que o carro estava suficientemente distante do bloqueio, Rodolfo pôde sentar-se normalmente no banco traseiro.

– Acelera, Édson! – ela gritou para o marido. – Assim só vamos chegar lá de madrugada!

O marido não respondeu, mas também não acelerou mais o carro. Já estava a mais de cem quilômetros por hora, numa estrada que mal comportava oitenta. Não ia se matar por causa da histeria da mulher e das besteiras que o filho gay – sim, ele sabia que o filho era gay, e daí? – vivia fazendo. Estava cansado de consertar as cagadas do filho, um incapaz que não sabia cuidar de nada, nem do próprio dinheiro, nem das suas propriedades, nem da esposa, uma mulher que ele, Édson, achava maravilhosa, linda, gostosa... Quanto ele não daria por uma noite, uma noite apenas, com aquela delícia?

Estava cansado da mulher e, se pudesse, mandava dar um fim nela, aquela vaca raivosa. Não faziam sexo já havia décadas, mas, mesmo quando ainda faziam, ela era uma porcaria de mulher, que até para trepar era mandona e burocrática. Sexo com ela nunca teve graça nenhuma. Ainda bem que ele era rico, cada vez mais rico, graças à mulher, isso ele era obrigado a reconhecer, e sempre pôde ter suas amantes, um dos poucos luxos que podia ter com o próprio dinheiro – além de alguns jantares, vinhos caros e viagens, mas essas só valiam a pena quando ele viajava sem ela, sozinho com os amigos, ou com suas amantes, ou com os amigos e suas amantes. Essas eram viagens sensacionais, épicas, que ele pagava com o dinheiro que tinha na conta pessoal, que a mulher não sabia nem sequer que existia.

A mulher sabia que ele tinha amantes? Ele não saberia dizer, mas sempre procurava ser discreto, embora essas coisas sejam difíceis de esconder. A secretária do clube de tênis, por exemplo. Todo mundo na cidade achava que ela era amante do presidente do clube, mas não era. Era amante dele, do Dr. Édson. E que mulherão! E se ela fosse amante do presidente do clube também? Ele não se importava. Como dizia um amigo, era melhor dividir um filé com amigos do que roer um osso sozinho. Não se importava mesmo. Sabia que essas moças ficavam com ele pelo dinheiro e que sempre tinham namorados mais novos, quando não tinham cafetões (as que tinham cafetões eram as mais perigosas, mas eram as mais gostosas também).

Se a mulher sabia das aventuras dele? Vai saber... Será que tolerava suas aventuras porque ela própria tivesse amantes? Teve que se segurar para não rir alto ao imaginar a mulher com um amante. Era mais provável que, se ela soubesse, se conformasse, porque era daquela geração de mulheres que acreditava que os homens deviam mesmo ter mulheres na rua para satisfazerem seus desejos baixos, imorais e nojentos, e uma esposa para ter filhos, cuidar da casa e da família. Se bem que ter filhos e cuidar da casa nunca tinha sido o forte de Rosa. O negócio dela era mandar, ganhar dinheiro e ser respeitada, por merecimento, pelo cargo ou por medo, pouco importava.

Por isso ele não entendia por que ela insistia nessa história de que queria netos. Ela odiava a nora porque era estéril, dizia que ela não prestava nem para "reproduzir", infernizava a vida da coitada, certamente mais por despeito pela beleza da nora do que por qualquer outra coisa. Insistia para o filho ter amantes, dizia que era normal (então ela acharia normal se ele, seu marido, tivesse amantes, certo?), que ele devia ter amantes e ter filhos com elas. Infernizava a vida do filho com essa história. Queria que o filho arrumasse uma mulher fértil para engravidar e, depois, se divorciasse de Suzana. Ela não suportava mais Suzana.

— Por quê? — ele chegou a lhe perguntar.

— Porque ela me traiu — respondeu, rangendo os dentes, com raiva, porque ela era assim, uma mulher raivosa, sempre irritada com todo mundo. — Ainda bem que nós a fizemos assinar o pacto antenupcial! Quando eles se divorciarem, ela não terá direito a nada!

A juíza achava que Suzana já sabia que não podia ter filhos antes de se casar com Rodolfo e tinha casado mesmo assim, impedindo que ele gerasse filhos e que ela tivesse netos. O marido não conseguia entender por que ela queria tanto ter netos. Não gostava de crianças, era autoritária e irritadiça. Ia matar as crianças de medo, aliás, como amedrontara e infernizara a vida do próprio filho. E será que ela não conseguia ver que o filho era gay? Ele jamais seria pai, a menos que fosse por inseminação artificial. Quase riu alto de novo, mas se conteve. Ele tinha certeza de que o filho não tinha relações sexuais com a nora — um desperdício — e certamente não teria com outras mulheres na rua. A curiosidade dele era saber como a nora tinha conseguido viver tanto tempo sem sexo. Devia ter um amante. Atualmente, ele tinha quase certeza de que ela tinha um caso com aquele policial, o filho do Farias, que voltara a viver em Nova Esperança. Homem de sorte, mas um filho da puta perigoso. Podia querer se vingar deles.

Para ele, era por causa dela, da insistência dela para que o filho tivesse amantes, que o filho engravidasse mulheres na rua para que ela tivesse netos, que eles estavam àquela hora, naquela estrada escura, esburacada e cheia de barrancos, indo direto para o meio do nada. Enquanto dirigia, ouvia Rodolfo, mais uma vez, repetindo todo o acontecido para a mãe, que o interrogava como se ele fosse um réu na sua sala de audiências, aliás, como sempre o tratara e o interrogara. Édson aumentou o som do rádio. Não queria continuar ouvindo aquela cantilena, a mãe interrogando o filho e Rodolfo jurando que era inocente. Aumentou mais ainda o rádio, porque não queria ouvir. Porque não acreditava no filho.

Todo mundo, principalmente a mãe, sempre achara "engraçadinho" quando Rodolfo, ainda garoto, matava pequenos animais e, quando confrontado, dizia que era para ver como eles eram por dentro. Começou com bichos pequenos, sapos, lagartixas, camundongos. Depois passou a matar seus próprios bichinhos de estimação: peixinhos dourados, hamsters, gatos, cachorros... Ele nunca gostou daquela mania do filho. Achava muito errado. Ele mesmo, quando era novo, ia pescar e caçar com o pai e os tios e aprendera a limpar peixes e estripar pequenos animais, o que é normal quando se pesca ou se caça, mas nunca matou seus próprios animais de estimação. Imagina, matar seu próprio cachorro? Ou o gato gordo que vivia na sua casa e dormia na sua cama? Ou o periquito amarelinho bem barulhento? Para ele, Édson, aquilo não era normal, e ele falou com a mulher que deviam fazer alguma coisa a respeito.

– Bobagem! Isso não tem nada de mais! Ele vai ser médico, você vai ver – foi o que ela disse, e colocou, como sempre, um ponto-final em qualquer discussão futura sobre o assunto.

Daí para a frente, a matança e a estripação dos pobres animais só aumentaram, mas tudo bem, porque ele ia ser médico. Rodolfo se oferecia para matar galinhas, patos, perus e outros animais para as refeições, quando estavam nas fazendas. Era inquestionável que gostava de ver sangue (dos outros) e tripas, mas o pai achava que, de tanto ouvir que ia ser médico, o filho acabara desejando ser médico. Antes médico do que assassino, mas... ali estavam!

Estava fugindo, porque era suspeito de tentar matar a esposa. Dizia que era mentira, que chegara à clínica e acabara encontrando-a numa sala que ele nem sabia que existia, e que só a encontrou porque ela gritava como uma louca. Dizia que a encontrara nua, com a cabeça meio que raspada, totalmente sem pelos, incluindo as sobrancelhas, presa pelos braços e pernas numa cama de cirurgia. Contou que, enquanto tentava soltá-la da cama, ela o socava com uma das mãos e o impedia de libertá-la, sempre gritando. Foi quando os policiais chegaram e gritaram para que ele se afastasse dela, e, antes que pudessem pegá-lo, fugiu por uma passagem para o jardim. O resto eles sabiam. Ele pegou o carro e foi para a casa deles. A mãe achou melhor levá-lo para longe, para a fazenda da família, que ficava em outro município, em Carneiros, e que seria um bom esconderijo até que passasse o prazo do flagrante e eles conseguissem pensar num plano para defendê-lo. Com isso o pai também concordou.

Ele precisava ficar escondido até que eles pensassem numa história que fizesse sentido, porque a que ele contava e repetia insistentemente não convencia. Quem acreditaria que ele não sabia da existência da sala onde Suzana fora presa numa cama? A clínica não era dele, porra? Não fora ele quem mandou reformar e construir o anexo? Quem acreditaria que, quando a polícia chegou, ele estava tentando soltá-la, e não a prender na cama? Quem acreditaria que ela batia nele, e não o contrário? E se ele não conhecia a tal sala, como tinha conseguido fugir tão facilmente? A história dele era muito fraca, e nem a mãe, que era uma juíza capaz – corrupta, mas capaz –, acreditara nela. Nem ele, que, como pai e como advogado, queria logo acabar com aquela confusão e manter o filho a salvo. A história era fraca, mas Rodolfo insistia, e isso também cansou sua mãe, que parou de interrogá-lo e o deixou descansar. Rodolfo adormeceu no banco de trás do carro, enquanto sua mãe fazia algumas ligações sempre que havia sinal de celular naquela estrada. Édson reconhecia para quem ela ligava. Primeiro ligou para a fazenda e falou com o irmão, avisando que já estavam chegando e que ele os esperasse na porteira, armado. Ainda demorariam a chegar, e ela sabia, mas queria que alguém os aguardasse. Depois ligou para um dos juízes criminais de Nova Esperança, pois sabia que era possível que o delegado pedisse mandados de busca para a clínica e para a casa de Rodolfo, e ela não sabia se o idiota do filho teria algo que pudesse incriminá-lo. Conseguiu falar com o juiz, que garantiu que não daria qualquer mandado se lhe fosse pedido. Nem tentou falar com a Dra. Elisa, porque detestava aquela juíza jovem, que achava que podia ser independente. Se a Dra. Elisa concedesse o mandado, a Dra. Rosa teria que apelar a um desembargador amigo para anular tudo.

– Tudo vai ficar bem – ela falou para si mesma depois que fez a última ligação, por sorte antes de perder o sinal de celular definitivamente.

Édson, que se concentrava na direção e na música vinda do rádio, não tinha tanta certeza. A maneira como o filho atacara a própria mulher parecia muito com a maneira como a moça encontrada no clube de tênis tinha sido assassinada. E o pior: era provável que houvesse mais duas vítimas. Não havia como pedir para que o Dr. Oliveira aliviasse a situação do filho, porque o delegado era muito amigo do presidente do clube de tênis, que não estava em bons termos com ele. Havia a história da amante que era sua, mas toda a cidade pensava que era do presidente, e ele não desmentia; além disso, havia uma questão sobre uma dívida de pôquer que ele ganhara, mas o presidente achava que não fora de uma maneira muito honesta. Então, não podia pedir nenhum favor ao delegado, nem mesmo confiar nele. Mas ele e a esposa tinham outros recursos, que certamente usariam para proteger o imbecil do filho.

Lá pelas duas horas da manhã, chegaram à porteira da fazenda. A estradinha de terra que ia da estrada principal até a entrada da fazenda era o pior trecho e foi o mais demorado, porque era difícil trafegar por ali num sedã de luxo importado como o do Dr. Édson. Ele diminuía a velocidade, porque, mesmo que fosse para salvar o filho, não iria estragar o carro importado. Também diminuía a velocidade porque, sempre que passavam num buraco ou numa vala da estrada, Dra. Rosa mandava que ele parasse de sacudir o carro e o xingava de uma nova variedade de palavrões. Rodolfo dormia o sono dos inocentes ou dos culpados, cansado de se defender.

O irmão dela os esperava, acompanhado de um peão, ambos armados, num jipe sem capota – esse, sim, o veículo certo para trafegar por ali – estacionado ao lado da porteira. Vendo o carro de luxo se aproximar, o peão pendurou o rifle no ombro, desceu do jipe num pulo só e foi abrir a porteira. O carro passou direto, Édson e Rosa não cumprimentaram nenhum dos dois, e Rodolfo continuou dormindo. O peão esperou o carro passar para fechar a porteira e pulou de volta no jipe, que deu partida para seguir o carro.

Édson parou bem próximo à entrada da casa da fazenda, porque, se parasse longe, a mulher iria praguejar ainda mais. Ela acordou Rodolfo, os três desceram do carro e só então cumprimentaram o irmão de Rosa e sua esposa, que já os esperavam na varanda da fazenda. O peão levou o jipe para estacioná-lo próximo ao alojamento dos animais.

Os cumprimentos da parte dos recém-chegados não foram calorosos, quando muito foram educados, nada mais. Na mesa da sala de jantar, havia um lanche farto esperando por eles, mas Rodolfo dispensou a comida e a tia o levou para o quarto que preparara para ele. Édson sentou-se à mesa e serviu-se do lanche, enquanto a mulher conversava com o irmão na varanda, certamente lhe dando ordens e instruções, mas Édson não queria saber, estava cansado e com fome. Ouviu quando ela perguntou se o telefone da fazenda estava funcionando e o irmão disse que não, que estavam sem telefone havia alguns dias, mas ele já tinha reclamado com a companhia e iria à cidade no dia seguinte para reclamar novamente. Rosa foi até o aparelho, tirou o fone do gancho e confirmou que ele não funcionava, e xingou tão alto que quase acordou todas as pessoas que estavam dormindo na casa. Sabia que não havia sinal de celular na fazenda, mas checou seu celular mesmo assim, só para confirmar que realmente o aparelho estava sem sinal. Não poderiam ficar na fazenda sem telefone, ela explicou ao irmão, mas não explicou que era porque ela precisaria fazer algumas ligações para garantir que o filho não fosse preso no dia seguinte. Aliás, ela nem mesmo explicara ao irmão por que precisaram ir para a fazenda naquela noite e às pressas. Édson ouviu o palavrão e continuou comendo, tentando relaxar, porque sabia que a mulher iria querer voltar imediatamente para Nova Esperança.

– Precisamos voltar – ela parou à frente dele e comunicou, porque, como ele já deveria saber, era uma decisão dela e, como tal, um fato consumado.

– Preciso descansar um pouco... – ele disse, um pouco como se pedisse permissão, e ela sabia que ele teria de dirigir, porque ela, desde que sofrera um acidente de carro quando estava dirigindo – dirigindo bêbada, na verdade –, nunca mais dirigiu.

– Quanto tempo?

– Pelo menos uma hora, uma hora e meia.

Rosa consultou o relógio, enquanto calculava o horário provável em que chegariam a Nova Esperança.

– Posso mandar alguém levar vocês ou eu mesmo posso dirigir para vocês – o cunhado ofereceu.

– Não, obrigado. Eu dou conta. Só preciso descansar um pouco. – Imagina se ele iria deixar alguém dirigir o carro importado, do qual tinha o maior orgulho e pelo qual tinha o maior carinho e ciúme.

– Saímos às três e meia, então – ela determinou, e avisou que tomaria um banho, trocaria de roupa e, talvez, também descansasse um pouco, mas não iria comer.

Édson terminou de comer e se deitou de roupa mesmo no sofá da sala, só tirou os sapatos. O cunhado apagou as luzes, deixou apenas um abajur aceso, para que a sala ficasse numa penumbra mais agradável ao sono. Logo Édson estava dormindo, ressonando baixinho, e o cunhado também foi descansar um pouco, já que teria de acordar para acompanhá-los até a porteira.

Às três e meia da manhã, Édson, Rosa, seu irmão e um peão da fazenda já estavam de pé. Rosa acordou o filho para dizer que estavam voltando para Nova Esperança, porque ela precisava tomar algumas providências, e que ele não deveria deixar a fazenda sob nenhuma circunstância. Ao irmão, repetiu as instruções de que ele deveria proteger o sobrinho e não deixar que nada de mau acontecesse a ele, o que incluía não deixar que a polícia o prendesse. O irmão sabia o que fazer e deveria fazer o que fosse preciso. Às quinze para as quatro, o carro dirigido por Édson, com Rosa no banco do carona, passou pela porteira e deixou a fazenda. O patrão e o peão voltaram para a casa, o peão dando graças a Deus, porque pelo menos poderia dormir mais um pouco antes de se levantar às cinco, cinco e meia da manhã, para começar o dia de trabalho.

O Dr. Édson se orgulhava de dirigir bem e, realmente, era um bom motorista. Além disso, confiava muito, e com razão, no seu carro importado e na tecnologia alemã de ponta de que ele dispunha. A estrada era uma merda, era verdade, mas a tecnologia alemã, mesmo no terceiro mundo e nas suas estradas de merda, compensava os desníveis e os buracos, o carro não sacolejava muito e permanecia estável na pista. Ele confiava no carro importado, tão germânico como seus antepassados, e tinha certeza de que chegariam a Nova Esperança no horário previsto pela juíza. Pelo menos quanto a isso ele não ouviria reclamações.

Na verdade, não ouviria mais nada, porque não poderia ouvir e ela não poderia falar. O erro do prepotente é acreditar que tem o mundo só para si, que controla a tudo e a todos, quando se sabe que mesmo a menor das criaturas tem vontade própria, e seu destino – como o de todos – é controlado por forças que não obedecem aos comandos dos déspotas.

A estrada estava vazia, e Édson desviou o olhar para procurar uma bala de café que sempre deixava no console. Estava cansado daquela estrada, daquela viagem, e tinha pressa de chegar, por isso não diminuiu a velocidade, que era alta, muito acima do limite, o qual, evidentemente, não se aplicava ao seu carro alemão de luxo. Um pequeno animal resolveu cruzar a estrada muitos metros à frente, e, quando Édson voltou a olhar a pista, o que viu foi a sombra do bicho, muitas vezes maior e mais assustadora que o próprio animal. A reação instintiva do motorista foi pisar no freio com toda a força, porque sabia que os freios ABS do carro alemão de alta tecnologia não travariam, parariam o carro e evitariam o choque com o obstáculo que ele pensara ter visto e que, na verdade, era apenas uma sombra, que já se desfizera. Nem o animal nem sua sombra eram riscos fatais para eles, nem representavam qualquer obstáculo para o carro e seus freios ABS, os quais, de fato, não falharam. Quem falhou e foi fatal foi Édson, que, apesar de excelente motorista, não conseguiu controlar o carro, que, com toda a tecnologia alemã, derrapou um pouco e capotou várias vezes, rodopiando em torno de si mesmo até ser sugado por um dos muitos precipícios da estrada entre Vila Bela e Nova Esperança, os quais, à noite, junto das sombras de pequenos e grandes animais, adquiriam vida e se alimentavam dos incautos. Quando o carro bateu pela última vez com o teto no asfalto – ruim e esburacado, típico de uma estrada de terceiro mundo – e se precipitou no vazio daquele precipício faminto por vidas, a juíza acordou, praguejando e insultando o marido de várias formas. Não seria mesmo justo que uma mulher odiosa como ela morresse dormindo e em paz. Morreram com os pescoços quebrados, antes mesmo que o carro tivesse o primeiro choque com uma das rochas do precipício, uns vinte metros abaixo do nível da estrada. Os airbags, os cintos de segurança e toda a tecnologia moderna do carro alemão não foram suficientes para salvá-los. Também, há de se reconhecer que os abismos das estradas dos países de terceiro mundo são traiçoeiros. Em pouco tempo o carro chegou ao fundo do precipício, mais de trinta metros abaixo da estrada, deixando uma longa trilha de pequenas árvores e galhos quebrados. O carro não explodiu com grandiloquência quando atingiu o fundo daquele abismo, talvez porque carros alemães não explodam, só os carros americanos dos filmes. Mas, mesmo na morte, o casal era exigente; assim, caíram no precipício mais profundo daquela estrada humilde e despretensiosa. Até na morte o trabalho que dariam para os assalariados envolvidos no seu resgate seria dobrado.

Não fosse um motorista de caminhão que vinha na direção contrária e vira o acidente mesmo que à distância, levaria muitos dias para que o carro e os corpos de seus ocupantes fossem achados. O motorista parou o caminhão e, da borda do precipício, olhou para o fundo e viu o carro ainda com os faróis e lanternas acesos, aqueles cujas lâmpadas não se quebraram na descida para o fim. Ele era motorista profissional, acostumado a viajar por aí afora, e já tinha visto acidentes suficientes para saber que ninguém sobreviveria àquela queda, mesmo num carro alemão de alta tecnologia. Marcou o lugar do acidente colocando galhos de árvores no acostamento da estrada e voltou para seu caminhão. Dirigiu até encontrar um telefone público, a fim de avisar a polícia. Indicou a localização do acidente da melhor maneira que pôde, mas não podia esperar, nem acompanhar a polícia até o local. Tinha mais o que fazer. Além disso, por experiência própria, sabia que as testemunhas de acidentes rodoviários muito facilmente se tornavam suspeitas de serem as reais causadoras dos acidentes, ainda mais quando não havia outras testemunhas.

A polícia e os bombeiros não demoraram a encontrar o local. Um bombeiro logo desceu ao fundo do precipício, usando cordas, viu os dois corpos e confirmou que não havia sobreviventes. Sem sobreviventes, não havia pressa, e eles podiam planejar com calma como resgatariam os corpos e se retirariam o que sobrara do grande sedã alemão do fundo daquele abismo.

Em Nova Esperança também não havia pressa, nem preocupação, porque ninguém esperava, nem lamentaria, a falta da Dra. Rosa e do Dr. Édson.

22

Suzana acordou na quinta-feira, ainda no hospital, sentindo-se meio zonza e fora do ar. Demorou um pouco para recobrar a memória de tudo que havia acontecido na véspera, mas lembrou-se de todos os detalhes, inclusive que Rodolfo escapara da polícia. Onde estaria agora? Não tinha como ter certeza, mas tinha um bom palpite. Antes mesmo que pensasse em chamar uma enfermeira, uma delas entrou no quarto.

– Bom dia!
– Bom dia.
– Vou precisar medir sua pressão e temperatura – a enfermeira comunicou, enquanto já iniciava os procedimentos.
– Quando vou poder sair?
– O médico deve passar na hora do almoço para lhe dar alta – disse, e colocou o termômetro debaixo do braço de Suzana. – Agora fique em silêncio, por favor.

A enfermeira esperou o tempo necessário para o termômetro marcar a temperatura da paciente e a anotou na ficha. Prendeu a faixa do esfigmomanômetro no braço de Suzana e novamente pediu silêncio para ouvir os batimentos pelo estetoscópio e medir a pressão. Novamente anotou os resultados da medição na ficha e, antes de sair, avisou que outra enfermeira lhe traria o café da manhã. Não demorou para que uma enfermeira mais nova o trouxesse, com suco de laranja, uma fatia de mamão, pão, queijo minas, biscoitos *cream cracker* e café com leite, mais leite do que café.

– Bom dia – disse, colocando a bandeja na mesa da cama. – Quando terminar, venho buscar a bandeja.

– Bom dia. Obrigada – respondeu, antes que a enfermeira deixasse o quarto.

Suzana comeu um pouco, empurrou a mesa da cama para o lado e recostou-se para descansar. Ainda tinha sono, talvez em razão dos tranquilizantes que o médico lhe dera, e acabou dormindo. Também, havia pouco a fazer até que o médico chegasse para lhe dar alta.

Enquanto isso, Dr. Oliveira, que já havia conseguido os mandados de busca com Dra. Elisa, dividia os grupos de policiais que fariam a busca na clínica e na casa de Rodolfo e Suzana. O delegado lideraria o grupo que faria a busca na clínica, e Farias chefiaria o grupo que iria para a casa do casal. Jane iria com o delegado para a clínica, porque poderia mostrar a sala onde os policiais encontraram Suzana na noite anterior. Gabriela não acompanharia nenhuma das buscas, mas, mesmo assim, assistia à reunião. Buscas em propriedades de ricos e poderosos eram raras em Nova Esperança, talvez no mundo todo, e os policiais estavam muito animados para sair em diligência, como crianças de colégio prestes a embarcar num ônibus de excursão.

Gabriela recebeu um telefonema de seu assistente, Luiz Carlos, pedindo que ela fosse ao IML. Ela se despediu de Farias de longe, com um gesto que poderia significar sucesso, cuidado e boa sorte. Ele viu e respondeu positivamente. Ela saiu antes que os policiais, divididos nos dois grupos, deixassem o prédio, mas ainda viu quando as viaturas passaram pela rua estreita da delegacia com as sirenes ligadas. No IML, Luiz Carlos avisou-lhe que tinham sido chamados para ir até Vila Bela, porque havia acontecido um acidente na estrada para Carneiros, com vítimas fatais.

Eles pegaram seus equipamentos e saíram. Luiz Carlos se ofereceu para dirigir, e Gabriela aceitou.

– Vamos devagar – pediu. – Não temos pressa, e um acidente só já é suficiente por hoje.

Luiz Carlos sorriu, concordou, e eles partiram.

Os empregados, médicos e pacientes da clínica se assustaram quando as viaturas chegaram com as sirenes ligadas e os policiais desceram dos carros, todos quase ao mesmo tempo, como se tivessem ensaiado e coreografado seus movimentos. O delegado tomou a frente do grupo e, já na recepção, disse aos pacientes que aguardavam que não precisavam se preocupar, porque era uma diligência de rotina e todos estavam seguros. Para a recepcionista, que era jovem, estava muito nervosa e não acreditava que estivesse segura, ele pediu que chamasse o responsável pela clínica.

– É o Dr. Mendonça, o administrador – informou.

– Pode avisá-lo que preciso falar com ele, por favor.

A moça falou com o Dr. Mendonça pelo ramal interno, e ele pediu que ela levasse o delegado à sua sala. Assim que entrou, o delegado cumprimentou Mendonça e deu uma explicação suscinta sobre a busca que conduziriam na clínica, não informou o motivo, mas lhe entregou uma cópia do mandado. O administrador achou melhor dispensar os pacientes e destacar alguns funcionários para acompanharem os policiais. Havia salas de cirurgia nas quais ninguém deveria entrar sem estar higienizado e com roupas adequadas. O delegado novamente dividiu os policiais em grupos menores, e cada grupo de dois policiais foi para uma área específica, acompanhado por um funcionário. O delegado e Jane fariam a busca na sala onde Suzana fora encontrada na véspera.

Também houve certa comoção quando os policiais chegaram à casa de Rodolfo e Suzana. Na casa estavam o caseiro, que era o responsável na ausência dos patrões, sua esposa, que cozinhava para a família, um jardineiro e uma faxineira. Farias entregou uma cópia do mandado ao caseiro e explicou que precisavam entrar para cumprir o mandado.

– Eu não posso deixar o senhor entrar... – o caseiro disse timidamente. – Preciso falar com o Dr. Rodolfo primeiro.

— Se você não abrir o portão, vamos arrombar, vamos entrar, vamos prender você e vamos fazer a busca.

O homem, que já estava assustado e pálido, ficou mais branco ainda e olhou para sua esposa, que fez um sinal para que ele abrisse o portão. Por que correriam qualquer risco por aquela gente que lhes tratava mal e os explorava?

— Se vocês quiserem, podem nos acompanhar — Farias disse, enquanto os policiais entravam, mas nenhum deles quis sequer ficar perto dos policiais.

Já dentro da casa, eles também se separaram em pequenos grupos, e cada qual foi para um cômodo diferente. Ao se certificarem do tamanho da casa, todos pensaram no tempo que levariam para concluir a busca, que, provavelmente, lhes tomaria o dia inteiro. Farias escolheu fazer sua parte no quarto do casal, talvez por mera curiosidade, para ver as roupas de Suzana guardadas no closet, para sentir seu perfume e, quem sabe, conhecer um pouco do dia a dia dela.

As buscas começaram na clínica e na casa quase ao mesmo tempo, ambas sem previsão de acabar. Suzana aguardava a alta do hospital e não sabia do que ocorria, muito menos da morte dos sogros. Rodolfo não sabia que Suzana estava no hospital, nem que os pais tinham morrido, nem das buscas na clínica e na sua casa. Gabriela e Luiz Carlos já tinham passado por Vila Bela e se aproximavam do local do acidente, e não demorariam a identificar as vítimas.

— Farias! — um policial o chamou, quando já haviam se passado algumas horas desde que as buscas tinham começado. Ele revistava o enorme closet de Suzana.

— Oi? — disse, e saiu do closet carregando uma caixa de sapatos e um HD externo, de computador.

A caixa tinha lhe chamado a atenção porque estava cheia de descansos de copos, caixas de fósforo e guardanapos de hotéis e restaurantes, a maioria dos quais ele reconhecia serem da capital; neles havia nomes e datas anotados com a caligrafia de Suzana. Ele ficara curioso com o conteúdo da caixa e queria examiná-lo melhor. O HD ele pegou simplesmente porque estava ao lado da caixa.

– O delegado tá chamando você no rádio! – o colega gritou-lhe o motivo pelo qual o chamara.

Farias colocou a caixa e o HD no banco do carona da viatura, sentou-se no banco do motorista e acionou o rádio.

– Farias na escuta – disse.

– Achamos! – o delegado lhe informou. – Achamos as bolsas das três jovens e seus documentos. Estavam num armário, na mesma sala onde a Suzana foi encontrada ontem.

– É prova suficiente?

– O Dr. Rodolfo vai ter muito que explicar, mas, com o pai advogado e a mãe juíza, nunca se sabe, e ele pode se safar. Achou alguma coisa aí?

– Não, nada... – respondeu, olhando a caixa de sapatos e o HD ao seu lado.

– Acho que podemos dar as buscas por encerradas. O que você acha?

– Também acho.

– Então, nos encontramos na delegacia.

– Positivo – disse, e desligaram.

As duas equipes de policiais saíram da clínica e da casa novamente quase ao mesmo tempo. O delegado pediu que o administrador da clínica assinasse um recibo pelas bolsas das três moças, e seus conteúdos, que encontrara lá. Farias não pediu a nenhum dos empregados da casa que assinasse um recibo pela caixa de sapato e pelo HD externo, que ele simplesmente levou consigo.

Ao chegar à delegacia e antes de ir encontrar o delegado, que já havia chegado, Farias deixou a caixa de sapatos e o HD guardados na gaveta do arquivo, na sua sala. O delegado o recebeu mostrando-lhe as bolsas e os documentos que encontrara na clínica. Não havia dúvidas de que pertenciam a Hannah, Olga e Monica, mas restava saber como tinham ido parar na clínica, e isso só Rodolfo poderia responder. Agora, mais do que nunca, ele era suspeito de um assassinato e dois desaparecimentos, ou de três assassinatos.

O telefone da sala do delegado tocou e ele atendeu, autorizando que lhe transferissem uma ligação. Abafando o fone com as mãos, explicou a Farias que era Gabriela que estava ligando e colocou o aparelho no viva-voz. Farias sentou-se na cadeira em frente à mesa do delegado e esticou-se para ouvir melhor.

– Alô? Dr. Oliveira?

– Sim, sou eu, Gabi. Estou aqui com o Farias – e Farias lhe disse "oi".

– Fui chamada para fazer uma perícia num acidente ocorrido na estrada que liga Vila Bela a Carneiros, com dois mortos.

– Sim...

– Os mortos são o Dr. Édson e a Dra. Rosa – ela disse, e o delegado e Farias se entreolharam sem saber o que dizer. Os pais de Rodolfo, o único suspeito, estavam mortos. – Estão me ouvindo?

– Sim, nós ouvimos. Como foi o acidente?

– Aparentemente, o Dr. Édson dirigia e perdeu o controle do carro, capotou e caiu numa ribanceira de uns trinta, quarenta metros. Não sou perita em acidentes de carro, mas com certeza foi isso que aconteceu. Eu e o Luiz tivemos que descer para examinar os corpos usando cordas e com a ajuda dos bombeiros. Morreram no impacto, mesmo antes de chegarem ao fundo do precipício. Acho que quebraram o pescoço, mas vou ter de examinar os corpos para determinar a causa das mortes.

– De onde vinham? De que direção? – Farias perguntou.

– Aparentemente, vinham na direção de Vila Bela.

– Voltavam de Carneiros?

– Provavelmente, mas não posso dar certeza.

– Ok – disse o delegado.

– Os bombeiros vão resgatar os corpos e trazê-los para Nova Esperança. Eu e o Luiz estamos voltando.

– Ok. Boa viagem!

– Tchau! – se despediram, e Gabriela encerrou a ligação.

— Sei que a Dra. Rosa tem um irmão que mora em Carneiros, numa fazenda da família — o delegado contou a Farias.

— Eles devem ter levado o Rodolfo para se esconder lá — Farias deduziu.

— Era o que eu estava pensando — disse o delegado. — Alguém vai ter que reconhecer os corpos e providenciar o enterro, na ausência de Rodolfo.

— A Suzana não pode fazer isso?

— Acho que sim, mas ela ainda está no hospital. Mandei a Jane ir até lá falar com ela e ver se consegue mais alguma informação. Vou ligar para Jane e pedir que ela avise Suzana que os sogros morreram.

Suzana estava indócil no hospital. Já passava do meio-dia e ainda não tinha recebido alta, porque o médico não passara no local. A enfermeira trouxe o almoço e colocou a bandeja na mesinha ao lado do sofá, onde Suzana estava sentada. Ela não tinha fome e não queria comer, queria ir para casa. Não fazia sentido ficar no hospital. Sentia-se bem. Sentia-se bem até a policial, a tal da Jane, chegar, entrando no quarto enquanto falava ao celular.

Jane encerrou a ligação e elas se cumprimentaram. A policial perguntou se podia se sentar ao seu lado no sofá, e Suzana disse que ficasse à vontade, mas de forma que ela não se sentisse realmente à vontade.

— O delegado me pediu para lhe dar algumas notícias — Jane disse, e Suzana a olhou com indiferença. — O delegado conseguiu um mandado judicial e fizemos uma busca na clínica ainda há pouco. — A policial fez uma pausa, esperando poder avaliar alguma reação de Suzana, mas ela não teve nenhuma. — Infelizmente, achamos provas de que as moças estiveram na clínica ou que tiveram algum contato com o Dr. Rodolfo.

— O que vocês encontraram?

— Encontramos alguns documentos delas. — Suzana balançou a cabeça, numa resignação pessimista. — Isso mais o ataque que você sofreu ontem fazem do seu marido o principal suspeito do assassinato e dos desaparecimentos.

Jane omitiu de Suzana que também fizeram uma busca na casa dela e esperou que ela absorvesse o que acabara de lhe falar, mas aparentemente Suzana continuava sem aparentar qualquer reação. Devia ser por causa dos medicamentos que tomara, foi o que Jane pensou.

— Tenho outras notícias, que também não são boas – prosseguiu, e Suzana continuou a olhá-la interrogativamente. – Seus sogros, os pais do Dr. Rodolfo – Suzana quase lhe disse que ela sabia quem eram seus sogros, mas ficou calada –, sofreram um acidente na estrada entre Vila Bela e Carneiros e, infelizmente, estão mortos.

— Você tem certeza disso? – A reação de Suzana foi direta e objetiva, sem qualquer emoção, e Jane não pôde deixar de perceber.

— Sim, a nossa legista e seu assistente foram até lá e identificaram os corpos. Vão ser trazidos para cá e, provavelmente, já que seu marido está desaparecido, você vai ter que confirmar a identificação. O delegado me pediu para lhe avisar – Jane explicou-se.

— Enquanto não tiver alta e sair daqui, não posso fazer nada.

— Os corpos ainda não chegaram, então você terá tempo.

As duas ficaram em silêncio durante algum tempo, sem se olhar.

— O delegado me pediu para lhe perguntar se você tem mais alguma coisa para nos contar a respeito do que aconteceu ontem.

— Já disse tudo que aconteceu e de que me lembro – disse, balançando a cabeça negativamente.

— Bem – Jane disse, se levantando –, então vou embora. Se você lembrar ou quiser nos contar mais alguma coisa, pode me ligar.

— Sim, pode deixar.

As mulheres se despediram, e a policial foi embora.

Pouco tempo depois, o médico passou no quarto de Suzana para avisar que ela havia recebido alta. Ele ainda tentou flertar com ela um pouco, mas Suzana não estava com disposição para dar trela para o rapazote. Assim que chegou em casa, o caseiro lhe disse que a polícia estivera lá e lhe entregou uma cópia do mandado de busca que Farias deixara com ele.

– Eles levaram alguma coisa? – perguntou, depois de ler o mandado.

– Não, senhora, não levaram nada.

Suzana fez um gesto de que estava tudo bem e foi para o quarto tomar um banho e se trocar. Queria tomar um chá ou, talvez, um vinho, e relaxar. Precisava se preparar para se reconciliar com Farias.

Naquela mesma tarde, uma mulher ligou para a delegacia de Nova Esperança e disse que queria informar ao delegado que o Dr. Rodolfo estava escondido na fazenda da família em Carneiros. Assim que a telefonista tentou passar a ligação para o delegado, a mulher desligou, mas seu recado foi transmitido, e a telefonista repetiu o nome da fazenda em Carneiros onde a mulher dissera que Rodolfo se escondia. Chamava-se Fazenda Santa Rosa.

As pessoas que estavam na casa da Fazenda Santa Rosa se assustaram quando o telefone tocou. Havia tempos que ele não funcionava, e tinham se desacostumado com o som da campainha. Nem sequer sabiam que o telefone tinha voltado a funcionar. A cunhada da Dra. Rosa atendeu a ligação, e uma voz de mulher lhe avisou que a polícia já sabia que Rodolfo estava escondido na fazenda – e que iriam até lá prendê-lo. A mulher gritou, chamando o marido, mas, quando ele pegou o telefone, a pessoa do outro lado da linha já tinha desligado.

– O que ela disse? – o marido perguntou.

– Que a polícia vem prender o Rodolfo!

– Isso é que a gente vai ver! – o marido disse, rangendo os dentes tal como sua irmã fazia.

Gabriela ligou para Farias assim que chegou a Nova Esperança. Seu celular tocou e ele viu o nome dela no mostrador, mas não quis atender, porque estava ocupado. Mais tarde ligaria para ela. Já estava em casa e espalhara o conteúdo da caixa de sapato que trouxera da casa de Suzana em cima da mesa da sala. Agora examinava cada um dos guardanapos, descansos de copos, caixas de fósforos e outros objetos que estavam guardados na caixa. Neles, Suzana havia escrito – sim, porque ele tinha certeza de que a caligrafia era dela – nomes de homens e datas que nunca se repetiam. Algumas anotações incluíam números, e Farias tentava descobrir o que tudo aquilo significava, mas não lhe ocorria nenhuma ideia. Um pensamento lhe atravessou a cabeça, quase como um pressentimento ou uma intuição, mas não era coerente e não combinava com a Suzana que ele conhecia. "Você não conhece a Suzana", ele se lembrou do que Eduardo sempre lhe repetia. Olhou para o HD, que também estava em cima da mesa, e pensou que ali talvez houvesse alguma resposta. Conectou o HD ao seu computador, mas não conseguiu acessar o conteúdo, porque estava protegido por senha. Iria precisar de alguém que o ajudasse a descobrir, e já sabia a quem pediria ajuda; porém, só poderia fazer isso no dia seguinte. Resolveu deixar de lado e ligar para Gabriela, porque queria muito encontrá-la.

Pouco antes das seis horas da tarde, o delegado ligou para Suzana, avisando que ela precisaria ir ao IML fazer o reconhecimento das vítimas do acidente de Vila Bela.

– Delegado, pode ser amanhã? – ela pediu com voz chorosa. – Hoje está sendo um dia muito difícil...

O delegado disse que sim, que não havia problema, mas que os corpos precisavam ser identificados o quanto antes, para avisar aos demais familiares e liberá-los para o sepultamento. Tão logo se despediram e o delegado encerrou a ligação, ele ligou para seu colega delegado em Carneiros. Por sorte, ainda o achou na delegacia. Dr. Oliveira informou os acontecimentos ao Dr. Diniz e disse que recebera a informação de que o suspeito estava se escondendo na Fazenda Santa Rosa, no seu município.

– Recebemos uma denúncia anônima de que o Dr. Rodolfo estaria escondido na fazenda do tio, a Fazenda Santa Rosa.

– Conheço a fazenda. O que você quer fazer? Quer que eu vá até lá para efetuar a prisão?

– É sua jurisdição...

– Sim, eu sei. Pode deixar comigo! Mas vou deixar para amanhã, tá certo? Aquele povo de lá é perigoso, só andam armados. É melhor ir durante o dia.
– Fica a seu critério.
– Amanhã vamos até lá. Você vem?
– Não, é muito distante e fora da minha jurisdição.
– Então, depois lhe dou notícias – disse, e se despediram.
A noite chegara enquanto todos planejavam alguma coisa para dali a pouco ou para o dia seguinte, apesar do ditado iídiche que diz que "o homem planeja, e Deus sorri".

O delegado Diniz não tinha muitos policiais civis à disposição em Carneiros e resolveu pedir reforços ao subcomandante da polícia militar da cidade. Pensara em reunir um grupo de, pelo menos, quinze ou vinte homens, que também podia incluir policiais mulheres, porque ele não era preconceituoso. O importante era que todos estivessem bem armados e soubessem atirar razoavelmente bem. Conhecia muito bem aquele povo do Reginaldo, lá da Fazenda Santa Rosa. Era uma quadrilha de bandidos, sempre acobertados por sua irmã, juíza em Nova Esperança. Andavam sempre armados e toda vez que vinham à cidade arrumavam briga e confusão, muitas vezes com tiroteios, feridos a bala e até mortos. Se ele ia até lá buscar alguém, tinha que ir com um grupo grande e preparado, ainda mais para prender o sobrinho do Reginaldo, filho da tal juíza. Por umas duas vezes o delegado Diniz já tivera que ir até a fazenda prender uns peões de Reginaldo que tinham se metido em confusão na cidade, e teve trabalho. Daquela vez certamente ia ser pior, e ele não queria surpresas. Mesmo assim, antes de reunir os policiais para partirem para a Fazenda Santa Rosa, passou no hospital da cidade e avisou o diretor para que ficassem de prontidão, sem dizer o motivo. O diretor do hospital, um médico nascido e criado na cidade, que só tinha saído dali para estudar na capital, tomou algumas providências. Mandou chamar os outros dois médicos que trabalhavam no hospital e todas as enfermeiras que estavam de folga, e deixou o banco de sangue de prontidão, depois de confirmar que tinham estoque para atender as necessidades, principalmente de sangue O-.

Carneiros era uma cidade pequena, não tão pequena quanto Vila Bela, mas ainda assim pequena. Com tanta movimentação, era difícil manter segredo, e logo muita gente da cidade já comentava que o delegado ia até a Fazenda Santa Rosa fazer uma prisão. A história circulava, e, como toda história que anda de boca em boca, cada vez que era repassada ou recontada, mudava e aumentava. Lá pelas oito horas da manhã, quando o grupo de policiais civis e militares foi reunido pelo delegado para partir para a fazenda, todos na cidade já sabiam, ou achavam que sabiam, o que estava acontecendo e adivinhavam o que poderia acontecer.

Por isso mesmo, lá pela mesma hora, o telefone tocou novamente na Fazenda Santa Rosa, e dessa vez uma voz de homem pediu para falar com Reginaldo. A mulher mandou chamar o marido para que atendesse a ligação. Reginaldo atendeu com um "alô" e, depois disso, quase não disse mais nada, apenas ouviu o que o homem do outro lado da linha lhe dizia. Finalizou o telefonema sem se despedirem.

– Pegue as crianças e as mulheres e vá para a casa do riacho! – ordenou para a mulher, que o encarava pálida e não questionou a ordem, nem perguntou por quê.

Ele saiu para reunir alguns peões, enquanto ela pegava pães e biscoitos na cozinha e saía rapidamente para a casa do riacho, levando consigo os próprios filhos e as mulheres e crianças que encontrava pelo caminho. "Lá vem barulho", ela pensava, sem dividir a preocupação com qualquer uma das outras mulheres. Sabia que vinha "barulho" e que a confusão seria das grandes.

Rodolfo acordara e estranhou não encontrar a tia na cozinha. O café da manhã não estava servido, e ele não gostou do descaso da tia e das empregadas. Ouviu o barulho que vinha de fora da casa, de gente falando alto e andando de um lado para o outro, mas, mesmo assim, porque pensou que ele não tinha nada a ver com aquilo, sentou-se à mesa da cozinha para comer, já que o café estava pronto e tinha pão à disposição. Assustou-se quando o tio entrou armado na cozinha e só então lhe ocorreu perguntar por que tanta agitação e o que estava acontecendo.

– O delegado vem prender você! – o tio foi bem direto.

Rodolfo tomou um susto que o fez perder o apetite. Olhou o fundo da caneca através do café enquanto absorvia o choque da informação que o tio lhe dera. O tio o encarava como se esperasse que ele dissesse alguma coisa, que tivesse alguma reação.

– Não tem problema... – disse, depois de pensar por algum tempo, e tomou o resto do café. – Eu me entrego – completou, sabendo que o prazo para a prisão em flagrante já havia passado e confiante de que seus pais, sua mãe principalmente, não o deixariam ficar preso nem mesmo por algumas horas.

– Não, nada disso! – o tio se opôs vigorosamente àquela ideia, e Rodolfo se surpreendeu novamente. – Sua mãe me deu ordens para não deixar você ser preso!

– Tio, mas não faz sentido...

– Eu não posso deixar! Prometi à sua mãe que eu não ia deixar!

– E o que o senhor vai fazer? – perguntou, sem esperar a resposta, porque olhou pela janela e viu a quantidade de homens armados, mais ou menos uns vinte, que o tio havia reunido do lado de fora da casa. – Tio, a gente não pode enfrentar a polícia!

– Não posso deixar você ser preso! Prometi para a minha irmã!

– Vou ligar para ela, e ela vai falar com o senhor. Vou me entregar e vai ficar tudo bem. – Rodolfo correu até o telefone e discou o número do celular da mãe, mas ela não atendeu, e a ligação caiu na caixa postal. Em seguida, tentou o celular do pai, mas ele também não atendeu. Somente a ligação que fez para a casa dos pais é que foi atendida, mas a empregada disse que eles não estavam em casa. Rodolfo pensou em ligar para sua casa, porque talvez eles estivessem lá, com Suzana. Ligou, Suzana atendeu, mas, assim que ouviu a voz dele, ela desligou, sem sequer dizer alô. Ele ainda tentou o escritório do pai, mas a secretária ainda não havia chegado.

Nem tentou ligar para o fórum, porque, àquela hora, também estaria fechado.

Como não conseguiu falar com ninguém, o tio resolveu que era melhor se reunir com os peões do lado de fora da casa e tomar providências. Antes de sair, colocou uma pistola carregada na mão do sobrinho.

– Não saia de casa, não importa o que acontecer! – disse, e saiu.

Rodolfo ficou olhando embasbacado para a arma na sua mão, sem saber o que fazer. Para que aquilo tudo? Ele era inocente, e poderia provar. A mãe e o pai não o deixariam ficar preso. Não importava o que o tio lhe dissera; assim que a polícia chegasse, ele iria se entregar. Tinha certeza de que seria imediatamente levado para Nova Esperança e que, quando chegasse lá, seria solto. O pai entraria com um mandado de segurança, um *habeas corpus* ou qualquer coisa assim, e a mãe acharia um juiz para autorizar sua liberação. Logo que a polícia chegasse, ele se entregaria, pensou, e guardou a pistola no bolso do casaco, despreocupadamente, como se guardasse um celular. Sentou-se numa poltrona da sala, de frente para a porta, de onde podia avistar a varanda e o pátio da fazenda, para esperar os policiais.

As sirenes das viaturas foram ouvidas quando ainda estavam longe, e os peões reunidos por Reginaldo tiveram tempo suficiente para se posicionar como o patrão mandara fazer. Reginaldo esperava ouvir o tiro que a polícia teria de dar para abrir o cadeado que ele mandara colocar na porteira, mas não ouviu nada além das sirenes. "Devem ter usado um alicate", pensou. Rodolfo ameaçou sair para a varanda, mas o tio gritou para que voltasse para dentro de casa imediatamente, e ele obedeceu, porque estava acostumado a obedecer, mas estava decido a sair e se entregar quando a polícia chegasse.

Depois de ouvirem as sirenes, eles viram a nuvem de poeira que as viaturas levantavam conforme corriam pela pequena estrada de terra que ia da porteira ao pátio da casa da fazenda. Reginaldo viu os carros chegarem e contou seis viaturas, que pararam não muito próximo da casa, apenas o suficiente. Quase todos os policiais saíram dos carros ao mesmo tempo, e ele contou dezoito, mais o delegado, que ele já conhecia de outras ocasiões. Reginaldo sabia que ele e seus peões estavam em maior número do que os policiais, mas também que as armas daqueles eram melhores, e que eles tinham melhor mira que seus peões.

De qualquer forma, tinha reunido e armado todos os peões, embora soubesse que algumas armas eram velhas e nem sequer funcionariam, e os distribuiu de modo que ficassem visíveis e intimidassem os policiais. De sua parte, o delegado também tinha feito suas contas e calculado o número de peões que o fazendeiro tinha reunido. Podia até haver mais alguns escondidos, mas ele não acreditava nisso. O subcomandante da PM também fez contas e não se sentiu intimidado. Embora Reginaldo sentisse certo desprezo pelo delegado, respeitava, porque temia, o subcomandante da PM. Os três, Reginaldo, Dr. Diniz e o subcomandante da PM Bastos, sabiam que teriam de negociar para evitar um confronto e uma carnificina. A negociação ficaria por conta do Dr. Diniz, e o subcomandante Bastos não se incomodava com isso, porque não gostava de – nem tinha paciência para – negociar.

Todos os policiais, até mesmo o delegado e o subcomandante, ficaram a uma distância que consideraram segura, protegidos pelos carros. De onde estava, o delegado precisaria falar alto, quase gritar, mas conseguiria conversar com Reginaldo. Na verdade, não havia muito o que negociar. Reginaldo deveria entregar o sobrinho, que seria preso e levado a Nova Esperança. Se quisesse, o tio poderia acompanhá-lo. Não precisava haver violência e tudo poderia ser resolvido em paz. Foi isso que o delegado lhe disse, gritando, para ter certeza de que seria ouvido.

Reginaldo disse que não podia entregar o sobrinho, porque ele era inocente e protegido pela justiça.

– Se ele é inocente, melhor ainda! – disse o delegado. – Quando chegar a Nova Esperança, ele vai ser solto!

– Protegido pela justiça, o caralho... protegido por aquela puta velha da mãe dele – o subcomandante da PM resmungou para si mesmo.

Rodolfo concordava com o delegado e gritou para o tio, de dentro da casa, que ia se entregar. O tio gritou de volta, mandando-o não sair.

– Não posso deixar vocês levarem meu sobrinho! Vocês precisam de uma ordem do juiz para isso!

– Reginaldo, você sabe que a gente pode prender seu sobrinho. Se a gente não pudesse, não estaria aqui!

Reginaldo balançou a cabeça negativamente, reafirmando que não ia entregar o sobrinho, que eles precisavam mostrar uma ordem judicial ou conseguir a autorização da juíza, da Dra. Rosa.

– Ela está morta! – o delegado se irritou e gritou de volta. – Ela e o marido morreram num acidente de carro, na madrugada de ontem! O carro caiu numa ribanceira quando eles estavam chegando a Vila Bela.

– É mentira! – Reginaldo gritou, mais para que o sobrinho ouvisse e não acreditasse do que para responder ao delegado. – Por que ninguém avisou a gente?

– Porque alguém precisa confirmar a identidade dos corpos. A legista já confirmou, mas alguém da família precisa fazer o reconhecimento.

Reginaldo ficou em silêncio, olhando para dentro da casa, tentando ver como o sobrinho reagiria àquela notícia.

– Você tá mentindo! – Reginaldo gritou novamente para o delegado.

– A gente não tem tempo pra isso! – o subcomandante Bastos falou para o delegado, com irritação e alto o suficiente para ser ouvido por Reginaldo e Rodolfo.

Encolhido na poltrona da sala, Rodolfo sabia que era verdade, sabia que os pais tinham morrido. Isso explicava por que ainda não estavam em casa quando ele ligou e por que não conseguira falar com eles pelo celular. Imaginou os corpos dos pais na morgue do IML – estariam em gavetas ou sobre as mesas de aço frio?

– aguardando para serem identificados, insepultos. E quem os identificaria se ele não estivesse lá? Certamente chamariam Suzana, e isso ele não podia aceitar, porque ela nunca gostara dos pais dele e, agora, era sua inimiga. Ele precisava se entregar.

– Eu vou me entregar! – gritou para fora da casa e se levantou para sair para a varanda.

O tio quis falar qualquer coisa, mas ele o mandou se calar. O tio olhou em seus olhos, viu que ele acreditara que os pais estavam mortos e que estava sofrendo. Reginaldo desceu alguns degraus da pequena escada da varanda, baixou a arma que carregava e gritou para que os peões largassem as suas também; eles obedeceram, jogando as armas para longe.

Rodolfo caminhou para a varanda com as mãos nos bolsos do casaco de moletom. Ninguém pediu, mas ele achou que devia fazer como via nos filmes e colocar as mãos para o alto, para que a polícia visse que estava desarmado. "Pobre Rodolfo", Suzana diria cinicamente, quando, mais tarde, lhe dessem a notícia, "sempre tão desajeitado!", mas é claro que ele não era desajeitado, como poderia ser desajeitado se era cirurgião plástico? Às vezes tudo acontece por falta de sorte mesmo, puro azar. Ele esqueceu que não estava desarmado, que a pistola carregada que o tio lhe dera estava no bolso do casaco. Assim que tentou tirar as mãos dos bolsos para erguê-las sobre a cabeça, uma mão ficou presa no bolso do casaco de moletom e a outra saiu do bolso em que a arma estava, derrubando-a; ela caiu, bateu com força no chão da varanda e, estava carregada e destravada – Rodolfo não entendia nada de armas e a guardara tal como o tio lhe entregara –, disparou um tiro que atingiu em cheio a cabeça do tio, um pouco à sua frente e abaixo, nos degraus da escada da varanda da casa. Um policial viu que Rodolfo ainda tinha uma das mãos presa num dos bolsos do casaco e gritou que ele estava armado. Foi o suficiente para que outro policial disparasse, acertando um tiro no peito de Rodolfo, direto no coração. Os peões ficaram sem ação e, sem saber como reagir, vacilaram por um segundo. Esse tempo foi suficiente para que os policiais agissem rapidamente e controlassem a situação. Antes mesmo que o corpo de Rodolfo tocasse o chão, os policiais já haviam se antecipado e impedido que os peões pegassem suas armas novamente, evitando o tiroteio e uma carnificina. Todos foram algemados e presos, sem que mais nenhum tiro fosse disparado. As mulheres ouviram os estampidos e vieram correndo para o pátio da fazenda, seguidas pela criançada. A tia de Rodolfo se desesperou quando viu os corpos do marido e do sobrinho caídos no pátio e na varanda, próximos um do outro e cobertos de sangue.

– Assassinos! Assassinos! – gritou, chorando desesperadamente e correndo para abraçar-se ao corpo do marido, mas uma policial militar a impediu.

O delegado não pediu permissão para entrar na casa a fim de usar o telefone e ligar para o colega delegado de Nova Esperança. Discou o número, esperou a telefonista atender e pediu para falar com Oliveira, depois de se identificar.

– Fala, Diniz! – o delegado disse assim que a telefonista transferiu a ligação.

– Deu merda, Oliveira! – e contou-lhe o ocorrido.

Por ordem do delegado de Carneiros, uma escrevente da polícia ligou para o IML de Nova Esperança e requisitou legistas para fazer a perícia na Fazenda Santa Rosa. Além de Gabriela e Luiz Carlos, não havia outros legistas na região.

– Luiz! – Gabriela gritou assim que desligou o telefone, e ele logo apareceu na porta da sala dela. – Puta que pariu! Vamos ter que ir até Carneiros! Parece que houve um confronto com a polícia numa fazenda e tem dois mortos.

– Eu dirijo? – Luiz perguntou.

Eles pegaram seus equipamentos e foram para o carro pegar a estrada.

O delegado Oliveira telefonou para Farias e lhe contou como a diligência em Carneiros tinha ido mal. De certa forma, Farias adivinhara o desdobramento da diligência, já que Gabriela lhe avisara que iria a Carneiros fazer uma perícia, e legistas só são chamados quando há mortes e corpos. No entanto, não imaginou que um dos corpos pudesse ser o de Rodolfo, e o delegado agora lhe pedia que se encarregasse de avisar Suzana. Ele acatou o pedido, mais porque queria e precisava mesmo falar com Suzana do que pela notícia, que, apesar de tudo, não lhe dava nenhuma satisfação. Não conseguia deixar de pensar que, em pouco mais de quarenta e oito horas, os pais e seu único filho haviam desaparecido; também não conseguia deixar de pensar que caberia a Suzana a tarefa lúgubre de identificar os corpos.

Telefonou para Suzana assim que finalizou a ligação com o delegado. A empregada da casa atendeu e chamou Suzana. Ela foi cordial, e ele também. Disse que precisava conversar com ela, e ela respondeu que estava em casa e que ele podia passar lá quando quisesse, porque ela não tinha planos, nem vontade, de sair. Ele disse que tudo bem, que passaria lá assim que desligassem, e se despediram. Antes de sair de casa, Farias lembrou-se de pegar a caixa de sapatos e o HD externo que trouxera da casa dela, e os colocou numa sacola de papel. Pensou em aproveitar a visita para devolvê-los. Desistira de acessar o conteúdo do HD, porque se convencera de que decifrara o significado do conteúdo da caixa e, ademais, porque não precisava confirmar mais nada, já que qualquer coisa em relação a Suzana não mais lhe interessava.

Cumprimentaram-se como amigos distantes, trocando beijos frios no rosto. Suzana estranhou que ele carregasse uma bolsa de papel, mas não fez perguntas. Ela o guiou até a grande e bem decorada sala da casa e convidou-o a se sentar. Ficaram frente a frente, em sofás diferentes. Suzana perguntou se ele queria café e água, Farias aceitou, e ela pediu que a empregada providenciasse e lhes servisse. Depois de servir os cafezinhos e a água, a empregada saiu e Suzana ficou esperando que ele iniciasse a conversa, mas Farias não sabia por onde começar. Resolveu começar pela sacola de papel.

– Isto lhe pertence – disse, tirando a caixa de sapato e o HD da sacola e colocando-os em cima da mesa de centro diante deles. Ela procurou disfarçar a surpresa e controlou sua reação. – Encontrei essa caixa e esse HD durante a busca que fizemos aqui, e acabei levando comigo, mas não devia ter feito isso.

Suzana limitou-se a concordar, balançando a cabeça e esperando que ele prosseguisse.

– Vi o conteúdo da caixa antes que pudesse saber que era pessoal. Só depois que abri a caixa é que fui entender que era particular...

Suzana puxou a caixa para perto de si e a abriu. Ficou brincando com o conteúdo enquanto Farias falava.

– O HD está protegido por senha e pensei em pedir para um especialista tentar acessar o conteúdo, mas não fiz isso – disse Farias. Suzana o olhou como se perguntasse "Por que não?". – Talvez o conteúdo do HD me ajudasse a entender o conteúdo da caixa, mas, como eu disse, percebi que são coisas pessoais suas e que eu não tinha o direito de mexer nelas.

– Não ficou curioso? – Suzana perguntou com um sorriso forçado.

– Talvez, mas eu tinha que respeitar sua privacidade e não podia ir além do que já tinha ido. Todo mundo tem direito a seus segredos, a uma vida secreta... – ele disse, e foi quando Suzana teve certeza de que ele sabia.

– E não quer saber? – ela perguntou-lhe, encarando-o desafiadoramente.

– Não... – ele respondeu, balançando a cabeça negativamente, como se dissesse que preferia não saber. – Tenho uma boa ideia do que seja, mas isso não tem importância – ele disse, e Suzana adivinhou o que ele diria a seguir. – Não quero continuar com você, e isso não tem nada a ver com a caixa ou com o conteúdo dela... eu já havia decidido isso antes de ver o que tinha aí dentro. Não podemos ficar juntos. Nossa relação é tóxica. Estamos apegados ao nosso passado e sabemos que nada vai mudá-lo. E não temos futuro, porque tudo que fizemos para chegar até aqui nos tornou outras pessoas. Precisamos de algo novo, precisamos nos desapegar do passado. E sabemos que não nos amamos.

– Não temos futuro... Eu também já soube que você está com a legista – falou Suzana, e Farias não disse nada. – Uma mulher mais jovem... quantos anos? Dez? Doze? – E ele continuou sem dizer nada. – Uma mulher mais nova sempre ajuda um homem a se decidir – disse, enquanto balançava a cabeça negativamente. – Esperava mais de você.

– E eu cansei de esperar por você!

Eles ficaram em silêncio por algum tempo enquanto Farias remoía o pensamento de que teria de avisá-la da morte de Rodolfo.

– Uma pena, ainda mais agora, que estou viúva e vou ficar muito rica – ela disse, com uma ponta de sorriso cínico, e sorriu mais ainda quando viu a surpresa dele. – Se você veio me avisar que Rodolfo está morto, não se dê ao trabalho. A tia dele já ligou e me deu a notícia. Eu não devia, ainda mais depois de ele ter me atacado, mas fiquei com pena dele, logo agora que, com a morte dos pais, ele poderia ser livre... – Farias não conseguia acreditar na frieza dela.

– Ele provavelmente seria preso. Encontramos provas de que as moças estiveram na clínica, e, sem a mãe dele para influenciar o processo, ele seria preso – foi tudo o que conseguiu dizer.

– Vocês encontraram provas de que as moças estiveram lá, e daí? Você já não sabia? Você já não tinha visto as fotos delas?

– Você está defendendo ele?

– Não, mas você sabe que encontrar as bolsas das moças na clínica não significaria muito. Elas poderiam ter estado lá com qualquer outra pessoa. Seriam provas, como se diz mesmo?, circunstanciais...

– Como você sabe que encontramos as bolsas delas?

– Como não saber? – Suzana respondeu, apesar de surpreendida pela pergunta. – Sabe-se de tudo nessa cidade... – disse, mas não o convenceu.

– E o ataque a você?

– É, isso pesaria contra ele, mas eu poderia perdoá-lo, não prestar queixa...

– Não seria tão fácil assim...

– Mas isso também não importa, já que ele está morto – prosseguiu Suzana; mesmo sendo policial, Farias continuava a se impressionar com a frieza dela. – Uma pena que você não me queira mais, logo agora que poderíamos ficar juntos.

– E você está rica, não é?

– Sim, estou. Vou herdar todos os bens da família, e Rodolfo tinha um seguro de vida de um valor bem alto.

– Bem, com esse dinheiro todo, você vai poder ficar com quem quiser...

– Não, não vou. Você sabe que eu queria ficar com você.

– Você podia ter ficado comigo, mas não quis largar o Rodolfo.

– Já expliquei que eu não podia abrir mão do dinheiro. Não podia deixar o Rodolfo, porque eu perderia tudo, por causa do pacto antenupcial. Com as mortes dos pais e dele, tudo mudou.

– Foi tudo muito conveniente para você, não é mesmo? – questionou Farias, e ela deu de ombros.

– Não vou mentir que, para mim, foi melhor assim. Os pais morreram antes do Rodolfo, o suficiente para ele herdar tudo deles, e, com a morte dele, eu herdo tudo e vou receber o dinheiro do seguro de vida. Já consultei um advogado. Não tenho motivo para fingir que estou triste com a morte deles, por mais que você possa ficar chocado com isso – disse, olhando-o diretamente nos olhos. – A única coisa que me deixa triste é não poder ficar com você, porque você significa muito para mim...

– Não é verdade, e você sabe disso! Eu valho menos do que a fortuna que você vai receber. Se eu valesse tanto assim para você, você teria deixado Rodolfo e vindo morar comigo. Você teria ido embora daqui comigo, mas nunca quis isso...

– O que eu não quis foi a sua vida suburbana, com seu salariozinho de funcionário público... O que custou esperar? Nada! E agora estou rica e podemos viver uma vida de sonho, fazer tudo que quisermos, viajar para o exterior, até mesmo morar no exterior... E você não quer! Por que você não quer? – perguntou, quase gritando.

– Porque acredito que achei alguém que gosta de mim pelo que sou, gosta da minha vida suburbana e é tão funcionária pública quanto eu...

– E é doze anos mais jovem...

– Isso não tem nada a ver! Houve uma época em que tudo o que eu mais queria era ficar com você. Você não imagina como eu queria que você tivesse ido para a capital comigo. Não tem ideia de como a sua ausência doía em mim. Doía mesmo, uma dor física, como se eu tivesse um buraco no peito.

– Eu também senti muito a sua falta...

– Quando voltei e a gente começou a se encontrar, essa minha dor foi passando, o vazio que eu sentia no peito parecia que estava sendo preenchido, mas foi por pouco tempo... – Ela olhou para ele sem entender. – Foi por pouco tempo porque logo esse vazio começou a crescer de novo, cada vez que você se negava a deixar o Rodolfo e ficar comigo. Depois nosso relacionamento virou sexo, virou rotina.

– Parecia que você estava bem satisfeito!

– Nunca disse que não estava e nunca me incomodei que você estivesse comigo apenas para se satisfazer. Eu me contentava com isso, porque achava que era melhor ter você desse jeito do que não ter de jeito nenhum... – Farias fez uma pausa. – Mas depois que vi e entendi o conteúdo dessa caixa... – Ele balançou a cabeça num sinal de negação. – Por que você ficou com aqueles homens todos e nunca me procurou? – Ela ia responder, mas ele fez um sinal para que ela se calasse. – Você não precisa se explicar...

– Então você não vai ficar comigo por isso? Por causa do meu passado?

– Não, Suzana, não tem essa de passado! Não vou ficar com você porque você não gosta de mim, você não me ama, nem nunca me amou...

– Porque dormi com outros homens?

– Não, Suzana, porque procurou por eles e nunca procurou por mim! Porque nunca me deu nenhuma chance.

Farias se levantou para ir embora, e Suzana também se levantou. Ele teve medo de que ela o abraçasse, pedisse para que não fosse embora, para que ficassem juntos, ou fizesse uma cena, porque ele não sabia se resistiria. Porém, Suzana tinha orgulho, não se arrependia de nada que fizera e simplesmente deixou que ele passasse por ela. Farias pôde sentir o perfume dela, pôde sentir saudade de um tempo que nunca existiu e que, por isso mesmo, jamais voltaria. Suzana o viu ir embora e não se entristeceu, nem sentiu raiva, apenas um pouco de mágoa por ter sido trocada por uma mulher mais jovem. Apesar disso, desejava que ele fosse feliz, porque ela certamente seria. Ela estava feliz.

24

O corpo de Rodolfo chegou a Nova Esperança e foi reunido aos de seus pais. Só então Suzana concordou em ir até o IML para fazer o reconhecimento. Não queria ter de voltar àquele local macabro, então preferiu fazer de todos de uma só vez. Não foi demorado. Suzana facilmente identificou os três, objetivamente, sem qualquer emoção. Ela se emocionou mais quando viu Gabriela e examinou cada detalhe do rosto e do corpo dela, como se tivesse ido ao IML para reconhecer a médica, e não os corpos dos familiares – gostasse ou não, era isso que eram, seus familiares. Achou a médica bonita e jovem, devia realmente ser uns dez anos mais nova do que ela e Farias. Sim, era bonita, mas não seria páreo para a Suzana de dez anos atrás. Parecia uma pessoa normal, e não havia nada que desagradasse mais a Suzana do que pessoas normais.

Gabriela fez um sinal para que Luiz fechasse as gavetas assim que Suzana reconheceu os corpos.

– Você deve preencher esse formulário para que a gente libere os corpos para o serviço funerário – Gabriela disse, entregando três formulários para Suzana. – Eles sabem como preencher. – Suzana recolheu os papéis e acenou afirmativamente. – Eles podem ligar pra cá quando estiverem prontos. – Gabriela lhe entregou um cartão do IML e saiu.

Enquanto ela saía, Suzana a examinou um pouco mais e achou que a médica tinha um corpo bonito, porque conseguiu ver contornos e curvas mesmo com ela vestindo aquele uniforme largo e sem sexualidade alguma. Foi obrigada a reconhecer que a mulher tinha uma bunda bonita, firme e roliça. Também, com dez anos a menos, era fácil ser desejável, e essa era sua única mágoa em relação a todos aqueles eventos, porque, mesmo com tudo o que ia receber, com todo o patrimônio que seria dela e a faria milionária, não conseguiria diminuir um dia da sua idade. Isso era muito injusto! Alguém diria que não se pode ter tudo, mas esse era o tipo de verdade que Suzana não aceitava. Ela tinha que ter tudo, e quando quisesse. Consultou o delicado relógio de ouro no pulso – um Bvlgari, que fazia um belo contraste com sua pele morena, mas, mesmo assim, ela já havia decidido que o trocaria por um mais caro, assim que tivesse tempo de ir a São Paulo – e viu que estava quase na hora da reunião com o Dr. Eduardo. Saiu do prédio do IML, entrou no carro – o Range Rover que pertencera a Rodolfo, porque ela já havia decidido que sua riqueza não combinava mais com sua picape e que também teria que comprar um carro novo, provavelmente assim que fosse a São Paulo – e dirigiu até o centro de Nova Esperança.

O escritório de Eduardo era simples e ficava num prédio antigo, também simples, mas que pelo menos tinha elevador. A simplicidade do escritório do colega de escola não a incomodava, porque era tudo muito limpo, não havia poeira nos livros bem organizados nas estantes tanto da recepção quanto da sala do advogado.

Uma jovem preta com um sorriso gentil a recebeu educadamente e logo a chamou para entrar na sala do Dr. Eduardo. Suzana entrou e cumprimentou Eduardo, que a convidou para se sentar na poltrona em frente à sua mesa. A jovem recepcionista voltou trazendo uma bandeja com cafezinhos e água para Eduardo e sua cliente, e saiu, fechando a porta.

– Que jovem bonita! – Suzana elogiou a recepcionista para Eduardo, que sorriu.

— É minha sobrinha. É uma menina muito boa. Gosto muito dela. Também quer ser advogada.

— E você a incentiva?

— Sim, eu a ajudo a estudar. Minha irmã e o marido não têm muitos recursos, então faço o que posso para ajudar.

— Que bacana! Muito legal da sua parte.

— Na verdade, não faço mais do que minha obrigação, não é mesmo? É para isso que a família serve...

— Nem todas as famílias são assim, você sabe.

— É, mas na nossa família, procuramos nos ajudar. Falando em ajudar, no que eu posso lhe ser útil? — ele perguntou, procurando ser o mais profissional possível.

Suzana terminou o cafezinho e colocou a pequena xícara na mesa à sua frente.

— Eu sei que você não gosta muito de mim — ela disse, e ele franziu a testa —, mas vou precisar dos seus serviços.

— Suzana, se foi o Gilberto que lhe disse isso, ele está enganado. Não tenho nada contra você. Eu só pensava, como continuo a pensar, que você e ele não deviam ficar juntos...

— Então, não se preocupe mais, porque terminamos tudo — mentiu, porque jamais admitiria ter sido dispensada por qualquer homem que fosse. — Não temos mais nada.

— E como você está? — ele perguntou, e ela deu de ombros. — Se não se incomodar por eu ser amigo do Gilberto, não vejo nenhum problema em atendê-la profissionalmente, se estiver dentro da minha capacidade. É claro que não vou comentar nada com ele a respeito do trabalho que fizer para você. Aliás, tenho a obrigação profissional de não revelar nada que conversarmos como cliente e advogado.

— Um sigilo assim como de padre? — ela disse e riu.

— Você sabe que não me dei bem com essa história de padre — ele disse, e os dois riram.

— Preciso de um advogado, mas preciso de um amigo também. Você pode ser meu amigo?

– Suzana, acho que nunca deixamos de ser amigos...
– Preciso de alguém de confiança. Preciso de você como um amigo e como um irmão também – ela disse, e puxou um colar de miçangas vermelhas para fora da blusa. – Um irmão de raça e de credo.
– Iansã... – Eduardo murmurou quando viu o colar de miçangas, a guia que Suzana lhe mostrou, e imediatamente pensou como nunca a tinha visto com aquela guia.
– Sempre usei a guia escondida, às vezes no pulso, como uma pulseira, às vezes no tornozelo, mas agora não preciso mais esconder – explicou, como se tivesse ouvido o pensamento dele, e ele sorriu.
– Irmãos de credo podemos ser, mas irmãos de raça? O que você quer dizer com isso? – ele perguntou quase rindo, e Suzana, enquanto colocava o colar para dentro da blusa, sorriu.
– Por que você acha que tenho essa pele com esse lindo tom moreno-escuro e olhos castanho-claros? – Eduardo riu, mas não entendeu, nem soube responder à pergunta, e continuou a olhá-la, com um sorriso amigável, mas desconfiado. – Eu sou parte da história não contada de Nova Esperança...
– Então, me conte! – pediu-lhe, e ela sorriu.
– A família da minha mãe surgiu aqui, em Nova Esperança, com um casal formado por um suíço e uma quilombola. – Eduardo sorriu, era possível que fosse verdade.
– Mas como você sabe disso?
– A história da família da minha mãe está muito bem documentada – disse, e, como Eduardo parecia curioso e interessado, completou: – Posso lhe emprestar um livro escrito pela minha bisavó materna, que conta a história da nossa família... Umas oito, nove gerações até chegar em mim e nas minhas irmãs. Pena que vai acabar quando eu morrer, sem deixar filhos...
– E suas irmãs?
– Não seria a mesma coisa – respondeu, com um suspiro. – Elas não ligam para isso. Não querem esse legado. Preferem acreditar que são totalmente brancas.

– Sim, como muita gente dessa cidade...
– Como muita gente do nosso país... – ela acrescentou e suspirou novamente. – Preciso da sua ajuda porque vou herdar tudo que pertencia aos pais de Rodolfo e a ele também.
– Tem certeza? Eles não deixaram testamento?
– Não, tenho certeza de que não fizeram testamento, e Rodolfo também não. Talvez teriam feito se soubessem que o filho ia morrer antes de mim, mas eles tinham certeza de que eu morreria primeiro. Também por isso Rodolfo não fez testamento, aliás, ele fez um seguro em meu nome, e eu fiz um no nome dele. Consultei um advogado da capital e ele disse que, mesmo eu sendo casada em comunhão parcial de bens com Rodolfo, vou receber tudo.
– Sim, não havendo testamento, nem outros herdeiros.
– Tínhamos um pacto antenupcial, mas esse advogado também me disse que ele só teria aplicação se eu me divorciasse de Rodolfo. Eu trouxe uma cópia – disse, tirando o documento de uma pasta de couro que trazia consigo. – Quer ver?

Eduardo pegou o documento e o leu rapidamente, enquanto Suzana aguardava.

– Sim, ele está correto. Não havendo testamento que disponha de outra maneira, você vai ficar com todo o patrimônio da família – confirmou, e lhe devolveu o documento. – Já sabe quais são os bens desse patrimônio?

– Bem, os do Rodolfo são mais fáceis de saber, porque estão todos em nome dele. – Ela entregou uma pasta de cartolina para Eduardo com a relação dos bens em nome de Rodolfo. – Vou arrendar a clínica para o Dr. Mendonça, mas ainda não sei o que fazer com os outros imóveis. O dinheiro, quando eu receber, vou depositar na minha conta, e as ações que ele tinha, como são todas ao portador, já mandei vender. – Ela entregou uma segunda pasta de cartolina para Eduardo. – O problema são os bens dos pais do Rodolfo.

– Por quê? – ele perguntou, pegando a pasta das mãos dela.

– Porque, além das contas e imóveis que estão em nome deles, a maioria dos imóveis – e são muitos – está em nome de laranjas, quase todos irmãos do Dr. Édson e da Dr. Rosa. Mas existem escrituras de doação dos imóveis dos laranjas de volta para eles.

— Essas escrituras vão ter que ser registradas, para que os imóveis entrem no inventário.

— E os irmãos e sobrinhos deles vão querer me matar quando eu retomar a posse desses imóveis – ela disse, dando de ombros e sorrindo. – Mas não me importo...

— São muitos imóveis! – o advogado disse, enquanto examinava os documentos da pasta.

— É o resultado de muitos anos de falcatruas deles...

— São muitas propriedades, o imposto de doação que você vai ter que pagar vai ser bem alto.

— Tenho dinheiro para pagar e, além disso, vou receber o seguro de vida do Rodolfo.

— De quanto?

— Um milhão de dólares...

— É muito dinheiro! Tem que dar para pagar os impostos.

— Além disso, sei que o Dr. Édson escondia dinheiro numa conta num paraíso fiscal, mas ainda não sei como vou fazer para descobrir essa conta.

— E o que você quer que eu faça?

— Quero que você regularize os imóveis em nome dos pais do Rodolfo e faça o inventário. Vou lhe pagar vinte por cento de tudo que eu receber.

— Vinte por cento desse patrimônio é uma fortuna!

— Não quer ficar rico? – ela perguntou sorrindo.

— Não é isso, é que...

— Você aceita?

— Claro!

— Ótimo! Também vou querer fazer um testamento. Quanto você cobrará por isso?

— Nada. Depois que você me pagar os vinte por cento, posso fazer o testamento de graça, tranquilamente – disse, e os dois sorriram. – Mas por que você quer fazer um testamento?

– Não tenho filhos, minha mãe já morreu e não quero que todo esse patrimônio fique com as minhas irmãs. Vou deixar alguma coisa para elas e também para a minha mãe adotiva, mas não quero deixar tudo. Tenho outros planos para esse dinheiro. Mas não pretendo morrer tão cedo, pode ficar tranquilo – falou e riu.

– Vou preparar um contrato de prestação de serviços e uma procuração para você assinar, ok?

– Está bem! Amanhã vou fazer o funeral do Rodolfo e dos pais. Deve ser às quatro da tarde. Será uma cerimônia fechada, mas, se puder, vá até lá e leve os documentos para que eu assine – disse, e entregou a pasta de couro para ele. – Fique com esses documentos.

– Não quer a pasta de volta? – Era uma bonita pasta de couro para documentos da Mr. Cat.

– Não, pode ficar com ela. É um presente meu – disse, deu uma piscada de olho para ele, sorrindo, e se despediu para ir embora.

Eduardo chegou à capela do cemitério um pouco antes das quatro horas da tarde. Antes mesmo de entrar, viu que realmente era uma cerimônia fechada e que, além de Suzana, estavam lá o delegado Oliveira, Farias, Gabriela e o Padre Joaquim, que tinha vindo de Vila Bela especialmente para realizar a cerimônia a pedido de Suzana. Eduardo cumprimentou Suzana e todos os demais e ficou próximo de Farias. Ficou feliz em ver que Farias e Gabriela estavam juntos e sorriu. Com certeza, Farias e o delegado estavam ali por razões profissionais, assim como o padre, que se encarregaria da cerimônia, e também ele, presente como advogado da viúva, mas a razão de Gabriela estar ali era outra, ele sabia. A médica fez questão de ir para mostrar a Suzana que Gilberto agora estava com ela, e, mesmo considerando isso uma afronta, Suzana teve a dignidade de não a impedir de entrar, admitindo a derrota, aparentemente, mas só aparentemente. Mesmo tendo passado bastante tempo afastado de Suzana, Eduardo sabia que reconhecer qualquer derrota não era o forte da sua cliente. Na verdade, Suzana se exibia, linda como sempre, toda de preto, num vestido colado no corpo, sapatos de salto alto, meias de seda e um chapéu com um pequeno véu negro cobrindo os olhos, como uma personagem saída de um filme de Hollywood. Gabriela diria que Suzana se exibia para Farias – para quem mais poderia ser? – mas, na verdade, ela se exibia para a própria Gabriela, e sua mensagem era "quero ver você chegar aos quarenta tão bem quanto eu", ou tão rica. Mas Farias não se importava, Gabriela não se importava e os mortos ali, esses talvez se importassem, mas ninguém se importava com eles, a não ser o Padre Joaquim, por dever de ofício.

A cerimônia foi simples e, quem sabe por isso mesmo, bela. Pais e filho foram enterrados lado a lado, o que tomaria a dimensão de uma tragédia familiar se a família, enquanto existira, não tivesse sido tão disfuncional. O padre fez uma oração e mencionou a passagem bíblica "do pó viestes e ao pó voltarás", e Suzana pensou que teria sido mais apropriado que ele tivesse mencionado o Inferno, porque estava segura de que era para lá que os sogros iriam, aliás, onde já deveriam estar. E se houvesse reencarnação, ela realmente esperava que Rodolfo renascesse e pudesse ter uma vida feliz.

Um fotógrafo do jornal local – a Folha de Nova Esperança – resolveu travestir-se de *paparazzi* e tirava fotos do funeral à distância, pisando inescrupulosamente sobre túmulos de ilustres e finados cidadãos nova-esperancenses, enquanto Suzana, dissimuladamente, fazia poses e enxugava lágrimas inexistentes. Também fingidamente, quase escorregou quando foi jogar uma flor de despedida sobre o caixão do marido, sendo amparada pelo delegado, quando preferia – e essa tinha sido sua real intenção ao se desequilibrar – ter sido amparada por Farias, que foi providencialmente afastado e impedido de socorrê-la por um forte puxão pelo braço e um sorriso meigo que recebeu de Gabriela.

Com os cumprimentos formais e regulamentares de pêsames, todos se despediram de Suzana e se foram, com exceção de Eduardo, que a acompanhou até uma pequena recepção para que ela lesse e assinasse o contrato e a procuração que lhe trouxera. Suzana assinou ambos os documentos sem se dar ao trabalho de lê-los, porque sabia que Eduardo era honesto e correto. Ela entregou a ele os papéis assinados e avisou que passaria uns dias na capital, porque tinha que resolver alguns negócios por lá.

Antes de viajar, Suzana fez acertos para deixar a loja sob a responsabilidade de sua assistente, agora elevada à condição de sócia, e a clínica sob os cuidados do Dr. Mendonça, até que ele pudesse entrar definitivamente na sociedade. A Eduardo, pediu que regularizasse os imóveis e os bens dos sogros e começasse o inventário tão logo fosse possível. Também por ordens dela, à medida que a propriedade dos imóveis fosse sendo regularizada, os ocupantes deveriam ser despejados, mesmo que fossem parentes dos seus falecidos sogros, ou exatamente por isso, já que eram pessoas em quem ela não confiava.

A partir de então, ela raramente voltou a Nova Esperança, apenas quando sua presença era indispensável, e sempre acompanhada por seguranças, porque os parentes de seus sogros juraram que se vingariam dela. Até mesmo Eduardo sofreu ameaças, mas a polícia de Nova Esperança, especialmente Farias, lhe garantiu proteção e segurança.

Ela acabou se mudando para São Paulo e voltou alguma vezes a Nova Esperança, somente enquanto o inventário ainda não estava concluído. Da última vez que a vira, Eduardo achou que ela estava fraca, que parecia doente, mas que tentava disfarçar. Nesse último ano em que convivera mais com ela, Eduardo sabia que Suzana jamais admitiria estar doente. Apesar de conhecer um pouco mais da sua personalidade, Suzana ainda era um mistério para ele. Havia muitas coisas que ele não sabia a respeito dela e que ela jamais revelaria. Terminado o inventário, ela lhe deu uma procuração para vender todos os imóveis, sem precisar consultá-la quanto a valores; a única condição que impôs foi a de que nunca fossem vendidos para qualquer parente de Rodolfo. Ela mesma se encarregou de vender a loja e a clínica, para nunca mais ter que voltar a Nova Esperança, e, antes de se despedir do amigo e advogado, lhe entregou uma cópia, num envelope lacrado, do seu testamento, que registrara num cartório da capital. Também lhe deu outro envelope lacrado, que pediu que ele entregasse a Farias caso ela morresse antes dele; se Farias morresse antes dela, Eduardo deveria queimar o envelope, e ela tinha certeza de que ele faria exatamente isso. Foi quando Eduardo entendeu que ela se despedia dele para sempre.

– Vamos ter uma sessão hoje à noite na minha casa. Você não quer ir?

– Não, obrigado. Não posso passar a noite aqui. Preciso voltar para São Paulo, e é uma longa viagem de carro, mesmo com motorista.

– Não quer ir até lá receber uns passes? Não quer que os orixás a vejam? Talvez eles possam ajudar... – ele insistiu.

– Não, meu amigo, obrigada – disse, abraçando-o, e Eduardo sentiu que o corpo dela estava leve, que era mais espírito do que carne. – É tarde demais pra isso.

Ela tirou três cadernos grossos da bolsa e lhe entregou.

– Já ia me esquecendo – disse. – É a história da minha família que minha avó escreveu, lembra? Eu havia prometido que ia emprestar para você ler. – Eduardo pegou os cadernos com um grande sorriso. – Leia e guarde com você. Talvez eu venha buscar – ela disse, e ele concordou, embora soubesse que ela não voltaria.

Despediram-se, e Eduardo se entristeceu porque pressentia que era a última vez que a veria.

No seu caminho para sair de Nova Esperança, Suzana pediu que o motorista parasse na delegacia, onde foi conversar com o delegado Oliveira sobre os crimes dos quais Rodolfo era suspeito. O delegado disse-lhe que o inquérito tinha sido arquivado havia quase um ano, porque Rodolfo era o único suspeito e estava morto. Não havia mais nada a fazer. Nunca teriam certeza do que acontecera, e, com exceção do ataque que ela sofrera, ele não era considerado culpado de mais nada, apenas suspeito. Ela perguntou sobre Farias, e o delegado disse que ele estava investigando outros casos e que, naquele dia, estava em Vila Bela. Ela gostaria muito de tê-lo visto mais uma vez, mesmo que de longe. Gostaria mais ainda de poder ter estado com ele em Vila Bela, num daqueles encontros às escondidas na casa paroquial. Mas isso tudo era passado, ela era passado para ele, que estava vivendo com Gabriela. Que ele fosse feliz, porque ela sentia falta de ter sido feliz. Não sentia saudades de um tempo feliz, porque acreditava ter vivido um tempo feliz. O que sentia era mais como uma nostalgia de algo que nunca tivera.

Voltou para o seu carro de luxo, com seu motorista uniformizado, consultou o relógio de ouro mais caro que um apartamento num bairro de classe média na capital e calculou que chegariam a São Paulo já de madrugada. Também calculou que jamais voltaria a Nova Esperança, pois, mesmo com toda a riqueza que agora possuía, não conseguiria acrescentar nem mesmo um segundo a mais ao seu tempo de vida.

Naquela mesma noite em que Suzana deixou Nova Esperança pela última vez, houve uma sessão no terreiro na casa de Eduardo, que só acabou lá pela madrugada do dia seguinte. Quando a sessão terminou e ele cumpriu todas as suas tarefas e obrigações, entrou em casa e tomou um banho para ir dormir. Foi somente nessa hora que se lembrou dos cadernos que Suzana lhe entregara. Fez um chá para beber enquanto lesse, ligou o abajur, recostou-se na cama e começou a folhear o primeiro caderno. Não conseguiu parar até ler o último dos três volumes.

Hannah e Johann conseguiram convencer o pastor de que seria bom e útil para todos que os suíços e os quilombolas pudessem falar um mesmo idioma. Também argumentaram que era importante que eles próprios aprendessem a falar português. No entanto, o que realmente convenceu o pastor foi ele ter pensado que os dois tiveram aquela ideia das aulas apenas para que passassem mais tempo juntos. O pastor estava certo de que os dois estavam se gostando, e ele não se opunha – muito pelo contrário – ao casamento dos dois.

Na verdade, Johann e Hannah estavam apaixonados, mas não reciprocamente. Desde que Obi a pegara nos braços pela primeira vez, ela não conseguia esquecê-lo. Pensava nele o tempo todo, sonhava com ele durante o dia, mesmo acordada e de olhos abertos. Sua ideia para que todos aprendessem um idioma no qual pudessem se comunicar era bem-intencionada e sincera. Hannah não pensou nas aulas como uma desculpa para ficar mais perto do rapaz, mas ficou feliz de ver que ele foi logo um dos primeiros a querer aprender um idioma para que pudessem se falar. A linguagem de seus gestos e olhares já dizia muito, mas nada poderia substituir um amor confessado em voz alta, de um para o outro.

Johann, por sua vez, apaixonou-se por uma jovem quilombola belíssima, que se chamava Anaya, e acreditava que era correspondido, porque ela, sempre que podia, ficava próximo dele. Anaya devia ter dezessete anos, não mais, e, se estivesse na sua terra natal, já estaria casada. Ela se esforçava para ensinar sua língua a Johann, que se esforçava para aprender e ensinar a ela o francês, e ambos se esforçavam para aprender porque queriam muito dizer, um para o outro, claramente o que sentiam. Enquanto não entendiam as palavras que trocavam entre si, decifravam seus gestos e olhares e se entendiam da melhor maneira que podiam.

Levou um pouco mais de um ano para que as principais construções do povoado dos suíços fossem concluídas e a vila fosse aumentando, à medida que mais imigrantes chegavam. O quilombo não crescia na mesma proporção, mas a cada dia chegavam mais escravizados fugidos, porque a fama do quilombo se espalhava, adquirindo as proporções de uma lenda, segundo a qual o local era descrito como um paraíso naquela terra, onde brancos e pretos conviviam em paz e harmonia.

Nesse período de quase um ano, os suíços mais esforçados aprenderam português, e alguns até mesmo a falar um pouco da língua dos quilombolas, de pronúncia muito difícil. Os quilombolas aprenderam francês com certa facilidade, principalmente aqueles que já falavam português.

Um ano também foi o tempo que o pastor esperou para que Johann pedisse sua filha em casamento, o que nunca aconteceu. Como Johann não se manifestou e a filha se aproximava de completar dezoito anos, o pai resolveu que a daria em casamento a outro. Contudo, como se considerava um homem correto, chamou Johann em sua presença, para confirmar suas intenções com sua filha.

Ele foi até a casa do pastor, que ficava atrás da igreja, e o encontrou sentado na cozinha, enquanto Hannah lhe servia café. O pastor mandou que Johann se sentasse à mesa, que Hannah servisse café ao visitante e que saísse, porque precisavam ter uma conversa em particular. O rapaz obedeceu, sentou-se, aceitou o café e esperou que o pastor tomasse a iniciativa da conversa.

– Vou ser bem direto – o pastor lhe falou. – Preciso saber quais são tuas intenções com a minha filha. Pretendes casar-te com ela?

Johann surpreendeu-se com a objetividade do pastor e procurou escolher as melhores palavras para lhe responder.

– Responda, homem! – gritou-lhe o pastor, impaciente, dando um soco na mesa e assustando Johann e até mesmo Hannah, que ouvia a conversa atrás da porta da cozinha.

– Eu e Hannah somos amigos...
– Isso nunca foi impedimento para um casamento.
– Na verdade, nós não nos gostamos...
– Isso também nunca foi impedimento. Não se espera que os noivos se amem para casarem-se – disse, e esperou que o jovem desse alguma explicação que lhe fizesse sentido.

Johann ficou sem saber o que dizer e tomava cuidado para não prejudicar a amiga, pois sabia que ela gostava de Obi, e ela sabia que ele gostava de Anaya. Aliás, ele já havia avançado no romance com a jovem e, agora que podiam se comunicar com menos dificuldade, lhe confessara seu amor. Ela também revelara que o amava e eles já tinham se beijado, porque, para ela e seu povo, amar não era pecado. Para Johann, aquela conversa com o pastor chegou quando ele já havia decidido que iria pedir ao pai de Anaya para casar-se com ela, depois que ela lhe garantiu que o pai aceitaria o pedido. Ela contara para a mãe que estava apaixonada pelo suíço, e a mãe prometeu ajudá-la a convencer o pai. A moça sabia que o pai faria como sua mãe quisesse e reconheceria que estava mesmo na época de a filha se casar. Nem ela nem sua mãe jamais pensaram que a cor de suas peles pudesse representar algum impedimento para o casamento. Tanto Anaya quanto Johann eram estrangeiros naquela terra e dependiam do próprio suor para sobreviver. Anaya era novamente livre, e de que valeria ser livre se não pudesse se casar com quem quisesse?

A conversa com o pastor ocorreu quando Johann estava prestes a pedir Anaya em casamento, o que ainda não tinha feito, porque precisavam decidir onde morariam depois de casados, se no povoado dos suíços ou no quilombo. Ele pensou que seria melhor responder ao pastor dizendo a verdade, que estava apaixonado e queria se casar com Anaya. Isso livraria Hannah de qualquer problema, e ele aproveitaria para pedir a benção do pastor para a sua união com a jovem. Johann realmente acreditou que o pastor não só concordaria com seu casamento com Anaya, como também ficaria satisfeito, já que a união dos dois aproximaria os suíços dos quilombolas, numa aliança que faria todos mais fortes.

Johann não podia estar mais enganado! O pastor reagiu com ódio à revelação que lhe fizera.

– Como ousas trocar minha filha por uma ex-escrava? Por uma africana pagã! Por que passaste tanto tempo engabelando a minha filha, fazendo-me acreditar que estavas interessado nela?

Johann ameaçou responder, mas calou-se, porque ponderou que sua resposta talvez pudesse prejudicar Hannah. Era melhor que o pai acreditasse que ele a havia enganado do que desconfiasse que ela também gostava de um jovem africano. Por isso, calou-se, mas seu silêncio só fez aumentar a fúria do pastor, que se levantara e esbravejava, gesticulando e andando para lá e para cá na pequena cozinha.

– Hannah! Hannah! – gritou com impaciência, e a filha demorou um pouco a entrar na cozinha, para que ele não percebesse que ela os ouvia atrás da porta.

– Sim, meu pai – respondeu agitada.

– Vai chamar Heinrich e Adrian!

– Sim, senhor! – ela respondeu, saindo apressada.

Johann esperava com apreensão a chegada dos homens que o pastor mandara chamar, já que era sabido que os dois atuavam como guardas do povoado.

– Acompanhem Johann até o alojamento dele e esperem que ele recolha os seus pertences – ordenou assim que Heinrich e Adrian entraram na casa, seguidos por uma Hannah nervosa e pálida.

– Mas eu não tenho para onde ir! – Johann protestou, mas Heinrich já o puxava para fora da cozinha pelo braço.

– Vai-te morar com os pagãos! Mores com eles! Vai-te daqui!

Os dois homens não esperaram mais e arrastaram Johann até seu alojamento, esperaram-no colocar suas coisas numa bolsa de pano e o acompanharam até o limite do povoado, de onde o expulsaram repetindo as palavras do pastor.

Sem ter mais para onde ir, Johann resolveu pedir abrigo no quilombo e pegou a trilha que ia dar lá. Um pouco mais à frente, no caminho, Hannah saiu de trás de um arbusto, assustando-o.

– Desculpe-me. Não quis assustar-te.

– Não tem problema.

– Para onde vais?

– Para o quilombo, para onde mais? Tu viste, fui expulso.

– Eu ouvi tudo. Não devia ter ouvido, mas ouvi tudo detrás da porta. O que vai ser de ti agora?

– Acho que teu pai apenas apressou as coisas. Vou pedir Anaya em casamento e, se eu for aceito, vou viver no quilombo.

– Mas e Deus? E a igreja?

– Hannah, acredito que Deus está dentro de nós. E mesmo que eu não possa ir até a igreja, vou poder continuar rezando.

– O que vai ser de mim sem a tua ajuda? – ela perguntou chorando. – Meu pai já me proibiu de dar aulas para os quilombolas! Não vou poder mais ir até lá! Como vou fazer para me encontrar com Obi?

– Não sei, irmã, não sei... Mas, se tudo der certo comigo e com Anaya, quem sabe teu pai não muda de pensamento?

Hannah continuou a chorar, balançando a cabeça negativamente. Ela sabia que o pai não mudaria de ideia, e o amigo também sabia disso, mas não sabia o que dizer para tentar acalmá-la.

– É melhor que voltes. Não vai te ajudar se fores vista comigo.

Ela abraçou o amigo e eles se despediram, tomando direções opostas na mesma trilha.

* * *

Como Anaya previra, com a ajuda da mãe, seu pai aceitou que ela e Johann se casassem. Houve um ritual e uma festa de acordo com as tradições dos ancestrais de Anaya e de sua família. Talvez Johann não tenha entendido tudo que lhe fora perguntado durante a cerimônia, mas, como havia sido treinado pela noiva, deu as respostas corretas. Foi uma festa alegre, com música, dança, muita comida e bebida, mas ele não pôde convidar nenhum dos amigos suíços, afinal, era um casamento pagão; na mesma ocasião em que se casava, o pastor o excomungava e riscava seu nome do livro dos batizados de sua igreja. A partir daquele momento, Johann não existia mais para o mundo dos brancos.

Anaya aconselhou que Johann não bebesse durante a festa, porque seus parentes tentariam embebedá-lo para que ele não conseguisse consumar o casamento, uma brincadeira que fazia parte da tradição. Com essa motivação, foi relativamente fácil para ele não beber e, por isso, pôde perceber quando Obi saiu da festa, provavelmente para se encontrar com Hannah. Eles continuavam a se ver, cada vez mais apaixonados, mas ela ainda esperava por um milagre que convencesse o pai a permitir que os dois se casassem. Era uma noite de luar e, de onde estavam, Obi e Hannah viram os recém-casados deixarem a festa para passar a noite de núpcias na mata, como mandava a tradição.

Pressentindo o perigo de deixar a filha permanecer solteira ou, talvez, apenas porque a cada dia que passava ela se tornava mais velha para se casar, o pastor resolveu que era hora de escolher com quem casá-la. Desde que haviam chegado ao Brasil e construído o povoado, novos imigrantes se sentiram encorajados a emigrar e vieram se juntar a eles. Havia muitos homens, mas também muitas mulheres jovens, e era importante que ele não se demorasse a escolher.

O pastor acabou se decidindo por Heinrich, porque era um homem de sua confiança, a quem lhe interessava manter por perto. Além disso, talvez já houvesse algumas famílias interessadas em casar suas filhas com ele, mas o pastor sabia que Heinrich daria preferência a casar-se com Hannah, exatamente por ser a filha do pastor.

Durante semanas o pastor sondou o noivo que escolhera para Hannah. Fez perguntas dissimuladas, primeiro sobre o que Heinrich pensava do casamento em geral, e ele respondeu que achava uma coisa muito boa e necessária. Depois, perguntou se ele planejava se casar um dia, e ele disse que sim, que gostaria de se casar e de ter filhos. Heinrich também manifestou a intenção de não se demorar a casar, pois já tinha passado dos quarenta e não podia esperar muito mais. Perguntado se tinha alguma noiva em vista, ele disse que não, que ainda não, mas sabia que havia algumas famílias que gostariam de lhe propor as filhas em casamento. Ele ainda não havia pensado no assunto, mas sabia que as famílias das moças não poderiam lhe pagar nenhum dote, então ele teria que decidir levando em consideração outras qualidades das famílias e das jovens. Todas as famílias dali eram honestas e decentes, por isso, ele consideraria aquela moça da família mais religiosa e, talvez, que tivesse mais irmãos, porque isso indicaria que ela poderia ser uma boa parideira. A religiosidade era um ponto a favor de Hannah, e o pastor ficou tranquilo, porque nenhuma outra filha poderia ser considerada mais religiosa que a filha do próprio pastor. A capacidade de parir, no entanto, era desfavorável à filha, que não tinha irmãos e teve uma mãe que levara muitos anos para engravidar uma única vez. As respostas que Heinrich deu às suas perguntas fizeram o pastor ficar apreensivo e convencer-se de que o assunto era urgente. Se quisesse ter Heinrich como genro, precisaria se apressar.

Num domingo após o culto, ele chamou Heinrich para uma conversa particular na sua casa, convite que o fiel aceitou de bom grado. Ele mandou que Heinrich se sentasse e ele mesmo lhe serviu café, já que a filha não estava em casa e ensinava às crianças da escola dominical. Depois de também se servir de café e sentar-se à mesa, o pastor abordou o assunto o mais diretamente que pôde.

– Heinrich, conversamos muito nessas últimas semanas sobre o casamento e a vida de casado, e me agradou muito saber do teu interesse em casar-te e constituir família. – O fiel lhe acenou afirmativamente com a cabeça, confirmando. – Deus abençoa os homens de bem que constituem famílias! Conheço tua família desde a Suíça, e a ti, desde criança. Foi com muito gosto que soube que tu irias nos acompanhar nesta viagem para o Novo Mundo. Tua presença, para mim, além de motivo de alegria, nos faz sentir seguros.

O pastor fez uma pausa, respirou fundo e disse-lhe:

– Ficaria muito feliz se tu concordasses em casar-te com minha única filha, a Hannah!

Um enorme sorriso tomou conta do rosto do homem, que sempre carregava uma expressão taciturna.

– Seria uma grande honra para mim, pastor! – disse, levantando-se e apertando a mão do futuro sogro, selando, assim, o pacto.

Em nenhum momento o pai disse se já havia consultado a filha, nem o pretendente quis saber. Não cabia perguntar nada à jovem. Por que ela se oporia? Casaria com um homem sério e trabalhador. O fato de que ele tinha mais que o dobro da idade dela não seria impedimento. Tendo fechado o acordo, o futuro sogro e o noivo continuaram conversando para acertar os detalhes do casamento e da nova vida que o casal teria. O pai tinha certeza de que ela ficaria muito feliz, porque o noivo que ele escolhera para ela era um homem bom e decente.

Se tivesse ocorrido ao pastor perguntar a outros dos seus fiéis, ele teria sabido que Heinrich não era um homem nem tão bom assim, nem decente, além de ser muito pouco querido por todos. Na verdade, não havia nenhuma família interessada em casar qualquer uma de suas filhas com ele. Não por outros motivos, ele ainda estava solteiro e havia abandonado qualquer plano de se casar, quando o pastor começou a indagá-lo sobre casamento. Ele logo percebeu que o pastor cogitava casá-lo com a filha e achou que seria um bom negócio aceitar. Casaria com uma mulher jovem, bonita e atraente, que ele cobiçava desde a primeira vez que a vira no navio, e que era filha do pastor, o que o colocaria numa posição de poder e liderança sobre os demais habitantes do povoado.

Se o pastor tivesse consultado seus fiéis, eles lhe teriam dito que Heinrich era um homem violento, que sempre arrumava brigas e criara confusões em todos os povoados onde vivera, dos quais fora expulso por essas mesmas razões. Era certo que o pastor conhecera a sua família e também a ele, mas apenas quando criança. Ainda muito jovem, Heinrich deixara o seu povoado natal e passara a viver perambulando pelo país. Tivera sérios problemas com a bebida e, sempre que bebia, ficava mais agressivo e violento. Corria um boato de que emigrara para o Brasil porque era procurado por crimes que havia cometido na Suíça.

Quando bebia, além de começar brigas e confusões, se vangloriava de ter dormido com várias mulheres, por bem ou mesmo à força, e também dos atos de bestialismo que praticava com cabras, vacas e éguas. A abstinência de álcool a que se viu obrigado durante a viagem para o Brasil livrou-o do vício, ao menos temporariamente. Por outro lado, sem a bebida ele tornou-se uma pessoa ainda mais amarga e taciturna, sem qualquer amigo na comunidade. O pastor, com seus olhos treinados para ver o divino, não conseguira ver o mundano.

* * *

O pastor surpreendeu-se com a resistência da filha em aceitar casar-se com o noivo que escolhera. Não esperava que ela estivesse tão determinada e obstinada a desobedecer-lhe não se casando com Heinrich. Na verdade, pensara que ela realmente ficaria feliz em se casar com um homem asqueroso e com o dobro de sua idade. Para controlá-la e impor a sua vontade, o pai precisou usar toda a sua autoridade e, mesmo não sendo um homem violento, teve de ameaçar surrá-la com o rebenque de couro que guardava atrás da porta da cozinha, como lembrança dos tempos em que podia cavalgar. Hannah gritou para o pai que não se casaria, que preferia morrer a casar-se com um homem tão velho e repulsivo, e trancou-se, às lágrimas, no seu quarto. Naquele momento, decidiu que fugiria para o quilombo para viver com Obi. Se Johann tinha sido aceito por lá, ela também seria.

O pastor sentiu uma forte pressão no peito e pensou que fosse morrer, mas não podia morrer e deixar a filha órfã, sem ninguém que cuidasse dela. Será que ela não entendia que ele se preocupava com ela e com seu futuro? Que ele não iria durar muito e não podia deixá-la sozinha no mundo? Sentou-se numa cadeira próximo à porta do quarto da filha e resolveu esperar que ela saísse, porque em algum momento ela teria que sair. Não demorou a adormecer e não viu que a filha realmente saíra, que fugira pela janela do quarto para procurar por Obi no quilombo.

    Obi a viu chegar quando ela ainda vinha longe pela trilha e correu até ela, porque sabia que alguma coisa não estava bem. Ela não o procuraria durante o dia, a céu aberto, fora dos dias e horários das aulas. Ao se aproximar, ele percebeu que ela tinha os olhos e o nariz vermelhos e que chorava. Instintivamente ele a abraçou, para consolá-la, e os dois foram para a margem do rio, para um lugar onde não seriam vistos e, assim, poderiam conversar à vontade.

    Hannah procurou se controlar o máximo que pôde, porque sabia que Obi não a entenderia se ela falasse nervosamente ou com voz de choro. Ela lhe explicou que o pai queria que ela se casasse com outro homem, um homem bem mais velho, nojento, que ela sentia náuseas só de ver. Ela não queria se casar com aquele homem, queria se casar com ele, com Obi, porque o amava apaixonadamente. Queria fugir com ele, queria morar com ele no quilombo ou em qualquer lugar. Ela ia fugir. Era isso que faria. Obi compreendeu que ela o amava e que queria se casar com ele, nem que para isso tivesse que fugir para o quilombo. Ele disse que também a amava e que queria muito casar-se com ela, viver com ela para sempre. Explicou que, para que ela fosse viver com ele no quilombo, eles teriam que pedir permissão a Uzoma e ao conselho, e lhe prometeu que falaria com eles naquela mesma noite, mas que ela devia voltar para casa e esperar. Assim que ele tivesse uma resposta, a avisaria. Foi difícil para ela se despedir e voltar, mas aceitou o conselho. Beijaram-se e se abraçaram repetidas vezes, antes que ela conseguisse deixá-lo e tomasse o caminho de volta para o povoado.

    Hannah pulou a janela do quarto para entrar em casa, abriu a porta e acordou seu pai, que ainda dormia. Por um instante, pensou que ele estivesse morto e que ela estaria livre para casar-se com Obi, mas o pai estava vivo e ela arrependeu-se por ter desejado, mesmo que por uma fração de segundo, que ele tivesse morrido.

– Vem – disse, estendendo-lhe a mão. – Vou servir teu almoço.

O pai ficou mais tranquilo agora que ela tinha se acalmado e, aparentemente, aceitado casar-se com Heinrich.

Depois de uma semana sem notícias de Obi e sem poder fugir para encontrá-lo, porque agora era vigiada pelo pai e pelo noivo, Hannah já não estava tranquila. O pai comunicara o noivado com Heinrich a toda a assembleia, ao final do culto de domingo. A comunidade aplaudiu e todos cumprimentaram os noivos, embora se perguntassem como o pastor podia ter dado a única filha em casamento para aquele homem odiável. Heinrich passou a frequentar sua casa todas as tardes, para cortejá-la, e ela tinha que controlar as náuseas e ser minimamente educada com ele. O pai sempre lhes fazia companhia, mas de vez em quando os deixava sozinhos por alguns instantes, porque achava que deveriam poder conversar a sós. Nessas ocasiões, Heinrich costumava puxá-la pela mão e tentava beijá-la. Hannah fazia o que podia para se desvencilhar dele, mas ele era mais forte que ela, a puxava com força, algumas vezes até a machucara, e conseguia beijá-la à força. Numa dessas vezes, Hannah ficou com tanto nojo e raiva que lhe mordeu os lábios e lhe arrancou sangue. Enquanto limpava o sangue da boca com as costas das mãos, ele a olhou com tanto ódio que ela sentiu muito medo e fugiu para se trancar no quarto. Não conseguia se imaginar vivendo com aquele homem, tendo que conviver com ele, dormir com ele, e decidiu que jamais se casaria com Heinrich. Mesmo que tivesse que fugir. Mesmo que tivesse que se matar. Preferia morrer, embora soubesse que não havia lugar no paraíso para quem tirava a própria vida.

Passada mais de uma semana, numa manhã em que seu pai não estava em casa e ela estendia roupas no varal, Johann se aproximou e a chamou de longe, escondido atrás de um arbusto, de onde ninguém poderia vê-lo. Assim que o viu, Hannah foi até ele, com o coração batendo forte, porque ele certamente trazia notícias de Obi e do quilombo. Hannah sentou-se na pedra atrás do arbusto ao lado dele.

– E então? – ela perguntou ansiosa, mas sorrindo, e o amigo olhou-a com compaixão.

– O conselho decidiu que tu não podes viver no quilombo.

– Mas por quê? – ela perguntou depois que se refez do desapontamento.

– Eles decidiram que não podem te aceitar porque isso causaria uma desavença com teu pai e com os homens do povoado.

– Mas eles te aceitaram!

– Porque eu fui expulso! Tu não foste expulsa, e teu pai já te prometeu em casamento.

– Meu Deus! – desesperou-se, e começou a chorar. – E o que diz Obi?

– Ele pediu que eu viesse porque seria mais fácil que eu te explicasse. Ele tem que obedecer ao conselho...

– Mas nós podemos fugir?

– Fugir como, irmã? Um homem preto e uma mulher branca? Onde se esconderiam? Onde morariam? Onde viveriam em paz? Se sair do quilombo, Obi pode ser escravizado novamente...

– Eu não posso aceitar! Não posso me casar com Heinrich!

– Obi quer te ver. Ele pediu que o encontre perto do rio. Disse que tu sabes onde.

Ela, sem parar de chorar, confirmou com um gesto que sabia o lugar.

– Disse para ires ao final do dia, ao entardecer, antes do pôr do sol.

– Eu irei.

– Certo. Agora, tenho que ir. Fique com Deus.

Johann se foi, caminhando agachado e se escondendo pelo mato, porque não queria ser visto por ali. Se fosse visto com Hannah, só iria tornar a vida dela ainda mais difícil. Ela ainda ficou algum tempo sentada na pedra, chorando, infeliz, desconsolada, porque não havia o que pudesse fazer. Pensou em jejuar até morrer, porque talvez morrer de inanição não fosse pecado. Não queria se matar e ir para o inferno, mas também não queria viver, porque, se se casasse com Heinrich, sua vida seria um inferno, tão ruim ou pior do que aquele que existe após a morte. Por que não tinha sido expulsa como Johann? Se tivesse sido expulsa, poderia viver com Obi e ser feliz. Foi então que pensou em algo que faria com que seu pai a expulsasse do povoado. Algo que era pecado, mas que, paradoxalmente, a salvaria do inferno na terra e, também, do inferno após a morte.

Durante o almoço, ela disse ao pai que não se sentia bem, coisa de mulher, porque ele respeitava as dores de seus períodos, e lhe pediu que falasse com Heinrich para que ele não fosse cortejá-la, porque ela precisava descansar. Ela tirou a mesa, lavou a louça e foi para o quarto descansar. O pastor faria sua sesta e logo depois iria avisar o futuro genro que a filha não se sentia bem e que ele não precisava ir vê-la à noitinha. Hannah sabia que, quando o pai ia até o centro do povoado, costumava demorar, porque todos o convidavam para entrar nas suas casas e para tomar um chá ou café com bolo e biscoitos. O pastor gostava dessa deferência, aceitava todos os convites e dava atenção a todos os seus fiéis. Tudo que ela precisaria fazer era esperar entardecer e sair pela janela do quarto para ir se encontrar com Obi no local que conheciam, à margem do rio.

Heinrich recebeu o pastor, ouviu suas explicações e concordou que não iria ver sua noiva naquela noite, lamentando-se de que perderia o delicioso jantar na casa do pastor. O pastor riu-se da observação do quase genro e comentou que ele próprio ficaria sem jantar naquela noite. Esse era mais um motivo para que aceitasse os convites dos fiéis para um café reforçado com bolos e biscoitos. Mas Heinrich, que acreditava no pastor, porém não na filha dele, e era um predador, pressentiu que a presa planejava fugir do seu cerco. Logo que o pastor deixou sua casa, Heinrich se aprontou e foi até a casa de Hannah, para vigiá-la.

Ele estava à espreita quando a viu pular pela janela do quarto para o quintal, um pouco antes de o sol se pôr. Como tinha dificuldades para dormir por causa da abstinência de álcool, era comum que passasse muitas noites perambulando pelo povoado. Por isso, conhecia todos os caminhos e trilhas que havia por ali e podia caminhar por eles mesmo no escuro. Foi muito fácil, para ele, segui-la de longe, sem que ela o percebesse à espreita. Para ela, era difícil caminhar nas trilhas sem ser vista, embora não estivesse preocupada em se esconder. Estava nervosa e ansiosa para encontrar Obi, para dar andamento ao seu plano.

Seu coração bateu mais rapidamente quando o viu esperando-a na margem do rio. Heinrich surpreendeu-se ao ver que havia um jovem africano a esperá-la e que eles se cumprimentaram com um beijo e um abraço apaixonados. Compreendeu que era por causa daquele jovem que ela o rejeitava. Controlou a raiva e procurou um lugar em que pudesse continuar a espreitá-los sem que fosse visto. Deitou-se de bruços no chão, atrás de um arbusto, e afastou as folhas para poder vê-los melhor.

A noite começava a cair, mas ele pôde ver que eles se beijaram e se abraçaram várias vezes, sempre com paixão, enquanto se falavam, mas ele não podia ouvir o que diziam. Mesmo de longe, conseguia ver que ela chorava e que seu choro não era de tristeza, nem de medo, era de amor. Viu quando Hannah se levantou da pedra na qual estava sentada ao lado de Obi e se despiu na frente dele. Heinrich sentiu uma onda de raiva se apoderar de seu corpo e de sua cabeça, pois não podia aceitar que a mesma mulher que lhe negava um mísero beijo agora se entregava para um rapaz que nem ao menos era suíço, nem sequer era branco. Mas, ao mesmo tempo que sentia raiva, excitou-se ao ver os seios firmes dela, com os bicos endurecidos projetando-se desafiadoramente para a frente, suas nádegas redondas, os pelos quase ruivos cobrindo-lhe o sexo, e sentiu uma ereção começar.

Ficou ainda mais excitado quando o jovem também se despiu e eles se abraçaram, beijando-se com voracidade. Viu quando Hannah o arrastou para dentro do rio, para que ele a possuísse. De onde estava podia ouvir os gemidos da mulher. Não saberia dizer se ela gemia de dor, por ser sua primeira vez, se realmente fosse, ou de prazer. Para ele pouco importava, porque os gemidos o excitavam. Pouco importava porque agora ele sabia que ela não passava de uma puta, como tantas outras que ele próprio possuíra para se satisfazer. A escuridão da noite baixou rapidamente, e ele já não podia ver mais nenhum detalhe, mas sabia o que estava acontecendo. Viu quando ela ainda se deixou possuir mais uma vez, no chão de areia da margem do rio, e dessa vez ela certamente gemeu de prazer. Ele tinha uma ereção que chegava a lhe doer e não saberia dizer se era só por conta da excitação de ver um corpo de pele preta sobre um de pele branca, de assistir aos dois fazendo sexo ou de raiva por ela ter se entregado tão fácil e docilmente para aquele rapaz, enquanto a ele não permitia sequer que segurasse sua mão. Uma puta, era o que ela era!

Hannah vestiu-se, porque já era noite e começara a sentir frio, mesmo estando abraçada a Obi, mesmo sentindo todo o calor do amor dele. A primeira parte do seu plano estava concluída, porque tinha se entregado ao rapaz para perder a virgindade e, agora, confessaria a seu pai que era impura, não era mais virgem, e ele a expulsaria do povoado. Era certo que Heinrich não aceitaria uma mulher deflorada para esposa, e certamente encontraria outra jovem para casar-se. Contudo, ainda que fosse parte do seu plano, ela só se entregara a Obi porque o amava. Sabia que pecara, mas fora por amor, e o amor purificaria seu corpo e sua alma. Ela tentou explicar o plano a Obi, mas não estava segura de que ele a entendera. Não importava, porque ela sabia exatamente o que estava fazendo.

Obi a acompanhou durante parte do caminho de volta, porque conhecia melhor as trilhas e parecia enxergar melhor do que ela no escuro. Assim que viu as luzes fracas e distantes do povoado, Hannah disse que ele fosse embora, porque não seria bom que fossem vistos juntos. Ela o abraçou e o beijou muitas vezes, sofrendo para se separar dele, mas sabendo que ele devia ir. Ficou vendo-o se afastar até que, ao fazer uma curva, desaparecesse.

Hannah começou a caminhar de volta para casa e o céu nublado se abriu, deixando passar um luar fraco, mas suficiente para que ela enxergasse o caminho mais facilmente. Alegrou-se, porque pensou que aquele luar era um sinal dos céus de que tudo daria certo.

De repente ela ouviu um barulho nos arbustos e se assustou, temendo que fosse algum animal grande, até mesmo uma onça, que eram raras, mas andavam por ali. Com medo, apressou o passo, mas tropeçou e caiu. Ouviu um barulho mais forte, mas não saberia dizer se fora o barulho da própria queda ou nos arbustos adiante. Teve dificuldade para se levantar porque na queda cortara o joelho, que agora doía e sangrava. Com esforço, colocou-se totalmente de pé e viu que havia um vulto à sua frente. Não conseguiu distinguir o que era, porque as nuvens encobriram a lua e as únicas luzes que ela conseguia ver vinham do povoado e não iluminavam nada. Gritou de horror quando o vulto avançou sobre ela e a agarrou, ao mesmo tempo que rasgava suas roupas. Era um homem, ela teve certeza, porque foram mãos que rasgaram suas roupas e arranharam sua pele, deixando-a nua, gritando desesperadamente, implorando por socorro e ajuda, ao mesmo tempo que tentava fugir. Eram mãos, porque ela sentiu um forte tapa no rosto que a derrubou no chão.

Sentiu o peso do homem sobre seu corpo, sua mão contra a sua boca, enquanto a outra baixou as calças e colocou o pênis latejante sobre sua vagina. Com a mão que agora estava livre, ele segurou um de seus braços, mas ela arranhava suas costas com a mão que estava livre. Nada disso o impediu de penetrá-la com força, de estocá-la furiosamente, machucando-a, fazendo-a sangrar e chorar de dor e pânico. As nuvens afastaram-se novamente e o luar voltou apenas para iluminar seu desespero e para que ela visse que era Heinrich, seu prometido, que a violentava furiosamente. Ele percebeu que ela o reconhecera, e isso o excitou ainda mais. Era bom que ela soubesse que tinha sido ele que a possuíra, porque ela havia sido prometida para ele e era direito dele fazer o que quisesse com ela. Hannah conseguiu pegar uma pedra do chão e, juntando suas últimas forças, tentou golpeá-lo na cabeça, mas a força não foi suficiente e o golpe falhou. Apenas cortou a orelha dele, e o arranhão só fez com que ele ficasse ainda mais furioso. Ele a golpeou com um soco violento, e ela desmaiou. Não lhe dava o mesmo prazer, mas ele continuou a violentá-la mesmo ela estando desmaiada.

Quando se satisfez, levantou-se, vestiu as calças e ficou olhando-a largada no chão, como se fosse um trapo, um fantasma, ainda mais branca, mesmo iluminada pela luz azulada do luar. Parecia morta, e talvez estivesse realmente morta, mas ele não se importava, porque ela vira seu rosto e o reconhecera, e ele teria mesmo que matá-la. Sua preocupação era como a mataria para livrar-se da culpa. Precisava pensar, e, para pensar com calma, era melhor que a tirasse do meio da trilha. Ele a carregou e a escondeu atrás de um bambuzal. Rasgou as roupas dela em tiras, que usou para amordaçá-la e amarrar seus pulsos e tornozelos. Como ela estava desmaiada e quieta, ele pôde pensar com calma, e logo uma ideia lhe ocorreu, mas precisaria ir até sua casa no povoado. Não se preocupou em deixá-la, porque, se ela acordasse, não conseguiria gritar, nem fugir.

Foi até sua casa e voltou rapidamente, trazendo consigo uma tesoura e uma navalha. Infelizmente, ela estava acordada e, com terror nos olhos, o viu chegar. Debateu-se, tentou gritar e fugir, mas não tinha salvação. Heinrich se aproximou com um sorriso sádico e a desacordou com outro soco poderoso. Carregou-a sobre os ombros até as margens do rio, onde usou a tesoura para cortar seus cabelos e a navalha para raspar a cabeça e todos os pelos do corpo dela.

Com a mesma navalha, fez-lhe um corte na virilha, seccionando a artéria femoral. Puxou-a para dentro do rio, para que o sangue dela escoasse mais rapidamente e ele pudesse lavar o corpo. Ela não voltou a acordar e, em poucos minutos, já estava morta, mas ele só a tirou da água depois que o sangue parou de escoar. Jogou os cabelos e os restos das roupas de Hannah no rio. Carregou o corpo de volta para o bambuzal e o deitou de costas no chão, cuidadosamente, sem sujá-lo, num lugar onde poderia ser facilmente encontrado por alguém que passasse pela trilha. Heinrich preparou o corpo da infeliz noiva imitando o ritual com que alguns quilombolas encomendavam os corpos de seus mortos. Qualquer um que conhecesse esse ritual e visse o corpo da jovem seria convencido de que os quilombolas haviam matado a filha do pastor. Satisfeito com o resultado de sua imitação, foi para casa descansar, mas, antes de se deitar, achou que podia tomar um copo de conhaque, apenas para esquentar o estômago. Na verdade, sentia falta da bebida e necessidade de comemorar a sua liberdade, porque, mesmo depois que o corpo fosse encontrado, ele continuaria livre.

Dois homens carregando tochas ajudaram o pastor a voltar do povoado para a casa dele, porque já era tarde da noite. Em casa, ele viu que a porta do quarto da filha continuava trancada, teve vontade de bater para avisar que tinha chegado e perguntar como ela estava se sentindo, mas pensou melhor e preferiu deixá-la dormir sossegada e descansar. No dia seguinte, quando acordou, estranhou que ela ainda não estivesse de pé. Não havia sinal dela na cozinha, onde deveria estar preparando o café da manhã. O pastor voltou à porta do quarto, bateu, mas ela não respondeu. Ele forçou o trinco e a porta se abriu. Hannah não estava no quarto, e a janela estava aberta. O pai preocupou-se com o que poderia ter acontecido com a filha e muitos pensamentos lhe passaram pela cabeça. E se ela tivesse fugido? Mas para onde iria? Vestiu-se apressadamente para ir pedir ajuda no povoado. A filha estava desaparecida e podia estar em perigo. Andou o mais depressa que pôde para o centro do povoado e chegou à casa de Adrian, sentindo uma forte pressão no peito, o coração vindo-lhe à boca, e pensou que fosse desmaiar. Por sorte, a esposa de Adrian não demorou a atender a porta e gritou para o marido acudir o pastor. Eles o sentaram, o fizeram beber um pouco de água e se acalmar, até que o pastor finalmente conseguiu contar-lhes que a filha estava desaparecida e que precisava de ajuda. Pediu a Adrian que fosse chamar Heinrich e que formasse um grupo de homens para buscar por ela. Adrian tranquilizou-o, dizendo que faria o que fosse necessário para encontrá-la.

    Adrian bateu à porta da casa de Heinrich, mas não foi atendido. Como a porta estava destrancada, ele a empurrou e entrou. Encontrou Heinrich dormindo em seu catre e duas garrafas de conhaque vazias, jogadas no chão. Reparou que as costas e a orelha do homem estavam arranhadas e sujas de sangue. Fez o que pôde para acordá-lo, falou que precisavam procurar por Hannah, mas Heinrich não despertava. Adrian sabia que ele estava bêbado e que não acordaria, mas ainda insistiu mais uma vez.

    – Vamos, Heinrich! Precisamos procurar pela Hannah! – gritou e o sacudiu.

    Heinrich resmungou alguma coisa, que Adrian não entendeu bem; pareceu-lhe que ele dissera que Hannah estava morta. Ou teria perguntado se ela estava morta? Adrian desistiu de acordá-lo e foi chamar outros homens para irem procurar pela jovem, como prometera ao pastor.

    O grupo recém-formado por Adrian não precisou andar muito para encontrar o corpo da filha do pastor, deitado ao lado de um bambuzal. Parecia ter sido colocada ali para repousar, mas estava nua, com a cabeça e o corpo sem pelos.

    Ela tinha manchas roxas no rosto, no ventre, na genitália e nas virilhas. Fora atacada, era a conclusão a que Adrian chegara, enquanto tirava seu próprio casaco e cobria o corpo da jovem mulher. Achou estranho que ela estivesse limpa e que não houvesse sangue no local. Ordenou que um dos homens fosse até o povoado e trouxesse lençóis ou cobertores, e ele próprio cortou duas pequenas árvores bastante retas e compridas. Com os cobertores e os varais, fizeram uma padiola para carregar o corpo da pobre Hannah para o povoado. Adrian mandou que levassem o corpo diretamente para a capela do cemitério, sem que passassem pelo povoado, para que não causassem agitação, e que esperassem por ele lá. A ele caberia avisar ao pastor que sua filha estava morta, mas antes iria acordar Heinrich.

Só depois que Adrian lhe despejou um balde de água na cabeça Heinrich acordou, mesmo assim com dificuldades. A cabeça de Heinrich doía, e ele não conseguia entender o que Adrian lhe dizia. Tomou o café quente e amargo que o outro lhe ofereceu, e as coisas que ele lhe dizia começaram a fazer sentido. Hannah estava morta, e eles tinham encontrado o cadáver. Então, era real, não fora um sonho que ele tivera. Ele realmente a matara, e Adrian queria que ele o ajudasse a dar a notícia ao pastor.

O pastor desmaiou quando recebeu a notícia, e Adrian e sua mulher pensaram que ele tivesse morrido, mas acabou despertando com a ajuda de sais de cheiro e conseguiu perguntar para onde tinham levado o corpo da filha. Perguntava-lhes insistentemente o que acontecera com a filha e foram tantas as vezes que perguntou que Heinrich acabou respondendo que ela certamente havia sido morta pelos africanos. Adrian estranhou que Heinrich se apressasse em culpar os quilombolas quando mal acabara de acordar e sequer tinha visto o corpo.

Assim que viu o corpo, Heinrich voltou a acusar os quilombolas e, dessa vez, com o apoio de alguns suíços que, como ele, conheciam aquele funeral.

– Malditos pagãos! – foi tudo que o pastor conseguiu dizer antes de cair no pranto e quase desmaiar novamente, tendo de ser amparado por alguns homens.

O pastor se considerava um homem de Deus e, como tal, sabia que a vingança a Ele pertence – Deuteronômio, Capítulo 32, versículo 35, "a mim me pertencem a vingança e as represálias" –, mas era a sua filha que estava morta, e ele tinha o direito de conhecer e punir o assassino. A Bíblia também mencionava a Lei de Talião, "olho por olho, dente por dente" e "quem matar um homem será morto" (Levítico, Capítulo 24, versículos 19-21). Ordenou a Adrian que reunisse quantos homens quisesse e fosse até o quilombo dar um ultimato aos quilombolas. Que eles lhe entregassem o assassino de sua filha ou se preparassem para lutar.

– Posso ir contigo – Heinrich se ofereceu.

– Não é necessário – Adrian recusou prontamente, evitando a indesejável companhia daquele homem.

– Lutar como, pastor? Com quem? – outro homem perguntou.

– Somos camponeses! – outro acrescentou.

– São todos uns covardes! – gritou-lhes Heinrich, para demonstrar que queria a vingança tanto quanto o ex-sogro. – Somos suíços! Somos guerreiros!

– Vamos denunciá-los às autoridades imperiais – alguém sugeriu.

A ideia agradou o pastor. Se não acatassem seu ultimato, ele enviaria um homem à capital do Império para denunciar a existência e a localização daquele maldito quilombo que matara sua única filha.

Ao chegar ao quilombo, Adrian pediu para falar com Johann. Os dois homens se encontraram e conversaram em alemão, longe dos quilombolas, para não serem ouvidos, ainda que não pudessem ser compreendidos. Johann ouviu mais do que falou, mas explicou ao amigo suíço que aquele ritual não era praticado por todos os quilombolas, apenas por alguns de uma tribo pequena e que eram poucos ali, uma única família, talvez. Além disso, não era um ritual de sacrifício, mas um ritual funerário de renascimento, porque o sangue, que era considerado a alma da pessoa, era liberado para voltar a circular na natureza. Era um ritual bom, não era nada negativo ou macabro. Adrian disse que entendia, mas que Heinrich estava incitando todos a acreditarem que os quilombolas haviam matado Hannah. Disse-lhe, também, que ele próprio estava muito desconfiado de Heinrich e lhe contou sobre os arranhões que vira nas costas e orelha dele. Não era médico, mas para ele estava claro que Hannah havia sido atacada e violentada; tinha unhas quebradas numa das mãos, provavelmente a mão com que arranhara as costas do estuprador. Além disso, quando acordara Heinrich, tivera a impressão de ouvi-lo dizer que Hannah estava morta, mesmo sem ele lhe ter dito nada a respeito. Tanto Adrian quanto Johann conheciam os boatos terríveis que circulavam a respeito de Heinrich e acreditavam que, de acordo com tais rumores, ele seria capaz de estuprar e matar a infeliz filha do pastor. Antes de voltar ao povoado, Adrian finalmente avisou ao amigo que o pastor lhes dera um prazo de quarenta e oito horas para que lhe entregassem o assassino, caso contrário, denunciaria a existência e a localização do quilombo para a guarda imperial.

Johann não contara ao amigo, mas sabia do romance de Hannah e Obi e que tinham se encontrado no dia anterior. Precisava falar com o líder Uzoma, mas antes queria saber de Obi o que ele e Hannah haviam feito na véspera. Obi não teve problema nenhum em lhe contar que ele e Hannah tinham feito sexo, porque, para seu povo, sexo não era pecado, nem desmerecia uma mulher. Mas Johann sabia que, para o povo dela, sexo era tabu e pecado. Entendeu que Hannah resolvera se entregar para Obi a fim de perder a virgindade e, por isso, ser expulsa do povoado pelo próprio pai. Assim se livraria de casar-se com Heinrich, a quem odiava, e poderia viver com Obi no quilombo. Obi perguntou a Johann por que ele queria saber o que tinha acontecido na véspera, perguntou se estava tudo bem com Hannah e por que o outro branco tinha vindo ao quilombo procurar por ele. Johann simplesmente pediu que ele o seguisse, porque precisava falar com Uzoma.

* * *

O pastor não tinha intenção de esperar que o prazo que ele próprio dera aos quilombolas transcorresse e, antes mesmo que Adrian voltasse ao povoado, despachou um dos homens que falava um português razoável para ir a cavalo até a capital denunciar ao intendente de polícia a existência e a localização do quilombo, mas lhe deu ordens para nada falar sobre o assassinato de sua filha. Adrian, que realmente acreditava que o pastor iria cumprir sua promessa e esperar o prazo do ultimato se encerrar, não ficou sabendo da viagem de um dos seus vizinhos para a Corte. Contudo, sabia que os quilombolas não iriam entregar o assassino de Hannah, porque tinha certeza de que o assassino estava entre eles, no povoado. Adrian estava convencido de que fora Heinrich quem matara a filha do pastor, embora não tivesse como provar, e pensava numa maneira de fazê-lo confessar o crime.

    Johann contou para Uzoma e o conselho que Hannah havia sido assassinada e que o pastor lhes dera um ultimato para que lhe entregassem o assassino. Obi ficou desesperado com a notícia da morte e tiveram que contê-lo para que ele não fosse até o povoado, porque já não eram bem-vindos lá. Uzoma e os homens do conselho ficaram surpresos e irritados com aquela acusação absurda e infundada. Como aquelas pessoas que eles tanto haviam ajudado agora se voltavam contra eles? Johann explicou que quem matara a jovem deixara o corpo preparado para um funeral africano e explicou como o corpo havia sido deixado. Novamente, Uzoma e seus conselheiros ficaram indignados. Não havia mais nenhum quilombola descendente da tribo que fazia aquele ritual funerário, todos já haviam morrido, e o último daquele ritual ocorrera havia mais de um ano. Johann lembrava-se de que alguns dos suíços, inclusive ele, Adrian e Heinrich tinham visto a preparação do corpo para o funeral. Johann se ofereceu para ir até o povoado no dia seguinte e conversar com o pastor.

* * *

    O corpo de Hannah estava sendo velado na capela do cemitério, e quase todos os moradores do povoado foram ao velório prestar suas últimas homenagens à jovem, muito querida de todos, principalmente das crianças, para quem dava aulas na escola dominical. Adrian convenceu o pastor a aceitar o convite da sua esposa para que fosse à sua casa passar a noite e descansar. O homem só concordou em deixar o velório depois que Adrian lhe prometeu que ele, Heinrich e mais dois homens ficariam velando o corpo da sua filha durante toda a noite, até que ele pudesse regressar pela manhã. O pastor precisava deixar a capela para que Adrian e os outros homens tentassem fazer Heinrich confessar o crime.

    Já passava das dez horas da noite quando um dos homens sacou uma garrafa de conhaque que trouxera escondida numa bolsa de pano e ofereceu copos a todos. Adrian e seus comparsas haviam combinado que não beberiam, mas que embebedariam Heinrich, para que ele soltasse a língua e falasse se tinha ou não matado a noiva. Somente após a segunda garrafa ser aberta a língua de Heinrich começou a soltar-se. Os homens tiveram que puxar o assunto. Adrian começou dizendo que soubera que Hannah estava apaixonada por um rapaz do quilombo e que queria fugir para viver com ele. Eles perceberam que Heinrich se irritara com a afirmação de Adrian e insistiram no assunto durante algum tempo, até que Heinrich não pôde mais se conter e explodiu numa confissão raivosa. Começou dizendo que Hannah era uma puta, que a vira fazendo sexo nas margens do rio, se entregando àquele homem como se fosse uma rameira, uma mulher da vida, enquanto ele, seu legítimo noivo, ela mal o deixava pegar na sua mão. Confessou que a matara, mas, por mais bêbado que estivesse, não confessou que a violentara. Os homens continuaram a lhe dar bebida, mas ele não lhes disse mais nada, apenas repetiu que a matara para defender a honra de noivo. Adrian lhe perguntou sobre os arranhões nas costas dela, mas Heinrich ou já estava muito bêbado para entender a pergunta ou simplesmente não quis responder, e continuou bebendo até desfalecer. Os suíços não haviam construído uma cadeia no povoado, porque nunca pensaram que precisariam de uma, e o levaram para o povoado, para prendê-lo numa cela improvisada até que pudessem contar ao pastor, no dia seguinte, que ele confessara o crime.

    Na manhã do dia seguinte, Adrian contou ao pastor que Heinrich confessara ter assassinado sua filha. O homem não conseguiu esconder a decepção e o remorso, porque, afinal, ele o escolhera para casar-se com a filha. Também estava arrependido de ter acusado os quilombolas e de ter mandado denunciar a existência e a localização do quilombo à Intendência Geral de Polícia, na capital. Mas em nenhum dos casos tinha como voltar atrás. Era até conveniente que a Guarda Real de Polícia fosse enviada até eles, para que pudessem entregar Heinrich, para que fosse julgado e condenado.

Mesmo desconsolado, o pastor queria falar com Heinrich para tentar entender por que ele matara sua única filha. Embora Adrian não achasse conveniente, não pôde impedi-lo. Encontraram a cela improvisada vazia. Heinrich havia fugido, e, por mais que Adrian e outros homens do povoado o tivessem procurado, não o encontraram. Ao pastor, só restou enterrar a filha e deixar a vingança nas mãos de Deus.

Após o enterro, o pastor foi levado pela esposa de Adrian para sua casa, porque ela temia deixá-lo sozinho. O homem estava muito mal, inconsolável, chorava compulsivamente e falava frases desconexas, num dialeto alemão que ninguém do povoado conseguia entender. Enquanto a esposa levava o pastor para sua casa, Adrian apressou-se em ir até o quilombo para avisar Johann de que eles corriam perigo. Também lhe avisou que Heinrich confessara o crime, fora preso, mas conseguira fugir.

– O que será que eles farão? – Adrian perguntou ao amigo.

– Não sei, mas provavelmente vão abandonar o quilombo e irão para outro lugar.

– Por que não voltas a morar conosco, no povoado?

– Tenho uma mulher aqui, e ela está grávida. Aqui fui bem acolhido, mas não tenho certeza de que ela será bem recebida no povoado. Se eles forem embora, irei com eles.

O amigo concordou que talvez fosse mesmo o melhor a fazer, mas que não demorassem a se decidir. Despediram-se sabendo que nunca mais se veriam e que suas jornadas como imigrantes terminavam ali. Dali em diante, fincariam raízes naquele novo mundo, onde viveriam o resto de suas novas vidas.

Uzoma e o conselho decidiram que iriam partir, abandonar aquele quilombo e se juntar a outro menor que não ficava distante, na região conhecida como Sertões de Macacu. Naquela mesma noite, Obi e outros quilombolas saíram à procura do assassino de Hannah. Não seria difícil encontrar um homem branco andando a pé naquelas bandas e, de fato, logo o encontraram. Obi queria matá-lo ali mesmo, mas seus próprios companheiros o impediram.

Heinrich foi amarrado, amordaçado e devolvido preso para o povoado. Os quilombolas cumpriram, assim, o prazo do ultimato que o pastor lhes dera e lhe entregaram o assassino de sua filha.

O pastor interpretara que Deus lhe devolvera Heinrich porque lhe atribuíra a responsabilidade de puni-lo e lhe concedera o direito de vingar-se. Mas não queria que, como Jesus, Heinrich fosse julgado e condenado durante a noite. Assim, ele passou a noite preso e, na manhã seguinte, foi enforcado fora do povoado, num jequitibá alto que ficava bem atrás do cemitério. Foi enterrado lá mesmo, debaixo da sombra da árvore onde fora pendurado pelo pescoço até morrer, porque o pastor jamais permitiria que fosse sepultado no terreno santo do cemitério onde o corpo de sua filha repousaria pela eternidade.

Dias depois, a Guarda Real de Polícia chegou a Nova Esperança para destruir o quilombo e prender os pretos livres, mas não encontrou ninguém. O pastor quebrara a promessa de gratidão aos quilombolas que os receberam e os ajudaram naquele novo e inóspito mundo, e assim os pretos foram expulsos da história de Nova Esperança para sempre.

Numa segunda-feira pela manhã, quase dois anos depois de Suzana ter ido a Nova Esperança pela última vez, Eduardo estava em casa quando recebeu a notícia de que ela havia morrido. Um advogado com sotaque do interior de São Paulo ligou para o celular de Eduardo e lhe deu a notícia. Não soube dizer de qual doença ela padecia, mas disse que ela já estava doente havia algum tempo e que falecera em casa. Perguntou se Eduardo sabia que ela tinha um testamento e ele disse que sim, que tinha uma cópia do testamento registrado na capital, que ela lhe entregara num envelope lacrado, e que ele precisaria de uma cópia da certidão de óbito, para poder abrir o envelope.

– Vou lhe mandar uma cópia da certidão. Qual o seu e-mail? – Eduardo ditou seu endereço eletrônico para o colega, que anotou, e encerraram a ligação.

Eduardo ainda ficou algum tempo sentado à mesa da cozinha, com o café na xícara à sua frente esfriando, lembrando-se de Suzana, da última vez que a tinha visto, quando se despediram com um abraço e ele pressentiu que era a última vez que se veriam. Bebeu o café mesmo já frio, levantou-se apressadamente e foi até o pequeno altar que mantinha no quintal de casa para acender uma vela para Iansã, orixá da amiga. Rezou as melhores rezas e orações que conhecia por sua alma. Pediu a Deus que tivesse misericórdia daquela mulher.

No caminho para o escritório, pensava se devia logo avisar Farias ou se devia esperar receber a certidão de óbito e ter mais informações. De qualquer forma, mais cedo ou mais tarde, avisaria Farias, porque ela fizera parte da vida dele. Tanto Farias quanto Suzana tinham seguido com suas vidas, mas talvez pudessem ter continuado amigos. Farias e Gabriela estavam juntos havia mais de dois anos e já eram pais de um bebê, a quem deram o nome do pai do Farias, Roberto. Suzana tinha se mudado para São Paulo e viajara muito. Eduardo sabia que ela fora várias vezes aos Estados Unidos, embora nunca tenha sabido o porquê. Até que Eduardo vendesse todos os imóveis que ela herdara, eles se falaram frequentemente por telefone. Depois que ela não possuía mais nenhum bem em Nova Esperança e na região para vender, passaram a se falar com menos frequência, até chegar ao ponto de quase não se falarem mais. Todo mês ela mandava um pagamento para seu escritório, uma boa doação para a fundação educacional para jovens pretos que ela mesma criara, e as mesadas para a sua mãe adotiva e irmãs, que ela fazia questão de que ele lhes entregasse em cheques, mediante recibo. Uma vez por mês ele se encontrava com as irmãs e a mãe adotiva de Suzana, e elas, que sabiam menos da irmã do que ele, lhe faziam uma série de perguntas sobre a parente rica. Mesmo já não administrando os bens dela, Eduardo sabia que tinha se tornado muito rica. Se ele ainda sabia pouco sobre esses aspectos da vida da sua cliente, sabia muito menos sobre a vida particular da amiga. Se ela tinha continuado viúva, se tinha se casado ou se tinha vivido outros relacionamentos, disso ele nada sabia.

Eduardo ligou o computador do escritório, abriu a caixa de correio eletrônico, e a mensagem do colega paulista já havia chegado, com a certidão de óbito anexada. Ele abriu o documento e leu. Suzana morrera havia três dias, e a certidão dizia que a causa da morte fora uma parada cardiorrespiratória. Na mensagem, o advogado paulista dizia que, em breve, mandaria uma lista atualizada dos bens de Suzana, para que Eduardo pudesse dar cumprimento ao testamento, que confirmou que era aquele mesmo cuja cópia ela lhe entregara. Ela jamais fizera outro. A mensagem terminava informando o nome e o endereço do cemitério onde ela tinha sido sepultada, ao lado da mãe biológica, e lhe pedindo que avisasse as irmãs sobre o falecimento.

Eduardo releu a mensagem e a certidão de óbito algumas vezes, até que se levantou e foi até o cofre do escritório, digitou a combinação no teclado, e a porta do cofre se abriu com um estalido. Lá de dentro ele retirou os dois envelopes lacrados, um com a cópia do testamento, e outro com a carta que ela deixara para Farias. O advogado rasgou o envelope com a cópia do testamento e leu o documento. Na verdade, era um testamento bem simples, e, como ele havia sido indicado como testamenteiro, resolveu que era hora de chamar os interessados para informar a morte de sua cliente e lhes dar detalhes sobre o documento. Não seria uma cena de filme americano, mas era importante que se reunissem.

Juliana, a sobrinha e assistente de Eduardo, que já estudava Direito, fez as ligações e conseguiu marcar a reunião com todos naquele dia mesmo, às três horas da tarde, no escritório. As duas irmãs de Suzana achavam que se tratava de dinheiro, porque, sempre que Dr. Eduardo as chamava para ir ao escritório, era para lhes entregar os cheques das mesadas delas e de sua mãe. Farias estranhou o convite, mas nunca deixaria de atender um pedido do amigo e confirmou para Juliana que iria. Renata, a presidente da fundação, também disse que iria, porque precisava mesmo discutir alguns assuntos legais com o advogado.

Às três da tarde, as irmãs e a mãe adotiva de Suzana, a presidente da fundação e Farias aguardavam Dr. Eduardo numa bela sala de reunião do seu novo e ampliado escritório. Graças à sua cliente mais rica, o advogado tinha podido se mudar para um escritório maior e contratar alguns advogados e estagiários. Ainda era um escritório pequeno, mas não mais uma banda de um músico só, e todos tinham muito trabalho, a maior parte serviço voluntário, mas, talvez por isso mesmo, uma tarefa muito importante.

Eduardo entrou na sala de reunião e cumprimentou a todos, as mulheres com um beijo no rosto, e o amigo Farias com um abraço. Pediu que se sentassem, perguntou se queriam mais café ou água e, quando estavam todos acomodados, ele mesmo se sentou à cabeceira da mesa e todos os olhares se voltaram para ele. Antes de começar, pigarreou e abriu uma pasta de couro que tinha colocado sobre a mesa, à sua frente.

– Infelizmente, a primeira notícia que tenho para dar a vocês é uma notícia triste. A nossa amiga, irmã e filha, minha cliente Suzana, morreu.

Imediatamente suas irmãs e sua mãe adotiva começaram a chorar e a se lamentar entre si. Farias e Renata ficaram em silêncio, mas ele não conseguiu disfarçar que não esperava a notícia e sofrera um golpe, tão forte quanto um soco no estômago. Por que Eduardo não lhe avisou antes? Uma coisa era não estar com ela, não a ver, sabendo que ela ainda estava viva, em algum lugar desse mundo; outra era saber que ela não estava mais por aí e que ele nunca mais a veria ou estaria com ela novamente. Eduardo esperou a comoção da sala diminuir, principalmente entre as irmãs e Dona Francisca, para continuar.

– Ela faleceu há três dias e foi sepultada num cemitério em São Paulo, ao lado de sua mãe. Mãe biológica... – corrigiu a tempo, porque a Dona Francisca se ofendia se não fosse reconhecida como mãe de Suzana e das suas irmãs, mesmo que a adoção das meninas nunca tivesse sido formalizada legalmente. – Tenho certeza de que tudo foi feito exatamente como ela queria, porque todos nós sabemos que ela sempre planejava e deixava tudo organizado – disse com um sorriso, e fez uma pausa para que as parentes pudessem absorver as informações, antes de prosseguir: – Todos sabemos que Suzana, por força das circunstâncias, ficou muito rica, e ela sempre foi muito generosa com todos aqui nesta sala.

Farias teve vontade de dizer que ela nunca fora generosa com ele, mas não quis estragar o clima, nem o discurso do amigo.

— Por ser organizada e generosa — Eduardo continuou —, ela deixou um testamento e me nomeou como testamenteiro, que é a pessoa que deve cumprir seu desejo — explicou, para ter certeza de que as irmãs e a mãe de Suzana estavam acompanhando a explicação.

Ele retirou um documento da pasta de couro à sua frente e disse-lhes:

— Na verdade, é um testamento bastante simples, que vou explicar para vocês: ela deixou vinte e cinco por cento de seus bens para cada uma das irmãs, Emília e Helena; vinte e cinco por cento para a Dona Francisca; e os vinte e cinco por cento restantes para a Fundação — as irmãs se entreolharam, como se perguntassem se isso seria muito ou pouco, mas não tiveram coragem de perguntar. — Não sei qual o valor atual do patrimônio que Suzana deixou, mas os advogados de São Paulo vão me mandar essa informação. Mesmo sem ter o valor exato, tenho certeza de que vinte e cinco por cento do patrimônio dela será bastante. Vocês poderão viver tranquilas o resto de suas vidas — disse, especialmente para as irmãs e Dona Francisca. Dirigindo-se ao amigo, falou: — Para você, Farias, ela deixou um legado, um imóvel, o único imóvel que ela herdou dos sogros e não me autorizou a vender. Tenho certeza de que você vai entender por que ela lhe deixou esse imóvel.

Eduardo então explicou como seria o processo de cumprimento do testamento, quanto tempo possivelmente levaria, e respondeu outras perguntas das irmãs. Renata e Farias nada perguntaram. Depois de mais cafezinhos, as irmãs e a mãe de Suzana se despediram e se foram. Eduardo pediu que Renata o esperasse na sua sala, porque ele precisava trocar umas palavras com Farias rapidamente. Assim que Renata deixou a sala de reuniões, Eduardo se levantou, pegou um chaveiro que estava na estante e sentou-se novamente.

— Acho que você já sabe qual é a casa — Eduardo disse, e Farias assentiu.

Eduardo empurrou o chaveiro na direção de Farias, que o pegou.

— Ela também deixou este envelope comigo e pediu que eu lhe entregasse "se ela morresse antes de você", e isso foi há uns dois anos. – Também empurrou o envelope na direção de Farias, que o pegou. – Certamente é pessoal, e sugiro que você procure um lugar sossegado onde possa ler sozinho.

Farias ficou olhando o envelope, como se quisesse adivinhar o que estava dentro sem ter que abri-lo. O amigo ainda esperou um pouco antes de dizer que precisava deixá-lo para conversar com Renata, que o esperava.

– Você pode ler aqui, se quiser.

– Não, vou embora.

Despediram-se, e Farias deixou o escritório. Sabia qual era a casa que ela lhe deixara, não precisava ver o endereço que estava anotado na etiqueta do chaveiro para saber onde ficava, e decidiu que lá seria um bom lugar para ler a carta ou o que quer que fosse que Suzana lhe deixara.

A antiga casa de seus pais, aquela mesma que o pai comprara num leilão no qual não deveria estar e que depois foi obrigado a vender, quando faliu, ficava a poucos quarteirões do novo escritório de Eduardo, e Farias fez a caminhada sem pressa. Era uma rara tarde de sol em Nova Esperança e, não fosse pela notícia da morte de Suzana, seria uma tarde agradável.

O portão era pequeno, porque tinha a altura do muro baixo da casa, e ele podia jurar que a chave que abriria o trinco ainda era a mesma de quando morara lá. O portão abriu-se facilmente, sem nenhum rangido. O jardim estava cuidado, tinha rosas nos mesmos canteiros onde, parecia que fora há séculos, sua mãe as plantara com as próprias mãos. A casa estava pintada nas mesmas cores de quando ele a vira pela primeira vez. Subiu os degraus da varanda de piso vermelho encerado com cera Cardeal, colocou a chave na fechadura da porta da sala e a abriu. Era a mesma casa, totalmente renovada, mas exatamente como ele sempre se lembrara. Podia sentir o cheiro da cera que a mãe gostava de usar no piso de tábua corrida da sala. Como Suzana se lembrara de todos aqueles detalhes? A casa vazia lhe deu uma vontade enorme de chorar. Uma casa vazia não é nada além de um túmulo, de uma prisão das memórias das vidas que passaram por ela, um depósito de lembranças, um gerador de nostalgias, e aquela casa o fazia lembrar-se de quando os pais eram vivos, de quando tivera muitos amigos, de quando acreditara que podia ser feliz de uma maneira que, hoje, sabia que era impossível. Para ele, entrar naquela casa foi como viajar no tempo, mas só com a mente. O corpo e os pés permanecendo presos, como que chumbados, ao chão da realidade, que ele não queria deixar, porque não queria voltar ao passado – porque o passado é imutável – e sofrer, de novo, tudo o que sofrera.

Ele subiu as escadas e foi até seu antigo quarto. Abriu as venezianas de madeira e as vidraças da janela e, sem pedir licença – porque a vida não pede licença –, a luz do sol invadiu o quarto e ele pôde se lembrar exatamente de como ele era, onde ficavam o armário, a estante, a cama e todas as suas coisas. Lembrou-se de que na sua cama de solteiro estreita ele e Suzana fizeram amor pela primeira vez, ambos desajeitados, equilibrando-se para não caírem da cama, mas caindo num abismo mais fundo, que alguns chamam de amor, excitados, extasiados, encharcados de suor e de uma felicidade diferente e intensa, nervosos e com medo de que seus pais, que estavam fora, chegassem e eles nem sequer percebessem. Ela não podia ter feito isso com ele, porque aquela casa lhe trazia não alegria, mas uma dor profunda, uma dor de desespero por um passado que jamais seria recuperado.

Ele sentou-se no chão, embaixo da janela aberta, abriu o envelope e desdobrou a carta que ela lhe deixara, escrita com sua caligrafia desenhada, quase perfeita, mas alegremente infantil. A carta que ela escrevera num dia de sol, embora ele jamais viesse a saber desse detalhe.

"Oi, Gil!
Se você está lendo esta carta, é porque já estou morta.
Sempre quis começar uma carta com essa frase, porque parece coisa de filme, mas a verdade é que, como só se morre uma vez, só se pode escrever essa frase numa única carta.

Morri por causa de uma doença congênita conhecida como 'Doença de Huntington'. Você pode procurar saber como é essa doença, se ainda não sabe, mas garanto que é uma merda. O doente vai perdendo funções físicas e mentais, até se tornar um vegetal e morrer, porque não consegue mais respirar ou engolir a própria saliva.

Se tudo correu bem, morri antes de chegar nesse estado, porque convenci alguém a me matar ou eu mesma me matei (tenho pensado muito em como eu poderia fazer isso para não depender de ninguém, porque, você sabe, eu realmente não gosto de depender de ninguém).

Como eu soube que tinha essa doença? Porque a minha mãe tinha, e esse foi um dos motivos pelos quais ela deixou a mim e minhas irmãs com a Francisca e foi tentar um tratamento experimental numa universidade de São Paulo. O tratamento não deu certo e ela não teve sorte, viveu bastante para se tornar um vegetal e só morreu quando seu corpo desaprendeu a respirar.

Um dos motivos que me fizeram procurar vários homens, não vou negar, foi para me divertir, porque, afinal, eu teria mesmo pouco tempo de vida normal. Depois percebi que podia ganhar dinheiro com isso, e eu precisava muito do dinheiro para ajudar no tratamento da minha mãe e, mais tarde, para pagar a internação dela na casa de repouso onde ela morreu.

Quando fiz trinta anos, tive o primeiro sintoma, e os médicos que cuidaram da minha mãe confirmaram que eu tinha a doença. A partir daí passei a precisar do dinheiro para o meu próprio tratamento, e precisei viajar muitas vezes para São Paulo.

O dinheiro da minha loja nunca seria suficiente, eu precisava de dinheiro desesperadamente, e Rodolfo e os pais dele me negavam. Aliás, eu não podia deixar que eles soubessem da doença, porque certamente obrigariam Rodolfo a se divorciar de mim, e eu não receberia nada por causa do pacto antenupcial que assinei antes de me casar com ele.

A mãe dele já queria se livrar de mim porque eu não podia engravidar, e foi até bom que eu não pudesse mesmo, porque meu filho poderia ter essa mesma doença. Já pensou? E quando eu morresse, meu *filho ficaria com a família horrorosa do Rodolfo, provavelmente com os pais dele, porque Rodolfo não sabia cuidar nem dele mesmo.*

Você não sabe, mas fui estuprada num desses meus encontros com desconhecidos e engravidei. Fiz o aborto numa clínica de merda e eles fizeram uma enorme barbeiragem, por isso fiquei estéril.

A mãe do Rodolfo começou a pressionar para que ele arrumasse uma amante e tivesse um filho com alguma outra mulher. Eu sabia que Rodolfo era gay, mas, sei lá, ele podia fazer uma inseminação artificial e engravidar uma mulher, e aí ele iria se divorciar de mim e eu ficaria sem nada. Ele realmente pensou nisso, nessa história de inseminação artificial, com o esperma dele, porque chegou a me propor isso antes de saber que eu era estéril.

Sei que ele acabou propondo isso, em ocasiões diferentes, para aquelas três moças que trabalharam no restaurante do clube de tênis, e elas toparam. Quando descobri que a primeira delas havia topado, liguei para ela, disse que era da clínica e que ela deveria ir até lá para fazer a inseminação, mas que devia manter segredo. Ela foi, acho que o nome dela era Monica, e eu a matei, naquela sala secreta da clínica que só eu sabia que existia.

Como eu a matei? É uma história complicada. Minha avó materna – a primeira mulher na minha família a fazer uma faculdade, de História – pesquisou e escreveu a história da nossa família. Você não sabe, mas sou descendente de um casal formado por um homem suíço e uma mulher preta quilombola. Na pesquisa da história da minha família, minha avó descobriu que os africanos daquele quilombo tinham um ritual para enterrar seus mortos: raspavam todos os pelos do corpo e tiravam o sangue pela artéria femoral. Era um ritual bom, nada de mau ou de maligno. Eles simplesmente acreditavam que a alma da pessoa estava no sangue, e o sangue era derramado na correnteza de um rio, para a alma do morto ficar livre. Mas, assim como meu ancestral suíço se apaixonou por uma mulher preta, uma mulher suíça se apaixonou por um homem preto. O pai dela tinha prometido que ela se casaria com outro suíço, que, quando soube do romance dela, não aceitou e a matou usando o ritual africano, para incriminar os quilombolas.

Não sei por que resolvi matar as moças assim, mas acho que foi porque fiquei com pena de estragar a beleza delas. Então as dopei, raspei os cabelos e pelos dos seus corpos e drenei o sangue delas. E realmente despejei o sangue delas num rio, para que as suas almas ficassem livres. Sei que vai parecer loucura, mas fez sentido para mim. Os corpos eu joguei no clube, porque achei que, já que elas trabalhavam lá, o clube cuidaria dos corpos e de avisar as famílias.

Então, como você já sabe, houve a primeira, ninguém descobriu, e Rodolfo não se preocupou quando ela desapareceu. Sua mãe continuou a pressionar, e ele convenceu mais uma, a segunda, acho que se chamava Olga. Eu a matei e fiz a mesma coisa. E a terceira foi aquela cujo corpo foi encontrado.

Quando houve a terceira, vi que Rodolfo não ia parar e que ele não se importava, nem procurava saber por que as moças sumiam. Além disso, eu estava sem tempo, os meus sintomas estavam piorando, e eu precisava tentar um tratamento nos Estados Unidos.

Foi então que resolvi incriminar Rodolfo pelas mortes. Coloquei a foto das meninas no consultório dele e levei você até lá para que as visse. Forjei o ataque do Rodolfo contra mim. Coitado, você precisava ver a cara de espanto dele! Dei azar, porque achei que você fosse me socorrer e que você ia acabar atirando nele, ou que ele seria preso, e então o acordo antenupcial não teria mais valor e eu poderia me divorciar, ficar com metade dos bens dele e uma pensão, eu acho.

Mas dei sorte quando os pais dele sofreram o acidente e morreram. Descobri onde o Rodolfo estava e fiz uma ligação anônima para a delegacia de Nova Esperança. Também fiz uma ligação anônima para a fazenda onde ele estava. Eu sabia que o tio dele era violento e que a chance de haver um tiroteio com mortos era grande. Dei sorte porque Rodolfo e o tio morreram, e tudo correu bem para mim.

Mas não tão bem, porque, se você está lendo, é porque morri, e se morri, nenhum tratamento que fiz adiantou. Os médicos disseram que era muito provável que nenhum desse certo. Paciência...

Se você leu até aqui, deve estar chocado. Talvez não, porque você é policial, sei lá...

Não senti pena de nenhum deles. Os pais do Rodolfo mereciam morrer e perder tudo que roubaram de tanta gente. Juro que vou tentar fazer algum bem com esse dinheiro. Rodolfo era um boboca que não se impunha aos pais e viveu sempre uma vida vazia, mas fácil, se beneficiando das falcatruas dos pais e sem se questionar de onde vinha tanto dinheiro. O tio era um bandido, assassino, acobertado pela irmã. Aquelas meninas se faziam de ingênuas, mas, na verdade, queriam se casar ou ter um filho com o médico rico e ter uma vida boa, mesmo que para isso elas prejudicassem a sua esposa – eu, no caso – e ela ficasse na merda. Lamento pelas famílias delas, mas, paciência, também sofri.

A única coisa que lamento é que não tenha dado certo com nós dois. Não vou mentir e dizer que amo você, mas posso dizer que já amei, e amei muito. Mas fiquei muito amarga. Não sei se é da doença, e até perguntei isso aos médicos, mas meus sentimentos foram desaparecendo e fui ficando insensível, fria, distante, vivendo uma vida que parecia que não era minha, que mais parecia um filme ou uma novela vagabunda da tevê.

Fiquei com ciúmes de você com a médica, mas depois pensei bem, e foi bom que você tenha achado alguém. Eu não tenho futuro – não tinha mesmo, já que morri –, e você ia ficar preso num casamento, sofrendo enquanto eu me transformaria numa plantinha. Ia querer levar tudo até o final, e não ia fazer a minha vontade e me libertar.

Resolvi que meu tempo iria acabar quando eu não pudesse mais andar, antes que eu perdesse a consciência e esquecesse o que seria preciso fazer para encurtar meu declínio, e sei que você não concordaria com isso. Você iria querer cuidar de mim, me manter viva até o final, não aceitaria a minha morte, como não aceitou a dos seus pais e a do seu tio, como não deve estar aceitando a minha agora. Você não lida bem com a morte e, no fundo, acho que tem um coração muito bom para ser policial.

Se fiz você sofrer, me perdoe e liberte a sua alma. Porque, agora que você sabe de tudo, minha alma está livre.

Com saudades,
Suzana"

Farias leu e releu a carta até não haver mais a luz do dia e ele já não poder enxergar. O celular tocou com uma ligação de Gabriela, mas ele não atendeu.

Levantou-se, fechou a janela do quarto e deixou a casa.

Na esquina da rua, entrou num bar e comprou uma caixa de fósforos. Sentou-se num banco da praça e queimou a carta e o envelope. Pisou as cinzas com os pés, levantou-se e foi para casa.

"Amanhã eu devolvo a chave da casa para o Eduardo", pensou.

Mesmo sem entendê-la, ele a perdoou e sentiu-se livre.

AGRADECIMENTOS

Agradeço especialmente à minha filha Rebeca, pela primeira leitura e edição deste livro, pelo contínuo incentivo e pela foto do perfil. Agradeço às minhas amigas de toda a vida, Selma e Isabella, pela leitura entusiasmada do original. Aos amigos da Citadel, meu muito obrigado por acreditarem neste projeto.

Livros para mudar o mundo. O seu mundo.

Para conhecer os nossos próximos lançamentos
e títulos disponíveis, acesse:

🌐 www.**citadel**.com.br

ⓕ **/citadeleditora**

📷 **@citadeleditora**

🐦 **@citadeleditora**

▶ Citadel – Grupo Editorial

Para mais informações ou dúvidas sobre a obra,
entre em contato conosco por e-mail:

✉ contato@**citadel**.com.br